La respuesta
es
AMARNOS SIEMPRE

MAHUER ARENAS

Título: *La respuesta es amarnos
siempre*
© 2018, Mahuer Arenas

De la maquetación: 2018, Mahuer
Arenas
De la ilustración de la portada: 2018,
Melania B
De la corrección: 2018, Mahuer
Arenas

*Segunda edición: septiembre de
2018*

ISBN-13: 978-84-17259-77-8

A todo el que cree en el amor verdadero.

ÍNDICE

Capítulo 1 13

Capítulo 2 24

Capítulo 3 26

Capítulo 4 29

Capítulo 5 31

Capítulo 6 32

Capítulo 7 35

Capítulo 8 37

Capítulo 9 41

Capítulo 10 46

Capítulo 11 48

Capítulo 12 51

Capítulo 13 53

Capítulo 14 55

Capítulo 15 58

Capítulo 16 60

Capítulo 17 62

Capítulo 18 64

Capítulo 19 65

Capítulo 20 67

Capítulo 21 70

Capítulo 22 71

Capítulo 23 74

Capítulo 24 77

Capítulo 25 78

Capítulo 26 79

Capítulo 27 80

Capítulo 28 85

Capítulo 29 90

Capítulo 30 91

Capítulo 31 94

Capítulo 32 97

Capítulo 33 98

Capítulo 34 100

Capítulo 35 101

Capítulo 36 103

Capítulo 37 107

Capítulo 38 108

Capítulo 39 110

Capítulo 40 112

Capítulo 41 114

Capítulo 42 115

Capítulo 43 117

Capítulo 44 118

Capítulo 45 119

Capítulo 46 122

Capítulo 47 125

Capítulo 48 129

Capítulo 49 131

Capítulo 50 133

Capítulo 51 140

Capítulo 52 142

Capítulo 53 143

Capítulo 54 146

Capítulo 55 149

Capítulo 56 152

Capítulo 57 154

Capítulo 58 157

Capítulo 59 160

Capítulo 60 163

Capítulo 61 165

Capítulo 62 168

Capítulo 63 169

Capítulo 64 170

Capítulo 65 171

Capítulo 66 173

Capítulo 67 174

Capítulo 68 176

Capítulo 69 179

Capítulo 70 181

Capítulo 71 183

Capítulo 72 186

Capítulo 73 187

Capítulo 74 189

Capítulo 75 191

Capítulo 76 194

Capítulo 77 196

Capítulo 78 198

Capítulo 79 201

Capítulo 80 204

Capítulo 81 206

Capítulo 82 208

Capítulo 83 211

Capítulo 84 215

Capítulo 85 218

Capítulo 86 222

Capítulo 87 226

Capítulo 88 230

Capítulo 89 233

Capítulo 90 237

Capítulo 91 239

Capítulo 92 242

Capítulo 93 246

Capítulo 94 247

Capítulo 95 250

Capítulo 96 253

Capítulo 97 254

Capítulo 98 255

Capítulo 99 257

Capítulo 100 259

Capítulo 101 263

Capítulo 102 270

Capítulo 103 276

Capítulo 104 278

Capítulo 105 286

Capítulo 106 292

Capítulo 107 295

Capítulo 108 297

Capítulo 109 301

Capítulo 110 304

Capítulo 111 306

Capítulo 112 308

Capítulo 113 311

Capítulo 114 314

Capítulo 115 316

Capítulo 116 318

Capítulo 117 321

Capítulo 118 322

Capítulo 119 326

Capítulo 120 328

Capítulo 121 330

Capítulo 122 332

Capítulo 123 334

Capítulo 124 338

Epílogo 340

FIN..342

Agradecimientos..343

Sobre la autora..344

Capítulo 1

Alba

Parece un pueblo bonito, aunque esté en medio de no sé dónde. Es que aquí no hay más que campo y vacas, vacas y campo. No hay otra cosa. Vale, también hay ovejas y pastores. Quitando eso, no hay nada más interesante.

Es el primer viaje que hacemos juntos y me trae aquí, a este pueblecito en el que no hay nada, a aburrirme, a eso me ha traído.

Cuando me dijo que íbamos a hacer un viaje maravilloso, me imaginaba otra cosa muy distinta. Un viajecito a la playa o a esquiar, no esto. No digo que no sea bonito, pero sabe que yo soy más de otras cosas, por eso, no entiendo qué hacemos aquí.

—¿Dónde se supone que estamos? —pregunto a mi novio.

—En el pueblo al que yo venía cuando era pequeño. ¿Te gusta?

—Pues no. ¿Cómo piensas qué me puede gustar? —pregunto, gritando.

Claro, ¿cómo no le voy a gritar? Me trae aquí, a no sé dónde y encima se le ocurre la idea de preguntarme si me gusta.

—Cariño, tranquila. Seguro que te gusta, es un lugar bonito y tranquilo para poder estar solos y relajarnos. —Me coge las manos y me abraza.

—Pensaba que me ibas a llevar a una playa, no sé algo más… Algo más romántico.

—Deja de refunfuñar y vamos al hotel. —Coge las maletas y no me espera. Claro si no me quiero quedar sola en este pueblo, me tengo que ir detrás de él.

Cuando entramos al hotel, me doy cuenta de que es un hotel rural, con un vestíbulo pequeñito, una recepcionista que habrá decidido poner esto para ganarse algo de dinero y como tiene una casa demasiado grande, con un montón de habitaciones, pues ha decidido alquilarlas. Cosa que me parece estupenda, pero me parecería aún mejor si yo no tuviera que ser una de esos huéspedes.

La mujer nos da la llave de la habitación y Mateo sube cargado con las maletas por las escaleras, porque claro este lugar no tiene ascensor, cosa normal por otro lado.

La habitación me deja a cuadros, literalmente, creo que es mejor no describirla porque no sé qué es más feo, si esas cortinas tan horteras, el colchón que debe tener más años que el pueblo o el baño que no tiene ni lavabo.

—Y bueno, ¿te gusta?

—¡Me encanta! —respondo con ironía.

—No está tan mal. Además, solo vamos a estar unos días, quería que conocieras este pueblo que ha sido tan importante en mi infancia.

—Me lo podrías haber enseñado en fotos que iba a ser más o menos igual —repito con ironía y no sé si mi novio es tonto o qué, porque las indirectas que le estoy mandando son para que se entere de que no me gusta estar aquí. De indirectas tienen poco, son más bien directas, pero nada, él no se entera.

—Venga, mi amor. Es un lugar precioso y lo vamos a disfrutar.

—Permíteme que lo dude y ahora quiero dormir un rato, ya que, visto lo visto, dormir es lo más interesante que se puede hacer en este pueblo.

—Como quieras.

Sale de la habitación y me deja en este cuchitril, que de habitación no tiene nada. Me da miedo acostarme en el colchón por si acaso me hundo, pero no me queda otro remedio. Me tumbo y el colchón no puede ser más incómodo, aunque ya me lo imaginaba.

Tras un rato, consigo quedarme dormida, pero solo unos minutos, porque escucho que se abre la puerta de esta cosa llamada habitación y vuelve Mateo.

—Mi amor, ¿has podido dormir?

—En eso estaba cuando has entrado a molestarme, cariño —le digo claramente enfadada, porque cada vez me gusta menos este viaje de mierda.

14

—Mira, mi amor, esta noche podemos salir a cenar, a bailar o a lo que tú quieras.

—Ah, ¿qué aquí hay restaurantes y discotecas?

—Hay una taberna, que para el caso es lo mismo.

—Sí, claramente igual…

¡Mira, mira, mira! Voy a calmarme y a mantener la paciencia porque, como la pierda, lo mato. Tengo un novio muy desabrido, yo sabía cómo era él cuando empezamos a salir, pero es que en los tres meses de noviazgo que llevamos se ha vuelto todavía más seco y es desesperante. Es una gran persona, de eso no tengo duda, pero es un sieso de cojones. Eso no quita que sea un partidazo: guapo, alto, con un cuerpazo y de una familia acomodada. Estoy descubriendo que no es para mí, cada vez lo tengo más claro.

—Mi amor, ¿te pasa algo?

—¡Qué estoy muy harta de este pueblo!

—Pero si llevamos aquí unas horas.

—Pues por eso. Necesito tomar el aire.

—Te acompaño.

—¡No! ¡Tú te quedas aquí! —elevo el tono de voz y eso que yo no soy de gritar, pero me está enervando ya—. Lo que no puede ser es que me traigas a este sitio y pretendas que me guste porque no es así. ¿Te enteras, eh? ¡No es así!

—No puedo, ni quiero dejarte sola. ¿Lo entiendes?

—Pues yo quiero estar sola y me da absolutamente igual que no quieras. Me voy a ir sola, porque quiero estar sola y punto. Sola, ¿te enteras? —grito más de la cuenta.

—No conoces el pueblo, mi amor.

—¡Tampoco me hace falta! No creo que me pierda en este pueblo tan pequeño.

—Está bien, haz lo que quieras —dice resignado.

Aunque no me hubiera dejado irme, siendo sincera, me hubiera marchado igual.

Sé que Mateo es bueno, pero es demasiado seco y está llegando un punto en que no lo soporto. Quizá, es demasiado bueno para mí o, quizá, yo soy demasiado mala para él.

Salgo de este hotel, hostal o lo que sea y camino por las calles llenas de tierra. Es de noche, hace frío y, claro, como pensaba que íbamos a la playa, voy con camiseta de tirantes y pantalones cortos. Podría volver al hotel, pero resulta que tengo la maleta llena de ropa del mismo tipo.

Decido seguir caminando porque quiero estar sola, me apetece despejarme y para conocer el pueblo con mi novio, lo conozco sola.

Veo que hay una farmacia pequeña, pero una farmacia, al fin y al cabo, un centro de salud, varias tiendas que se intentan asemejar a un supermercado y una taberna. Supongo que es la taberna de la que me ha hablado Mateo. Me da curiosidad porque se escucha reggaetón. Sí, reggaetón en un pueblo como este y claro a mí la curiosidad me puede.

Entro en la taberna, que está mucho mejor de lo que yo pensaba. Más que una taberna, parece un bar bastante moderno. Tiene una gran barra, un grifo de cerveza, unas mesas de madera bastante rústicas y bonitas a la vez, con sus correspondientes sillas y parece que además de una taberna, es también restaurante, porque hay distinta gente cenando en las mesas y la comida tiene buena pinta.

Una de las cosas que más me llama la atención es la increíble y gran pista de baile que hay, por eso se escuchaba reggaetón desde fuera de la taberna. Debe ser lo mejor que tiene este pueblo. Lo que, sin duda, me llama más la atención, por decirlo de alguna manera, es el buenorro que hay en la barra charlando con otros tres chicos más. Los cuatro son muy guapos, pero, sin duda, el morenazo de la barba es el más guapo de todos, el más atractivo de todos, el más todo de todos y está muy bueno. No debería pensar esto teniendo novio, pero no lo puedo evitar, porque bueno está un rato largo.

Me siento en un taburete en la barra, le pido al camarero una cerveza, que, por cierto, no me gusta, pero me la bebo, porque soy así de tonta.

Tras pasar unas horas, en las que no le quito los ojos de encima al morenazo, estoy ya más borracha que otra cosa, porque tras las cervezas, pido una botella de tequila y luego otra y otra…

16

Así hasta tomarme unas dos o tres, no lo sé, he perdido la cuenta. Quizá, han sido menos botellas. Estoy borracha, es normal que pierda la cuenta, ¿no?

Estoy tan contenta con mi botella de tequila y mi móvil en silencio, porque claro con lo pesado que es mi novio, tendré infinitud de llamadas. Esta noche no tengo ganas de hablar y menos con él.

Bueno, eso, que estoy borracha y contenta, cuando el morenazo me agarra la mano con la que cojo la botella e intenta que la suelte, pero no lo consigue.

—Señorita, ya está bastante borracha como para que siga bebiendo. Es mejor que se vaya a su casa.

—No tengo de eso.

—¿De eso? —pregunta sin entender nada y es normal, no me entiendo ni yo.

—No tengo casa.

—¿Cómo no va a tener casa?

—Me estoy quedando en… No sé dónde. Bueno, sí lo sé, pero no te lo quiero decir.

—Si me dice donde vive, lo mismo la puedo llevar.

—No hace falta, estoy bien aquí. —Abrazo la botella. ¡Menuda actitud estoy teniendo tan ridícula! Yo solo quiero ser feliz con mi querida botella de tequila.

—¿Y piensa estar toda la noche abrazando la botella o piensa dormir la mona?

—¿La mona? ¿Qué mona? ¿Qué dices?

No lo entiendo, me he perdido en esta conversación. Este chico es muy guapo, pero muy difícil de entender y más con la borrachera que llevo encima.

—Nada, nada. No me haga caso. ¿Dónde la llevo? —Vuelve a quitarme la botella de las manos y yo me empiezo a cabrear.

—Mira yo estoy aquí tan contenta sin molestarte, así que, tú haz lo mismo, graciosito. —Le arrebato la botella otra vez de las manos.

—Me está desesperando. ¿Puede dejar de hacer el ridículo y dejarme que la lleve a su casa?

—Oye, oye, tranquilito, que yo no te he dicho nada malo.
—Vuelvo a abrazar la botella, porque su compañía es todo lo que necesito esta noche.

—Por favor, se lo estoy diciendo en serio. Tiene que irse a su casa. —Me arrebata la botella y veo como la estampa en el suelo.

Ha tirado mi querida botella de tequila al suelo, lo mato y en el juicio diré que un loco me quito mi botellita querida. Ganaré, lo sé.

Quiero pegarle, pero en lugar de eso, me pongo a llorar. ¡Soy idiota!

—¿Y ahora qué le pasa?

—Pues que te odio, idiota. ¡Me has tirado la botella al suelo! —grito y se nos queda toda la taberna mirando.

—Venga, la llevo a su casa.

—Me voy yo sola. —Me levanto muy digna del taburete, pero, antes de dar un solo paso, el camarero habla.

—Chica, no has pagado tus consumiciones.

—¿Cómo qué no? —Recuerdo que no las he pagado, pero, claro, eso no lo voy a reconocer.

—Si no me pagas, me voy a ver en la obligación de llamar a la policía —dice el camarero, muy serio, y me doy cuenta de que no es una broma.

—No tengo dinero para pagar, por favor, deja que me vaya y mañana te traigo el dinero.

—¡Claro qué no! No soy ningún tonto, me paga o llamo a la policía —me advierte.

—Tranquilo, yo te pago. —El morenazo saca su cartera llena de billetes y le paga al camarero.

Como veo que mi salvador está ocupado, salgo lo más rápido que me permite mi borrachera de la taberna y, una vez fuera, no sé en qué dirección está el hotel de las narices.

—¿Está perdida? —pregunta otra vez el morenazo. Me doy la vuelta y veo que no me va a dejar tranquila tan fácilmente.

—¿Qué quieres?

—Yo he preguntado primero, contésteme.

—No sé dónde está el hotel, ¿contento?

—Pues no, porque ahora no sé dónde llevarla.

—Vale. —Me encojo porque tengo frío, ahora que es de madrugada, hace más frío que antes.

—¿Tiene frío?

—Es evidente que sí. —No puedo sonar más borde.

—Tome. —Veo que se quita su chaqueta de cuero y me la extiende.

—¿Qué haces?

—Le estoy prestando mi chaqueta para que se la ponga.

—No la necesito. —En realidad, sí que la necesito y mucho.

—Tiene frío, póngasela. —Me la vuelve a extender.

—¿Intentas hacerte el príncipe y el caballero o qué?

—No, solo intento que deje de tener frío —contesta sin más.

Lo miro con ganas de querer matarlo y él parece entenderlo porque se ríe de una forma tan adorable que me dan ganas de comerle la boca. Así soy yo de bipolar.

Cojo su chaqueta y me la pongo. Huele a un aroma especial. Me quedo absorta oliéndola.

—¿Dónde te llevo?

—Llévame donde quieras. —Está hablando mi borrachera, no soy yo.

Me acerco a él, no puedo evitar besarlo con todas las ganas que tengo desde que lo he visto hace tan solo un par de horas. Es mayor que yo, lo es, está claro, pero está muy bueno y no parece que sea tan mayor. La verdad es que me da igual, qué eso también es importante.

—¿Qué hace? —pregunta.

Deduzco que todo lo que tiene de guapo, lo tiene de tonto.

—Besarte —respondo tan normal, porque es más que evidente o, al menos, eso creo yo.

Y me besa así, sin más. Pasa de no saber que lo estoy besando, a besarme él también. ¡Qué bien besa este hombre! Demasiado bien. ¡Mejor de lo que yo pensaba!

—¿Me llevas a tu casa? —La pregunta ha sonado demasiado atrevida, pero me da igual.

—Sí, ahora mismo y…

Lo callo con otro beso.

—… nada —termino su frase—. ¡Vámonos ya! No puedo esperar.

—¿No? —me pregunta con carita de tonto y me dan ganas de comérmelo aquí mismo.

—¿Me vas a llevar ya a tu casa o qué?

No responde, tan solo me coge de la mano y comenzamos a caminar.

En cinco minutos, llegamos a la que parece ser su casa. Una casa muy por encima de las pocas que he visto en este pueblo. Tampoco me fijo mucho en cómo es, porque, verdaderamente, me interesa una mierda. ¡Entre la borrachera y el calentón que llevo estoy como para fijarme en cómo es la casa! Abre la puerta, me vuelve a agarrar de la mano, subimos unas escaleras, pero todo esto sin dejar de besarnos. ¡Lo que no sé es cómo no nos matamos!

—¿No me va a decir su nombre? —Me deja de besar para preguntarme esa puta mierda y encima de todo me trata de usted.

—¿Para qué? —respondo con otra pregunta. No creo que ahora mismo sea el momento adecuado para esa pregunta.

—No sé, para saberlo. Estamos a punto de… ya sabe y me gustaría saber su nombre.

—Y primero, ¿por qué no pruebas a tratarme de tú? —pregunto. No espero su respuesta porque le vuelvo a meter la lengua hasta la campanilla.

No vuelve a hablar y lo agradezco, porque de lo que menos tengo ganas ahora mismo es de hablar.

Me quita su chaqueta, la camiseta y me quedo en sujetador, prácticamente, delante de un desconocido con el que estoy a punto de acostarme. Realmente, es un desconocido, del cual no sé ni su nombre. No me importa nada esto, porque le quito con rapidez su camiseta, veo su tableta de chocolate y me derrito, porque está muy bueno para ser real y para tener la edad que tiene, qué tampoco sé cuál es. Nos seguimos besando con ganas, hasta que nos acostamos en la cama, él encima de mí. Recorre mi cuerpo de arriba a abajo entre besos húmedos, que no hacen otra cosa que ponerme más caliente, cachonda o lo que sea.

Cuando intento desabrocharle los pantalones, torpemente, todo sea dicho, debido a que no estoy en mis cinco sentidos, deja de besarme para mirarme. Me da un suave beso en el hombro y yo sé que es un simple beso, pero a mí me genera un escalofrío que nunca había sentido.

—¿Cuántos años tienes? —Se levanta, apartándose de mí. Esa pregunta no tiene ningún sentido ahora y me dan ganas de matarlo. Solo se dedica a hacer preguntas tontas.

—¿Y eso qué más da ahora? —pregunto, incorporándome en la cama.

—¿Eres mayor de edad?

—¡Pues claro! No entiendo a qué viene eso.

—No lo pareces y esto no puede ser…

—¿Qué cojones no puede ser?

—Qué eres una cría y yo… yo no —dice agobiado y, de verdad, no lo entiendo, porque vale que no tenemos la misma edad, eso está claro, pero tampoco creo que ese sea un impedimento para no poder acostarnos y encima yo lo veo doble o triple, ya no lo sé. Y eso de ver al buenorro triple no es bueno ni para la borrachera, ni para el calentón que llevo.

—¡No soy ninguna cría! ¿Crees qué una cría tendría estas tetas? —Me levanto de la cama, cojo sus manos y las pongo en mis tetas, para que vea que no soy ninguna cría, qué soy una mujer que quiere acostarse con él esta noche y no hay más—. ¡Contéstame!

—No hagas esas cosas, por favor. Y, ahora, vístete. Te llevo a otro lugar, aquí no podemos estar. —Coge mi camiseta que está en el suelo y me la da.

—¿De verdad? —pregunto incrédula, porque no me lo puedo creer. Este morenazo es tonto de remate.

—Por supuesto que sí. Yo siempre hablo en serio.

—Pues muy bien. Vete a la mierda.

Me marcho de la habitación hecha una furia, bajo las escaleras cómo puedo, y cómo puedo es a trompicones.

Salgo a la calle en plena noche, en sujetador y encima en un pueblo que no conozco.

—Te vas a resfriar. Además, esas no son formas de salir a la calle y menos a estas horas.

Aquí está, ha salido detrás de mí, sin camiseta con el frío que hace. Yo también voy sin camiseta, pero… Bueno, no sé, estoy muy borracha y no sé ni lo que pienso.

—No te acerques a mí o te muerdo —digo la primera tontería que se me viene a la cabeza y, una vez reflexionado, puede que sea la tontería más gorda que he dicho en mi vida.

—¿Estás hablando en serio?

—Claro.

—Pues muérdeme, pero primero ponte la camiseta. —Tiene su camiseta en la mano y me la ofrece.

—¡Qué no! ¿Es qué no lo entiendes? N-O, no.

—Estás borracha, hazme caso.

—¡Qué no, pesado! ¡Qué no y no te acerques!

Claro, como es un cabezón, se acerca a mí y lo único que se me ocurre en ese momento es coger un puñado de tierra y tirárselo a los ojos junto con su camiseta, porque a mí a estupideces no me gana nadie.

Empiezo a correr sin saber ni a donde voy, pero yo corro, para que el morenazo no me alcance. Debería saber llegar al hotel, pero con la borrachera que tengo, va a resultar misión imposible y menos sin conocer este pueblo, que, aunque parece pequeño, no lo es tanto.

Después de unos minutos corriendo, me paro en una casa y veo que alguien abre la puerta.

—¿Has vuelto? —me pregunta otra vez él.

Un momento. ¿El morenazo cómo me ha encontrado?

—¿Vives en todas las casas de este pueblo? —le pregunto casi sin creerme que viva en todas las casas, porque es una tontería y de las gordas.

—¿Qué? Esta es mi casa y tú parece ser que has vuelto.

—No te entiendo.

—Ni yo a ti y tengo que aguantarte borracha y loca.

—¡Me estás faltando al respeto! —elevo el tono de voz y él me mira con los ojos rojos—. ¿Por qué tienes los ojos rojos?

—Voy a respirar profundo —resopla y continúa hablando—: Tú me has tirado tierra en los ojos hace unos minutos. ¿Tan borracha estás qué no te acuerdas?

—Tengo sueño. Mucho.

Capítulo 2

Manuel

Me dice que tiene sueño y me abraza. Por más que le hablo e insisto en que me diga algo, ya está durmiendo profundamente y, claro, no es para menos con la cogorza que lleva encima. No sé qué hacer con ella, no sé ni su nombre, solo sé que está muy buena y que es demasiado joven, aunque ojalá que su edad fuera el problema.

Como no la puedo llevar a su casa, decido meterla dentro de la mía, porque no es plan de que se quede en la calle medio desnuda, borracha y dormida como un tronco.

La tomo en brazos, balbucea palabras sin sentido que ni siquiera entiendo.

Cierro la puerta y miro las escaleras, ¿dónde acuesto a esta borrachita? Ahora mismo subir esas escaleras con ella en brazos me parece misión casi imposible, pero por intentarlo que no quede.

No pesa mucho, es verdad, pero es que yo tampoco estoy en mis cinco sentidos. No estoy tan borracho como ella, pero bien, tampoco.

Lo voy a intentar, lo que necesita es dormir la mona y así supongo que se le pasará, vamos digo yo. Tampoco soy un experto en borrachos.

Subo los primeros peldaños de la escalera y me tambaleo. Uy, veremos a ver cómo terminamos. Sigo subiendo los siguientes peldaños y parece que voy mejor.

Tras unos minutos, sí, unos minutos, termino de subir las escaleras y entro en mi habitación, que está un poco desordenada, pero esta chica está borracha, tampoco creo que se entere. Total, que la dejo en la cama y vuelve a balbucear algo que sigo sin entender. La tapo con una manta y veo que sonríe. Tenía frío.

Dejo la puerta de la habitación abierta, porque la veo capaz de empezar a gritar en medio de la noche al no saber dónde está y no me voy a arriesgar a que monte un escándalo.

Bajo al salón y me siento en el sofá. Miro el reloj, son las tres de la madrugada y yo, normalmente, a esta hora suelo estar dormido, pero hoy entre la salida de esta noche con el nuevo cliente del pueblo y la particular fiestecita que nos hemos montado esta chica y yo, aquí estoy sin dormir y con ganas de hablar. Vale, ganas de hablar no son, son ganas de follar, sí, lo reconozco, pero como está claro que no va a poder ser, mejor me doy una ducha de agua fría y a dormir.

Tras la ducha, me pongo una camiseta, un pantalón de pijama y bajo al salón a dormir o, por lo menos, a intentarlo.

La podría haber llevado a su hotel, claro qué podía, pero algo me lo impidió. Realmente quería pasar la noche con ella.

Capítulo 3

Alba

Me duele la cabeza, me duele mucho. ¿Dónde estoy? Yo estaba bebiendo en una taberna y, luego, me estuve besando con un buenorro. ¿Qué pasó después? Ni siquiera lo recuerdo.

Me levanto como puedo, abro el armario de la habitación que está llena de ropa de hombre, tengo frío, voy en sujetador y estoy en una casa desconocida, por lo que, no me queda otro remedio que robarle una sudadera a quien quiera que sea este chico.

Después bajo las escaleras de esta casa desconocida. ¡Menudo dolor de cabeza tengo! Escucho unos ronquidos que provienen del salón y me acerco para saber de quién se trata. ¡Joder, es el buenorro de anoche! Y si está aquí es porque anoche no hicimos nada, tristemente. Va a ser mejor que me vaya antes de que vuelva a lanzarme a comerle la boca.

Salgo de la casa haciendo el menor ruido posible, no quiero que el buenorro se despierte y me detenga aquí.

Vale, se me había olvidado que esta no es mi ciudad y, a pesar de ser un pueblo pequeño, no sé volver a ese intento de hotel. Podría llamar a Mateo para que venga a buscarme, pero va a ser mejor que no. Pienso que preguntando podré llegar.

Una hora después, y habiendo preguntado a diez personas distintas, consigo llegar al hotel. Y es que claro, entre que no conozco el pueblo y llevo una resaca del quince, pues eso, qué no me entero.

Entro en el hotel y me encuentro a Mateo en la recepción con cara de preocupación y sé que me va a montar una buena.

—¿Te das cuenta de lo preocupado qué me tenías? —pregunta enfadado.

—Perdón, no… —Ni siquiera me deja terminar.

—No quiero explicaciones. Solo quiero saber, ¿dónde cojones estabas?

—Tranquilo, que estaba a salvo.

—¡He estado toda la puta noche sin dormir preocupado por ti!

—Perdón, no era mi intención.

Me deja con la palabra en la boca y sube a la habitación. Se cree con el derecho a enfadarse y encima se va, pues no. Me va a escuchar, qué ya estoy harta de él.

Entro en la habitación detrás de él, porque tenemos que hablar, esta conversación no se puede quedar a medias.

—Mateo, ¿por qué te vas? Estábamos hablando.

—¿Yo no me puedo ir y tú sí? ¿Te das cuenta de qué has estado toda la noche desaparecida y qué vuelves cómo si tal cosa a la mañana siguiente? —Bajo la mirada porque tiene razón, es normal que estuviera preocupado, pero es que hace un drama por todo y yo ya no aguanto más—. ¡Qué me tenías preocupado porque te quiero, joder!

—Por favor, deja que me explique.

—No creo que haya muchas explicaciones para esto —Señala la sudadera que llevo puesta.

—Sí las hay. Me emborraché.

—Ya de eso me he dado cuenta. Apestas a alcohol y a otro hombre.

—No es lo que estás pensando. —Sí lo es, pero no quiero hacerle sufrir, no se lo merece. Es un sieso, pero también es una gran persona.

—Explícate, te escucho. —Se sienta en la cama, esperando que le dé una explicación lógica a esto, pero de lógica no tiene nada.

—Me emborraché y he dormido en la casa de un chico.

—¿Me lo dices, así, tan tranquila? —pregunta gritando y creo que es la primera vez que lo veo alterado, porque él es muy tranquilo, quizá, demasiado.

—No hicimos nada, tenía frío y me dejó su sudadera —respondo también gritando para que me escuche bien. No es del todo así, pero es la versión más *light*.

—¿Y tengo qué creerte?

Dicho así, suena raro, lo sé de sobra. También sé que, si el buenorro no me hubiera frenado, hubiera pasado de todo.

—Pues sí, porque es la verdad.

No dice nada, solo sale de la habitación dando un portazo y vuelve a dejarme con la palabra en la boca, qué fea costumbre está cogiendo.

Capítulo 4

Manuel

A las doce de la mañana me despierto y… ¡joder!

Subo corriendo las escaleras, como voy medio dormido, me tropiezo. Me levanto rápidamente y entro en la habitación, pero está vacía. ¿Dónde se ha metido la chica?

La busco por toda la casa, pero no está. Debe haberse ido sin decir nada. ¡Muy surrealista está resultando todo con ella! Me hubiera gustado volver a verla antes de que se fuera. Me hubiera gustado hacerle el amor, pero yo no puedo. No puedo y esa es mi dura y triste realidad. Es un tema muy complicado y me resulta doloroso tan solo recordarlo.

Se me hace tarde para ir a trabajar. Desayuno rápido, me visto y, de camino al trabajo, escribo unos mensajes en el grupo que tengo con mi amigo Óscar y mis hermanos Nacho y Borja.

Chat

Yo: «Joder, no sabéis lo que me pasó anoche»

Ignacio: «Cuenta, hermano»

Óscar: «Mamón, cuenta»

Borja: «¿Con quién has follado?»

Yo: «He conocido a una chica…»

Borja: «¿Estás borracho?»

Yo: «Nooooooo, claro qué no»

Borja: «¿Drogado?»

Yo: «Tampoco»

Ignacio: «Hermano, ¿te has enamorado? ¡No jodas!»

Yo: «No sé lo que es. Estoy yendo a trabajar, después hablamos»

Óscar: «Y una mierda, cuéntalo todo ya»

Yo: «No puedo, ahora tengo que trabajar, ya se me ha hecho tarde»

Ignacio: «Joder, joder. ¿Has visto la hora qué es?»

Borja: «Eso es que la chica lo ha dejado agotado»

Ignacio: «Luego hablamos, mamones»

Necesitaba contarle lo que estoy sintiendo a alguien. Esa chica tiene algo especial. Tan especial que es la primera vez que llego tarde a trabajar.

Acelero el paso porque a este ritmo no llego ni a la hora de comer, voy pasando por la puerta del hotel del pueblo y veo a un chico que me parece conocido. Es... ¡es Mateo, el amigo de mi hermano Borja!

Voy muy mal de tiempo, pero no me puedo ir sin saludarlo. Me acerco a él y lo veo cabizbajo como pensativo.

—Mateo, ¿te acuerdas de mí?

—Joder, ¡qué alegría verte! —responde, abrazándome.

—¿Qué haces aquí?

—De vacaciones —responde no muy convencido.

—Pues no te veo nada contento para estar de vacaciones.

—Tengo problemas con mi novia.

—¿Te puedo ayudar en algo?

—No —Niega—. ¿Tú qué haces aquí? Borja me contó que estabas trabajando en un pueblo pequeño, pero no imaginaba que fuera precisamente en este pueblo.

—Sí, aquí estoy trabajando como veterinario y, ahora que lo dices, me tengo que ir ya porque ya se me ha hecho tarde.

—Me alegra verte.

—Igualmente.

Me despido y me voy corriendo, literalmente, porque a este paso no llego a trabajar.

Capítulo 5

Alba

Hace dos horas que Mateo se ha ido y no vuelve, me está empezando a preocupar. Además, nunca había tenido esa actitud, también es verdad que yo nunca había hecho lo que hice anoche, pero me preocupa de todas formas. Sé que estuvo mal, mal por Mateo, no porque me arrepienta de lo que hice.

Escucho como la puerta cruje al abrirse y entra Mateo con mala cara.

—Mateo, ¿dónde estabas?

—¿Yo tengo que darte explicaciones? —dice enfadado. Nunca lo había visto enfadado tanto tiempo.

—Solo me preocupo por ti.

—¡Yo también estaba anoche preocupado por ti! ¿Te acuerdas?

—Sí y ya te he pedido perdón.

—Vale.

—¿Vale? ¿Eso es todo lo que me vas a decir?

—Sí, eso es todo.

Eso es todo lo que me dice, entra en el baño, se ducha y se va sin decirme a dónde.

Esta relación va cuesta abajo y sin frenos. No me he portado bien con él, pero él se está portando ahora fatal conmigo y me da rabia. Vamos por un camino insalvable.

Capítulo 6

Manuel

Pego un portazo y me siento en el sofá. Estoy cansado y muy cabreado. ¡He perdido mi puto trabajo por llegar tarde! Vale, he llegado muy tarde, lo reconozco, no nos vamos a engañar. ¡Joder, pero es la primera vez en un año que llego tarde y todo por ella! No sé ni su jodido nombre y ya me ha hecho perder la cabeza y el trabajo.

Miro el móvil, lo tengo lleno de mensajes del grupo.

Chat

Ignacio: «Quiero saberlo todo»

Óscar: «Habla y no te hagas de rogar»

Borja: «Queremos saber más cosas, joder. Te recuerdo que somos tus amigos»

Óscar: «Habla, nos tienes muertos de curiosidad»

Borja: «¿A quién te has follado qué te ha dejado tan alelado?»

Ignacio: «Hermanito, contesta que me empiezas a preocupar»

Borja: «Seguro que sigue con su chica, por eso no contesta»

Yo: «He perdido el trabajo»

Ignacio: «¿QUÉ?»

Borja: «No te creemos»

Ignacio: «Borja, cierra el pico ya»

Yo: «La primera vez que llego tarde y me despide. Joder, no me lo puedo creer»

Óscar: «¿Y no puedes hacer nada?»

Yo: «Sí, irme a la mierda»

Borja: «Eres un dramático»

Yo: «Me he quedado sin trabajo, ¡es un drama!»

Borja: «No cuando tu familia es multimillonaria. Por si no lo recuerdas, esa familia somos nosotros»

Yo: «Vosotros, no yo»

Borja: «¡Venga, joder! Ignacio vive como un rey, yo igual y tú estás pringando por una mierda de sueldo»

Óscar: «Borja, cállate»

Borja: «Nunca me dejáis hablar, no sé para qué pedís opinión»

Ignacio: «Borja, si no vas a ayudar, cállate. Te lo agradeceremos todos»

Yo: «No sé qué hacer»

Borja: «Nos puedes hablar de la chica esa»

Yo: «He perdido el trabajo por culpa de esa chica»

Ignacio: «Explícate»

Eso hago, explicarles todo lo que pasó anoche y también lo que ha pasado esta mañana. Necesitaba desahogarme con mi amigo y mis hermanos, nos lo contamos todo o casi todo y nos entendemos a la perfección, aunque con Borja no se pueda mantener una conversación seria.

Lo que más me jode de todo esto es tener que darle la razón a mi padre y volver a la ciudad siendo un fracasado que ha perdido el trabajo por imbécil, por llegar tarde.

Vuelvo a mirar el grupo y hay más mensajes. Otra cosa no, pero hablar les encanta.

Chat

Ignacio: «¿Y qué piensas hacer?»

Yo: «No tengo ni idea»

Ignacio: «Sabes que si hablas con papá te va a perdonar»

Borja: «Si yo fuera tú me arrastraba. Mejor arrastrarse qué vivir en la calle»

Yo: «Sabéis que yo no tengo que pedirle perdón a papá porque sencillamente no tiene nada qué perdonarme»

Ignacio: «Ya lo sé, pero sabes cómo es él»

Yo: «Voy a buscar otro trabajo»

Óscar: «Si no viviera en medio metro cuadrado con el payaso de Borja, te dejaría quedarte en nuestra casa»

Borja: «Bomberito, cállate»

Yo: «No tengo ni puta idea de qué voy a hacer»

Ignacio: «Piénsalo tranquilamente y decidas lo que decidas te voy a apoyar. Te vamos a apoyar»

Yo: «Gracias»

Tengo que pensar con tranquilidad como me ha dicho mi hermano, no sé si lo mejor será irme de este pueblo o quedarme y volver a ver a esa chica, la cual debe de estar odiándome por dejarla con todo el calentón. ¿Qué cojones iba a hacer? ¡No podía hacer otra cosa! Y eso ella no lo sabe y no lo sabrá nunca.

Tengo que dejar de pensar en ella, no me ha traído nada bueno, ha vuelto a recordarme el problema que tanto dolor me causa y hasta he perdido el trabajo por su culpa. Bueno, por su culpa tampoco, pero por quedarme dormido tras la noche loca que tuvimos. Lo peor de todo es que me encantaría volver a verla y volver a besar sus dulces labios, aunque suene contradictorio.

Para Borja es muy fácil decir que le suplique a nuestro padre, él siempre ha sido algo así como su sirviente y yo tengo claro que no lo voy a ser. Respeto que Nacho y él sigan siendo unos peleles en manos de nuestro padre, aunque no lo entienda, lo respeto, pero yo no soy así. Nacho prefiere tener la vida solucionada por tener su empresa de arquitectura y Borja tiene los lujos y las motos que quiere, me alegro por ellos, pero lo repito, yo no soy así.

He trabajado duro para ser alguien en la vida como para volver al redil con mi padre. Yo no soy Nacho, ni Borja, ni tampoco Leticia, mi hermana pequeña, que todavía es menor de edad, y no puede decidir por ella misma. Sin embargo, Mireya, mi otra hermana, es totalmente distinta. Con ella siempre tuve una relación diferente, somos los que más nos parecemos en cuanto a carácter se refiere. Somos confidentes y eso, para mí, es inigualable.

Capítulo 7

Alba

Me voy a ir de este pueblo sin decirle nada a Mateo, qué se quede aquí, ya que tanto le gusta. Yo aguanto ni un minuto más.

No estamos bien desde hace ya tiempo, lo del buenorro ha sido la gota que ha colmado el vaso, un vaso que ya estaba casi a rebosar.

Cojo mi maleta, que ni siquiera está deshecha y salgo del hotel.

Llamo a un taxi, que me lleva al pueblo de al lado, donde cojo un autobús de vuelta a la ciudad, a Dogue.

Dogue es una ciudad mediana, pero preciosa. En las afueras hay un lago, que es el mayor atractivo turístico de la ciudad, porque, aunque esté mal que yo lo diga, es un lugar de esos paradisíacos. No necesita nada más para ser un lugar perfecto. Además, Dogue se encuentra muy cerca del centro de Madrid, a unos veinte minutos y eso es una gran ventaja.

Durante las dos horas que dura el viaje, no dejo de pensar ni un minuto en el chico de la taberna, en esa barba que me hacía cosquillas al besarme, ese aroma a hombre, sus manos tratándome como si fuera una muñeca frágil… ¡Me encantaría volver a verlo! Sí.

Claro que luego pienso en cómo me rechazó solo por ser más joven que él y me dan ganas de volver a ese pueblo solo para enseñarle que yo puedo ser más mujer que todas las que haya conocido. Es un puto imbécil, pero me gusta demasiado. Con solo unos besos ha conseguido provocarme emociones que nunca había sentido con Mateo. Estaba borrachilla, pero me acuerdo de él, alguien como él nunca se me podría olvidar. Nunca. Él es simplemente él. Diferente. Único. Especial.

Al llegar a la estación de autobuses de Dogue, mi hermano me está esperando, lo he llamado en el trayecto para que viniera a buscarme, me ha pedido explicaciones, pero le he dado largas y le he dicho que ya hablaríamos cuando nos viéramos.

—No pretendas que te vaya a dar un abrazo. Quiero una explicación —eso es lo primero que me dice Edgar, así se llama mi hermano.

—Joder, hermanito, se nota la alegría que te ha dado verme —le digo y lo abrazo.

—Te vi ayer y no me intentes cambiar el tema. Habla.

—¡Qué simpático eres!

—Habla, Alba.

Uy, cuando me dice Alba sé que está enfadado, más que nada porque él siempre me llama Albi o hermanita.

—Mateo me llevó a un pueblo de mierda en medio de la nada. —Esa es mi simple explicación.

—¿Y no te ha gustado?

—Pues claro qué no. Entonces, me he enfadado y he decidido volver.

—¿Sola?

—Sí.

—¿Y Mateo lo sabe?

—Ahora supongo que sí.

—¿Te has ido sin decirle nada? —pregunta, abriendo exageradamente los ojos.

—Sí, y ahora, por favor, vámonos.

Me mira muy serio y sé que no le gusta lo que he hecho, pero no dice nada durante el trayecto hasta casa. Ya me tocará la charla mañana, estoy segura.

Capítulo 8

Manuel

Voy a la taberna a ver si, por casualidad, volviera a ver a la chica de anoche y sé que no debería.

Lejos de eso a quien me encuentro es a Mateo, parece triste, más de lo que estaba ayer. Me aproximo a él y lo invito a una cerveza.

—¿Te pasa algo?

—Sí —responde escueto.

—¿Y te puedo preguntar qué?

—Mi novia.

—¿Me lo quieres contar?

—Estoy muy enamorado de ella.

—¿Y eso es un problema? —No entiendo cuál es el problema.

—Lo es cuando no te corresponden de igual manera.

—Joder. —Nunca he estado enamorado, pero supongo que debe de doler.

—¿Sabes qué? Me da igual, voy a reconquistarla.

—¿Crees que merece la pena?

—Por ella todo merece la pena.

—Entonces, vete y díselo.

—¿Ahora?

—Claro, ¿para qué vas a esperar más?

—Tienes razón, gracias por todo. —Se levanta, me da la mano y sale corriendo de la taberna. Supongo que va a buscarla.

Yo me quedo tomándome la cerveza, ahora qué cojones voy a hacer. No tengo trabajo y en este pueblo va a ser difícil conseguir algo. Necesito buscar una solución y lo que está claro es que aquí en el bar no voy a conseguir nada.

Pago y vuelvo a casa, por lo menos, he hecho algo bueno esta noche: aconsejar a Mateo. Espero que pueda reconquistar a su novia, es un buen chico y se lo merece. Es irónico que dé consejos, que yo también necesito, pero creo que sé quién me los puede dar.

Cojo mi móvil, llamo a Mire, mi hermana, mi amiga, mi todo. Si de consejos sensatos se trata, Mireya es la ideal.

—Mire, ¿estás dormida? —No quiero molestarla, pero necesito hablar con ella.

—Te estoy hablando.

Vale, dormida no está, borde un poco.

—Necesito hablar contigo.

—Te escucho.

—Joder, pero no me lo digas con tanta efusividad —digo con ironía.

—Manuel, habla de una vez o te cuelgo, ¡estoy ocupada!

—¡Uf, cómo ha sonado eso! ¿Con quién? —le pregunto con curiosidad, porque, de verdad, me importa saber si ha conocido a alguien importante.

—Con una chica preciosa.

—Te dejo con tu chica, ya hablaremos. —No quiero interrumpirla más. Necesito hablar con ella, pero puedo esperar a mañana.

—¡Qué hables! Si me has llamado a las once de la noche, supongo que será importante.

—Es importante, pero…

—Pero me lo cuentas ya.

—Me he quedado sin trabajo —suelto de sopetón, sin anestesia.

—¿Qué?

—He llegado tarde y me han despedido.

—¿El rey de la puntualidad llegando tarde?

—Tengo una explicación.

—La quiero escuchar.

—Mañana hablamos, no te quiero seguir interrumpiendo. Te quiero, Mire.

—¿Me vas a dejar con la preocupación y con la intriga?

—No, te voy a dejar con tu chica. Te quiero mucho. —Cuelgo.

No quiero molestarla, necesita disfrutar de su chica. ¡No sabe cuánto me alegra que haya conocido a alguien que la llene! Por su tono de voz, creo que así es. Mi hermana necesita ser feliz y si con esa chica de la que me ha hablado lo logra, yo feliz por ella. Solo espero que esa chica la quiera cómo se merece y necesita.

Estoy orgulloso de Mire porque, pese a la oposición de mi padre, va a lograr ser feliz y, lo más importante, ser ella misma. Su historia es muy complicada, más de lo que muchos puedan pensar.

Mireya tuvo varios novios, parecía feliz, de verdad que lo parecía, pero está claro que no lo era y un día supe por qué. Todo lo que mi hermana necesitaba era expresar lo que le pasaba. Primero, con mucho miedo, me lo contó a mí: le gustaban las mujeres. Por supuesto, la apoyé y le guardé el secreto hasta que estuvo preparada para confesarlo a la familia. Recuerdo, perfectamente, cuando hace como unos siete años les dijo a mis padres que no se sentía atraída por los hombres porque a ella le gustaban las mujeres, era y es lesbiana. La reacción de mi padre fue patética, le pegó una bofetada, comenzó a gritarle y a decirle que era la vergüenza de los Viana. En ese momento, no tuve el valor para evitar ese golpe y me arrepentiré toda la vida.

Entonces, mi hermana tomó la decisión de irse de casa, no podía hacer otra cosa. En aquel tiempo, ella estudiaba periodismo en una universidad privada y se vio obligada a cambiarse a una pública, porque no tenía dinero para pagarla. Trabajaba en lo que le iba saliendo, ella que nunca había trabajado.

Yo, en ese momento, trabajaba en una gran clínica veterinaria en el centro de Madrid, ganaba un montón de dinero y todo ello por ser un Viana. Decidí irme de casa con ella para apoyarla totalmente. No podía dejar a mi hermana abandonada a su suerte, porque la quería y la quiero muchísimo. Mi corazón me gritó que tenía que acompañarla y ayudarla en todo lo que me fuera posible.

Buscamos un apartamento para vivir, no era muy grande, solo tenía dos habitaciones más el salón-cocina y un baño, pero era lo suficiente para vivir los dos.

Lo importante de todo eso fue que mi hermana, aunque lo pasó mal por el rechazo de mi padre, consiguió salir adelante, terminar su carrera y ahora es una gran periodista.

Fue muy complicado por todo lo que pasó, pues sentir el rechazo de nuestro padre y el silencio de mi madre le hicieron mucho daño. A mí me decepcionaron tanto... De mi padre me lo esperaba, nunca nos ha querido, siempre ha tratado de controlarnos como si fuéramos muñecos de trapo, pero de mi madre no esperaba esa forma de fingir que nada le importaba. Se supone que una madre debe apoyar a sus hijos y ella no lo hizo. A pesar de todo, mereció la pena por ver a Mireya irradiando felicidad y siendo libre.

Yo me vine a vivir a este pueblo un año después de que mi padre echara a Mire de casa. Entendí que no podía seguir trabajando como veterinario en una clínica tan importante solo por ser un Viana. Busqué trabajo por mi propia cuenta y lo encontré en este pueblo, aunque es pequeño, aquí no soy Manuel Viana, simplemente soy Manuel, el veterinario. Este trabajo lo he conseguido por mí mismo, sin que nadie me ayude y estoy orgulloso de ello.

Capítulo 9

Alba

Llego a casa, subo a mi habitación, que, en realidad, no es solo mía, también la comparto con Gisela y Adri, mis hermanas.

Es una habitación más o menos grande con tres camas, una para cada una, un armario que compartimos las tres y por el cual nos peleamos a menudo. Yo he propuesto varias veces que dividamos el armario equitativamente, pero nadie me ha hecho caso. A lo que voy es que es una habitación simple, con las paredes en blanco y una ventana desde la que se ve la calle. Llevamos viviendo aquí casi toda la vida.

Ninguna de las dos está y es demasiado raro, dado que son las doce de la noche ya.

Entonces, las busco por toda la casa, pero no, definitivamente no están. Me jode mucho porque tengo que hablar con alguien, necesito contarle a Adri lo que ha pasado. Adri es la única que me comprende, porque Gisela siempre ha ido a su bola, siempre ha sido más independiente.

El móvil vibra y vibra durante horas, pero yo no lo cojo, le he tenido que quitar el sonido porque iba a despertar a toda la casa. Con toda la casa me refiero a mi hermano y mi cuñada, porque las demás siguen sin llegar. Gisela es normal que no esté porque rara vez está. La que lleva unos días rara es Adriana, sé que es por temas amorosos, aunque todavía no me lo haya contado. Como también sé que es Mateo el que no deja de llamarme, ahora mismo debe de estar queriendo matarme, pero estaba harta de estar en ese pueblo y eso que llevaba solo veinticuatro horas. Ya no aguantaba más.

Soy consciente de que lo estoy haciendo todo mal, pero no soy de pensar las cosas antes de hacerlas.

A las tres de la madrugada, escucho la puerta de casa abrirse y unos gritos que provienen del salón.

Bajo para ver qué pasa y reconozco la voz de Edgar, que le está echando la bronca a Adri.

41

—Adriana, ¿desde cuándo vuelves a estas horas? —pregunta gritando.

—Se me ha hecho un poco tarde, no tienes por qué preocuparte estaba sana y salva —le responde mi hermana pequeña.

—Me preocupo porque soy tu hermano mayor, porque no son horas de estar en la calle y porque sí. Además, tú nunca habías llegado a esta hora. ¿Te parecen esas razones suficientes o sigo?

—Adri, Ed tiene razón, no son horas de llegar —intervengo porque estoy de acuerdo con mi hermano. Adri no puede llegar a estas horas a casa. Es nuestra hermana pequeña, siempre va a ser nuestra pequeña princesa, aunque tenga ya dieciocho años y se encargue de recordarlo casi todos los días.

—Ya lo sé y perdón, pero estaba bien. Os lo aseguro —repite ella.

—¿Con quién? —pregunta Ed.

—Con alguien que, de momento, no os puedo decir –responde con una sonrisa de oreja a oreja.

Y es que esa sonrisa solo puede significar una cosa: amor. Amor con todas sus letras y en mayúscula. De hecho, creo que es la primera vez que la veo con esa cara de enamorada. Ha salido con varios chicos, pero nunca había vuelto con esa sonrisa.

—Soy tu hermano, te quiero, me preocupo por ti y me gustaría saber con quién sales —insiste Edgar que, además de estar preocupado, es un cotilla de pacotilla.

—Con una buena persona, ¿vale? Perdóname, Ed. —Adri sabe muy bien cómo hacer que nuestro hermano la perdone, le pone esos ojitos de niña pequeña y le da un fuerte abrazo.

—Pero quiero conocer a esa persona —le advierte Ed. Lo dicho, preocupado y cotilla.

—¡Que sí, pesado! —Le da otro abrazo y me mira—. ¿Qué haces aquí?

—Ahora te lo cuento —respondo.

—Buenas noches, Ed.

—Buenas noches, hermanito refunfuñón. —Le doy un abrazo.

—Buenas noches, enanas.

Sí, toda la vida nos va a llamar enanas, ya es costumbre. Es nuestro hermano mayor, nos ha cuidado toda la vida y para él, aunque Gisela tenga veinticinco; Adri, dieciocho; y yo, veintidós años, vamos a ser sus enanas hasta que seamos viejas. He de reconocer que a mí me encanta que me siga llamando así. Sé que es un apelativo cariñoso y me recuerda a cuando éramos pequeñas y nos lanzábamos encima de él para que jugara con nosotras. Son los típicos recuerdos de infancia que nunca se olvidan.

—¿No te acuestas? —le pregunto viendo que se queda en el salón.

—Voy a esperar a que llegue Gisela.

Él es así, vive preocupado, y Gisela es la que más dolores de cabeza le da. Ella entra y sale cuando le da la gana, con eso de que es actriz y tiene que ensayar, hace lo que quiere.

Total, que Adri y yo subimos a nuestra habitación y por fin nos ponemos a hablar, hemos estado solo un día separadas y ya tenemos un montón de cosas que contarnos. Más que hermanas parecemos gemelas inseparables. Nosotras hemos tenido una conexión desde siempre que por mucho que nos hemos esforzado no hemos podido tener con Gisela.

—¿Dónde estabas? —Sí, yo también soy una cotilla. Me puede la curiosidad, lo reconozco.

—¿Por qué has vuelto tan pronto? —Contraataca con otra pregunta.

—Yo he preguntado primero.

—Con una persona que creo que me va a cambiar la vida.

Eso no lo dice normal. No. Eso lo dice con una sonrisa gigante, que, llegado el punto, parece que se le va a desencajar la mandíbula.

—¡Qué bonito ha sonado eso! Cuéntame más.

—Ahora te toca responder a ti.

—Vale —digo y resoplo—. Tampoco hay mucho que contar. Mateo me llevó a un pueblucho, estaba harta y estoy de vuelta.

—¿Y nada más?

Jodida Adri, me conoce demasiado como para saber que hay mucho más. Muchísimo más.

—No.

—No te creo.

—Vale.

Si le cuento lo del buenorro, quiero información de esa persona especial para ella. Información por información. Creo que es un trato justo.

—Cuéntamelo todo.

—Ya te lo he contado todo. —Miro para otro lado, estoy deseando que siga preguntando. Quiero contárselo todo, pero primero que insista un poquito más. La curiosidad es buena.

—Estás muy rara, hay algo más.

—Pasé la noche con un buenorro que conocí en la taberna del pueblo —expreso a bocajarro, porque yo soy así, suelto las cosas sin pensarlas mucho.

—Ah… ¿Y lo dices tan tranquila? —Se levanta de la cama y empieza a dar saltitos—. Cuéntamelo todo con lujo de detalles.

—No pasó nada, me llevó a su casa porque estaba borracha y cuando estábamos quitándonos la ropa, me dijo que era una cría para él —explico, recordando la noche de ayer.

Mi hermana abre los ojos de par en par, está alucinada, cosa normal. Me cuesta creérmelo a mí. Soy impulsiva y eso es sabido por todos, pero lo de liarme con un desconocido teniendo novio no es propio de mí. ¡Anoche se me fue muchísimo la cabeza!

—¿Cuántos años tenía?

—No lo sé… Quizá unos diez más que yo. No me fijé mucho.

—¿Y Mateo?

—Mateo cuando volví al hostal, me vio con la sudadera que llevaba puesta del buenorro y ya te puedes imaginar. Por cierto, la sudadera me la he traído. —Me levanto, abro la maleta, aún sin deshacer, y le enseño la sudadera como si fuera el regalo más maravilloso y es que, para mí, lo es. Huele a él y un poco a alcohol también, pero eso ya es culpa de mi borrachera.

Le termino de contar todo lo que pasó después con Mateo y por qué he vuelto tan rápido.

—Y sigues babeando por el buenorro.

—No, no, no, no, no. —No me lo creo ni yo y mi hermana menos porque se parte de la risa—. Bueno… Sí… Un poco.

—Un poco sí. — Se vuelve a reír.

Nos pasamos la noche entre risas. Con Adriana todo es más fácil y que solo nos llevemos cuatro años de diferencia también ayuda. Somos unas cómplices de primera, nos lo contamos todo.

Sé que tarde o temprano me contará quién es esa persona, que para ella es muy especial, se le nota tanto por lo poco que me ha contado. Solo me ha dicho que es periodista.

Por mucho que lo intento, no suelta nada más y yo me quedo con una curiosidad enorme. No quiero presionarla, por eso, no insisto más. Me lo contará cuando esté preparada.

Al amanecer nos quedamos dormidas en mi cama como cuando éramos pequeñas y dormíamos la mayoría de las noches juntas. Recuerdo que Edgar nos vestía cómo si fuéramos gemelas. Monísimas. Rememoro mi infancia con una gran sonrisa, a pesar de todo lo que pasó con nuestros padres, fuimos felices. Edgar se encargó de que fuéramos felices.

Capítulo 10

Manuel

Voy rumbo a la ciudad, de todos modos, no tengo nada que hacer en el pueblo. En la ciudad tendré más oportunidades de encontrar trabajo, siempre y cuando mi padre no me saboteé. Conociéndolo como lo conozco, sé que sería capaz de hacerlo.

En poco más de una hora estoy en la puerta del piso de mi hermana. Espero que no siga ocupada con su chica. Tendría que haberle avisado que venía. No quiero interrumpirla, pero me han podido las ganas de darle una sorpresa.

Toco el timbre y espero a que abra. Me recibe con cara de dormida, pero con esos preciosos ojos verdes que tiene. Está en pijama y con el pelo moreno recogido en una coleta. Hacía tres meses que no nos veíamos, porque ni ella ha podido ir al pueblo, ni yo venir a Dogue. Sigue igual de guapa que siempre, con la sonrisa imborrable en la cara y esas facciones tan dulces. ¡Cuánto la quiero!

—Manuel, ¡qué sorpresa y qué ganas tenía de verte! —Me da un fuerte abrazo.

—Ay, Mire. Mi Mire. —La abrazo con más ganas.

—¿Vamos a llorar? ¿De verdad? —pregunta y ya está llorando al igual que yo.

Puede que seamos unos llorones, pero necesitaba tanto este abrazo. Además, llorar es una forma de expresar los sentimientos igual de válida que cualquier otra

—Pues claro. ¡Tenía tantas ganas de verte!

—Pasa.

El piso en el que vive no es muy grande, es más bien pequeño, pero bonito y acogedor. Yo le ayudé a pagarlo, está pintado en tonos blancos, tiene una cocina, dos habitaciones y un baño. Lo dicho, pequeño, pero bonito, porque con el excelente gusto para la decoración que tiene mi hermana es imposible que no sea así y me encanta.

Le cuento todo lo que ha pasado y el motivo por el cual he perdido el trabajo y claro se queda desconcertada. No entiende cómo yo, que estaba dispuesto a no acercarme a ninguna chica nunca, he terminado por liarme con una y encima perder el trabajo por trasnochar, que eso también es muy raro en mí. Me estoy convirtiendo en un raro.

—¿Qué piensas hacer?

Es una excelente pregunta para la cual no tengo respuesta.

—No tengo ni idea. ¿Qué puedo hacer?

Tengo una excelente relación con todos mis hermanos, con Borja un poco menos, pero la conexión que tengo con Mireya, no la tengo con nadie. Por eso, necesito sus consejos.

—Se me ocurre que te puedes quedar aquí.

—No, no, ¿y tu chica? —Lo que menos quiere es molestar.

—Mi chica nada, de momento, nada.

—¿Nada? —pregunto extrañado.

—Me encanta y nada más.

—¿Así de fácil?

—Estamos empezando. Tú relájate y te quedas aquí. Además, esta también es tu casa.

Coge mi maleta y la lleva a la habitación que era mía hace un año. La quiero mucho, pero es una mandona, eso que quede claro.

Luego, sin decirme nada más, se pone a hacer el desayuno y claro sabiendo cómo es o me lo como o me lo da de comer. No ha sido la primera vez que me lo ha intentado dar con cuchara y todo.

Capítulo 11

Alba

Ya estamos todos preparados para desayunar.

Cuando digo todos es todos, tanto Ed, Gisela, Adri y Olivia, la esposa de Ed, que también es mi amiga. En esta casa todo lo que tenemos de guapos, lo tenemos de pobres. No nos vamos a engañar somos guapos, hay cosas que se han de reconocer, aunque parezca de vanidosos.

—Después tenemos que hablar —le digo a Olivia.

—Claro.

—Hablad sin mí, me tengo que ir a la universidad —dice Adri.

—¿Un sábado? —le pregunta Gisela.

—Sí. Además, ¿desde cuándo te preocupa a ti si voy o no a clase? —replica Adri.

—Desde nunca, pero se nota a leguas que estás mintiendo. Cúrrate mejor las mentiras.

—Por favor, quiero un desayuno familiar y eso implica tranquilidad —habla mi hermano un poco enfadado.

—Tranquilo, yo ya me voy. —Gisela se levanta, coge una magdalena y se va dando un portazo.

Esta es otra que todo lo que tiene de guapa, lo tiene de borde. Es mediana tirando a bajita, tiene unos ojos claros entre azules y verdes, delgada y con pelo largo, color castaño, pero nunca ha estado contenta con nada. Siempre le ha importado el físico, siempre ha sido así, parece que no fuera de esta familia. No nos quiere y si nos quiere, no lo demuestra para nada. Adriana siempre ha sido como más parecida a mí, somos unas románticas empedernidas, aunque físicamente no nos parezcamos mucho. Ella es unos centímetros más baja que yo, de pelo castaño y ojos claros tirando a verdes. Tiene un cuerpo escultural, pese a ser bajita y yo la quiero más que a nadie.

48

—Adri, ¿dónde vas? —pregunta Ed, que de tonto no tiene un pelo y, como bien ha dicho Gisela, sabe que lo de la universidad es una mentira.

—Ya te lo he dicho —le responde Adri.

—Adri, sabes que es mentira. Dime la verdad, soy tu hermano y puedes confiar en mí. ¿Cuántas veces te lo tengo qué repetir?

—Voy a ver a la persona especial con la que estuve anoche.

—¿Dónde?

—Al centro comercial.

—Ed, deja de controlarla, por favor —le pide Olivia y él le hace caso, porque Olivia es su amor, su todo, y es capaz de tranquilizarlo con tan solo unas cuantas palabras. Desde que se conocieron hace unos años se enamoraron a primera vista.

A mí me encanta que mi amiga y mi hermano estén tan enamorados, son la mejor pareja que he visto en mi vida. Realmente, me hice amiga de ella cuando comenzó a salir con mi hermano.

—No la controlo, mi amor. Solo quiero que me presente a la persona con la que sale. Si hace feliz a mi hermanita pequeña, quiero conocer a ese hombre, nada más.

—Os lo presentaré cuando llegue el momento, de verdad —afirma Adri para que no se preocupe.

Los demás parecen no darse cuenta, pero noto a Adriana muy nerviosa, demasiado. Intuyo que algo la inquieta y está relacionado con esa persona misteriosa con la que sale.

Edgar es el mejor hermano que hemos podido tener, nos quiere y se preocupa muchísimo por nosotras. No es que quiera imponer su voluntad o tenernos controladas, es que solo quiere saber que somos felices y eso es algo que admiro de él, esa capacidad de sacarnos adelante desde que era tan solo un adolescente y nosotras unas niñas pequeñas.

Nuestra madre murió cuando éramos pequeños, Adri ni siquiera se acuerda de ella. Al morir ella, nuestro padre se sintió agobiado y nos abandonó. Es duro, muy duro. Se supone que tendría que haber luchado por sacarnos adelante, no huir.

Afortunadamente, Edgar ya tenía dieciocho años y se quedó con nuestra custodia, de lo contrario hubiéramos crecido separados y eso no lo podría haber soportado ni él ni nosotras. No fue fácil que le concedieran nuestra custodia, pero a través de los padres de un amigo lo consiguió. Edgar es un hombre y un caballero de los pies a la cabeza, ese es mi hermano.

Mi teléfono suena poco después y creo que es hora de cogerlo, tengo que hablar con Mateo muy seriamente.

Capítulo 12

Manuel

Hablo con mi amigo y con mis hermanos, les cuento que estoy en Dogue, que he vuelto y no tengo nada que hacer en el pueblo. Se alegran muchísimo, pero Nacho saca el tema de la chica y yo que no quiero hablar de ella, para dejar zanjado el tema, les digo que fue un simple calentón, que me la hubiera follado en repetidas ocasiones y nada más. Es mentira, solo que ellos no lo saben.

Sigo pensando en ella, es algo que no puedo evitar. Me gustaría tanto volver a verla con esos ojos entre verdes y azules. El color de sus ojos fue un detalle que se me quedó grabado. Unos ojos que para mí son del color del mundo, no te dejan indiferente, no te pueden dejar indiferente.

Esa noche me dejé llevar por todo lo que ella me provocaba y sé que, posiblemente, hice mal, pero ya no puedo cambiarlo. Yo también estaba un poco bebido y no me acuerdo de mucho más, pero de sus ojos nunca me podré olvidar.

Si la volviera a ver le preguntaría su nombre, me gustaría saber cómo se llama. Seguro que tiene un nombre igual de bonito que ella. En parte, perdí el trabajo un poco por su culpa y un poco por la mía, por no poner el despertador. Quizá, era lo que necesitaba: cambiar de aires y volver a la ciudad con mi hermana. Vivir juntos como hace años. Supongo que todo pasa por algún motivo.

—¿En qué piensas? —pregunta Mireya, interrumpiendo mis pensamientos.

—¿La verdad?

—Siempre la verdad.

Cuando éramos pequeños prometimos apoyarnos siempre, en todo. Y seguimos manteniendo nuestra promesa.

—En ella. Desde que la conocí pienso con demasiada frecuencia en ella.

—Búscala —me propone.

—No sé su nombre, no sé nada de ella. —Eso me come por dentro, porque la buscaría, claro que la buscaría, aunque solo fuese para saber su nombre.

—¿Si lo supieras la buscarías?

—No. Sí. No sé. —Estoy hecho un lío—. La buscaría, pero no me acercaría a ella.

—¿Por qué?

Sabe perfectamente la respuesta, pero de todos modos me lo pregunta.

—Porque no soy suficiente para ella y lo sabes.

—Yo eso no lo sé. ¡Claro que no lo sé! Eres un chico estupendo, trabajador y cariñoso. Eres más de lo que piensas, más de lo que crees.

Sé que lo piensa, piensa que soy una gran persona, el problema es que yo no lo pienso. ¿Quién querría estar conmigo con mi problema? Nadie, esa es la respuesta.

—Te quiero, te quiero mucho. Mi Mire, mi pequeña. —Le doy un abrazo porque es lo que me apetece en este momento y porque es la mejor hermana que puedo tener. La única que sabe mi secreto.

—Y yo a ti, Manuel. ¿Qué vas a hacer?

—Pues se me acaba de ocurrir una idea.

—Cuenta.

—Voy a poner mi propia clínica veterinaria.

Se me acaba de ocurrir así, de la nada, pero me encanta la idea. Nunca he sido de moverme por impulsos y, ahora, parece que estoy cambiando un poco. Ya es hora de que me arriesgue. ¿Y qué mejor forma de hacerlo que cumpliendo un sueño? Mi sueño.

—Me parece una de las mejores ideas que has tenido en la vida.

Y esta es Mireya, la que me apoya en todas las decisiones que tomo, al igual que yo la apoyo a ella. No tengo palabras para describir lo mucho que la quiero.

Capítulo 13

Alba

Decido, después de casi cincuenta llamadas, coger el móvil.

—Mateo, tenemos que hablar.

—Estoy en la puerta de tu casa —solo me dice eso y cuelga.

Me asomo por la ventana y, efectivamente, está en la puerta. Es hora de cortar esta relación que nunca me ha hecho feliz.

Bajo y lo invito a pasar dentro, pero no quiere, prefiere hablar en la calle.

—Te fuiste y te he llamado mucho. Mucho —lejos de gritar, lo dice en el tono más calmado posible.

Mateo siempre ha sido así, calmado. La única vez que lo he visto gritar ha sido en el pueblo, aunque, por lo que parece, ha vuelto el Mateo calmado de siempre.

—No te quería contestar. —Sé que le estoy haciendo daño, pero necesito sincerarme con él. No puedo seguir con esta mentira.

—Ya.

—¿Ya? —No entiendo cómo puede tener tan poca sangre. No entiendo que no se inmute por nada o por casi nada.

—Te amo, eso lo sabes —tartamudea.

—Lo sé y me cuesta muchísimo decirte esto, pero me he dado cuenta que yo no te amo.

Me cuesta, no tiene ni idea de lo que me cuesta. No quiero hacerle daño y se lo estoy haciendo, pero no tengo otra forma de decírselo. No puedo dejar que siga haciéndose ilusiones conmigo. Seguro que no es la mejor forma porque, últimamente, no paro de cometer errores, pero no encuentro otro momento, ni otra manera de decírselo.

—¿Desde cuándo no me amas? —Está a punto de llorar, lo veo en sus ojos y a mí se me está partiendo el corazón.

—Nunca te he amado.

Esa respuesta parece ser la definitiva porque, sin decir nada más, se monta en su coche y se va. Se va llorando, lo sé. Me duele, claro que me duele. Una cosa es que nunca haya estado enamorada de él y otra que no le tenga cariño. Sé que es lo mejor para los dos. Yo no puedo seguir con él, no mientras no me quite de la cabeza al buenorro. Prefiero ser sincera a seguir con una relación destinada al fracaso.

Capítulo 14

Manuel

Una semana. Ese es el tiempo que ha pasado desde que vivo con mi hermana.

La convivencia es inmejorable, nos repartimos las tareas de la casa y hacemos cosas de hermanos, como hacer guerra de cojines o fiesta de pijamas. Mireya y yo estamos viviendo una especie de segunda infancia. Pueden parecer cosas infantiles, pero a nosotros nos hacen felices.

He ido decorando un poco mi habitación. Yo no quería, mi hermana insistió en que, si ahora voy a vivir con ella, tenía que decorar mi habitación a mi gusto, que eso no estaba en discusión. De momento, solo la he pintado de color azul claro y he puesto mis dos guitarras, la eléctrica y la acústica, en sus respectivos soportes. Ya tendré tiempo para seguir decorándola a mi gusto.

En esta semana he estado mirando algunos locales en los que poder poner la clínica veterinaria y he visto uno que está bastante bien, es grande y barato dentro de lo que cabe. Además, está en el centro de Dogue y eso es de agradecer. Estoy a punto de alquilarlo, aunque pronto me quede sin ahorros. Lo voy a invertir todo en mi sueño, en mi clínica veterinaria. Si sale mal, por lo menos, lo habré intentado. La vida consiste en arriesgarse o eso dice mi hermana.

Hoy he quedado con el dueño del local en una cafetería para firmar el contrato de alquiler.

Todavía faltan casi diez minutos para que venga el señor, pero a mí siempre me gusta llegar un poquito antes. Mientras espero, el camarero viene, me sirve el refresco que he pedido y lo reconozco en seguida. Alto, moreno, atlético, ojos azules claros, siempre con una sonrisa y bromeando. Sin duda, es Edgar Mínguez, mi mejor amigo en la universidad.

—Edgar, ¿qué tal? ¿Cómo te va todo? —Me levanto y le doy un gran abrazo.

—No, no puede ser. ¡Manuel Viana, mi amigo de la universidad! —Está sorprendido como yo y me da otro abrazo.

—¿Qué tal?

—Pues ya ves, aquí, trabajando de camarero. ¿Y tú?

—Yo hace nada que me he venido a vivir a la ciudad.

—Lo último que supe de ti es que te habías ido a trabajar de veterinario a un pueblo.

Edgar y yo perdimos el contacto hace unos años cuando yo me fui a vivir al pueblo y comencé a trabajar como veterinario. Me dolió perder una amistad tan sincera como la suya, pero parece que, ahora, es tiempo de retomarla. Éramos grandes amigos, los mejores.

—Así fue hasta que me despidieron por cosas que ya te contaré y, por eso, estoy de vuelta en la ciudad.

—Me alegro un montón de verte. Tenemos que hablar.

—Por supuesto, tengo que cerrar un asunto y en cuanto termine te espero para tomarnos unas cañas. —Me emociona volver a verlo. Es un gran hombre y una muy buena persona.

Edgar sigue sirviendo mesas y el dueño del local que voy a alquilar viene con contrato en mano, revisamos las condiciones y lo alquilo finalmente. Es el inicio de un nuevo proyecto lleno de ilusión y de ganas.

***

A la hora de comer, Edgar termina su jornada y nos quedamos en el mismo bar poniéndonos al día de todo lo que ha pasado en nuestras vidas. Yo le cuento lo bien que me ha ido todo este tiempo en el pueblo hasta hace tan poco que me despidieron por la chica, le hablo de la chica y de lo mucho que me hizo sentir, pero claro por muy amigo que fuera, él no sabe de mi problema. En realidad, poca gente sabe el problema que tengo, solo lo sabe mi hermana Mireya. Y no es porque no confíe en Ignacio, en Borja o en Leticia, es que no me siento cómodo contándoselo. Con Mire siempre ha sido diferente, es otro tipo de conexión más fuerte, con una confianza plena.

Edgar me sigue contando que en estos años se ha casado con la mujer con la que tuvo amor a primera vista, tipo película. Su mujer se llama Olivia, por la forma en la que habla de ella, me doy cuenta de que la ama más que a nadie. Me habla también de sus hermanas, de cuanto las quiere y de lo importantes que son para él. Me lo imagino porque para mí, mis hermanos son igual de importantes y más cuando eres el hermano mayor. ¡Hasta en eso nos parecemos Edgar y yo! Su hermana Gisela estudia artes escénicas, Alba estudia magisterio y su hermana Adriana, la más pequeña, está empezando periodismo.

Hablando y hablando se nos hace de noche y es, entonces, cuando se me ocurre una idea, porque sí, porque sé que será genial, porque sé que no puede ser de otra manera. Además, él es veterinario y si no está ejerciendo como tal es porque no ha encontrado trabajo, pero eso ya no va a ser un problema. Tras contarle mi futuro proyecto de clínica veterinaria le formulo una propuesta.

—Te propongo que trabajes en mi nueva clínica veterinaria. —Antes de que diga nada, vuelvo a decir—: No acepto un no por respuesta.

—Pero…

—Bienvenido al equipo, veterinario Mínguez. —Extiendo la mano para sellar nuestro futuro laboral juntos.

—No sé qué decir.

—Con un ``gracias´´ y un apretón de manos, me doy por satisfecho. —Me rio.

—Gracias, gracias por dejar que pueda trabajar de lo que me apasiona —Ahora sí, me estrecha la mano y ríe a carcajadas. Sé que es la oportunidad que tanto estaba esperando.

Capítulo 15

Alba

En este mes que ha transcurrido, Edgar ha estado ayudando a su amigo Manuel en todo lo relacionado con la clínica. Está muy emocionado, ha conseguido trabajo. Un trabajo de lo que tanto le gusta, de veterinario. Está feliz y Olivia está contenta de ver a su amor así. Es un amor muy bonito el que se tienen, hacen una pareja preciosa.

Gisela sigue como siempre, a su rollo, de aquí para allá, sin dar explicaciones de nada y mi Adri, mi Adri está muy ilusionada con esa persona especial de la cual no ha querido revelar ni su nombre y mira que yo he intentado sonsacárselo, pero nada.

De Mateo no he vuelto a saber nada, no me ha vuelto a llamar, ni a buscar y, por un lado, me alegro, pero, por otro, me gustaría saber que está bien. Me gustaría tenerlo como amigo, aunque sé que eso con Mateo es misión imposible. Es una gran persona, pero está demasiado enamorado de mí para poder ser mi amigo y me duele mucho hacerle daño. A veces, en el amor no todo es justo y, en este caso, para él no lo está siendo.

Cuando le dije a mi hermano que había terminado con Mateo no le hizo mucha gracia porque le parecía un buen chico, pero no le quedó otra opción que respetar mi decisión. Su intento de interrogatorio le resultó efectivo, no solté la verdadera razón de dejar a Mateo. No era plan de decirle a mi hermano que me enredé con un desconocido así porque sí. Le di la versión *light* e igual de verdadera: dejé a Mateo porque no estoy enamorada de él.

Hoy no es un día para pensar en nada de estas cosas. Hoy es el día de conocer a ese gran amigo de mi hermano, el chico que va a hacer que mi hermano cambie de empleo. No cualquier trabajo, el trabajo por el que tanto ha luchado. Y de paso, si el chico está bien, pues alegrarme la vista, qué nunca viene mal.

Mañana es la inauguración de la clínica veterinaria, por eso, Ed ha querido invitar a su amigo Manuel y a su familia a cenar en casa esta noche, para que lo conozcamos y que él conozca a nuestra familia. Es lo que viene siendo una presentación típica de familias cuando hay una pareja, pero en este caso sin pareja.

Capítulo 16

Alba

Tocan el timbre, todos estamos vestidos muy elegantes y la verdad es que yo no soy partidaria de arreglarse tanto, aunque vengan invitados, pero Edgar dice que tenemos que dar buena impresión. Yo no entiendo para qué quiere dar una buena impresión si el trabajo ya lo tiene conseguido.

Total, que yo me he puesto un vestido estampado, unos tacones para verme un poco más alta, que no es precisamente que lo sea, y un recogido sencillo en el pelo. Un toque elegante, pero que me queda decentemente bien.

Edgar es quien abre la puerta y, entonces, lo veo. Es el buenorro. Viene acompañado de una chica, quizá, su esposa.

Nos miramos, sin saber qué decir. Pasan unos segundos en los que parece que solo estamos él y yo. Como si no estuviéramos rodeados de familia. Solos y volviendo a encontrarnos. Reencontrándonos. Tengo tantas emociones a flor de piel en este momento…

—Bienvenido a mi casa, amigo. —Ed es el primero en hablar y abraza al buenorro que no me quita un ojo de encima—. Ella es mi esposa Olivia. Ellas son mis hermanas Alba y Adriana. Falta mi hermana Gisela, pero como ya te dije va por libre.

El buenorro se presenta a todos a la vez que presenta a su hermana.

Es su hermana, respiro aliviada, aunque eso no me quita la tensión que estoy sintiendo. A mí no debería de importarme si es su hermana, su esposa, su novia o lo que sea.

Cuando se acerca para saludarme, huyo. ¿Por qué huyo? No lo sé.

Subo corriendo a mi habitación y me encierro. Acabo de quedar como una patética, lo sé. No es fácil asimilar que un simple desconocido al que pensaba que no volvería a ver en la vida, ahora tenga nombre. Es Manuel Viana, heredero de los coches Mirana, la marca más importante de los coches españoles, pero eso no es lo importante. Lo que importa es que el buenorro tiene nombre y tiene apellido, es el amigo de mi hermano. Le ha dado trabajo y han retomado su amistad, por lo tanto, seguro que lo vuelvo a ver. Seguro que seguiré viendo sus ojos, su sonrisa, su boca... Sus labios sabían tan bien... Si me quito estos pensamientos de la cabeza mejor, mucho mejor.

Yo lo de que me rechazase no lo llevo bien, nada bien.

Nunca pensé que me lo volvería a encontrar y, ahora, lo tengo en el salón de mi casa, a tan solo unos metros de mí. Pensé que todo lo que pasó en el pueblo se quedaría allí, pero, al parecer, estaba equivocada.

Capítulo 17

Manuel

Se llama Alba. Tiene un nombre bonito, a pesar de estar bastante loca. Ella es la chica que tanto me trastocó, la chica que acaba de huir dejando a toda su familia sin saber qué decir o qué pensar y, de paso, dejándome a mí casi igual de atónito.

Y lo que más me sorprende es que Alba venga a ser, precisamente, hermana de Ed, de mi amigo. Parece una cámara oculta o una broma de mal gusto. Siempre he creído que este tipo de casualidades solo pasan en las películas, pero también pasan en la vida real.

—Perdónala, desde que ha cortado con su novio está un poco rara —se disculpa Edgar.

¿Novio? Tenía novio y lo ha dejado. ¿Por qué? ¿Por mí? No. Pensar eso sería de ser un iluso y no. Se enrolló conmigo teniendo novio. Fue un simple rollo de una noche. Yo que desde hace un tiempo estoy alejado de mujeres, desde que entendí que, por mucho que lo intentase, no podría estar con ninguna.

—No pasa nada. Lo entiendo. —Trato de no darle importancia para que no se percate de que algo raro pasa, aunque seguro que no se lo podría ni imaginar.

—¿Y ella es…? —pregunta Adriana, señalando a mi hermana y no sé por qué, pero se miran diferente, como si ya se conocieran de antes.

—Mi hermana Mireya. —Solo mi hermana me ha podido acompañar.

Nacho tenía una cena muy importante de negocios, Borja ha dicho que se iba de fiesta y a follar, tal cual lo ha dicho y cada vez me parece más repugnante. Leticia, al ser menor de edad, solo hace lo que nuestros padres mandan. Por suerte, he podido hablar alguna vez que otra con Leti. Y, por suerte, Mireya ha podido seguir estando cerca de ella, aunque sea cuando Leti va al instituto. Es nuestra hermana y no la vamos a dejar de ver porque un idiota como nuestro padre no nos quiera.

Es decirle a Adriana que Mireya es mi hermana y le sale una sonrisa de oreja a oreja. Tengo la sensación de que me estoy perdiendo algo entre ellas dos. No es que sea cotilla, que un poco lo soy, pero me gustaría saber qué es eso que me estoy perdiendo, por estar informado de lo que pasa en la vida de mi hermana.

—Voy a subir a buscar a Alba. Id pasando al comedor, cenaremos enseguida —nos informa Edgar.

Esta Alba es diferente de la que conocí en el pueblo. Aquella Alba era decidida y estaba muy borracha. Sin embargo, esta es tan miedosa… Y a mí que me gustan las dos versiones. Me gusta ella de todas formas. Llegó con mucha velocidad aquella noche y parece haber hecho lo mismo hoy.

Capítulo 18

Alba

Mi hermano entra en mi habitación y me mira sin entender nada. Sin entender por qué he huido. Es tan difícil de explicar, que, ahora, no es el momento. No le puedo decir que tuve un intenso encuentro con Manuel la misma noche de conocerlo. Estaba dispuesta a todo con el buenorro y yo nunca he sido de acostarme con un desconocido la misma noche de conocerlo.

—¿Por qué te has ido así?

—Me sentía mal —miento, no me queda otra opción.

—¿Qué te pasa?

—Nada, nada. Ya se me ha pasado. —Disimulo muy mal.

—¿Bajas a cenar?

—Por supuesto, esta noche es muy importante para ti. —Le doy un abrazo y bajamos al comedor. Tendré que disimular.

Solo hay un sitio libre y parece que lo hayan hecho a propósito. Me tengo que sentar, sin más remedio, junto al buenorro.

Mireya, su hermana, se presenta y se parece a él, es morena, con unos ojos verdes esmeralda muy bonitos.

El buenorro se podía estar quietecito, porque no me hace ningún bien en mi misión de odiarlo que se levante y me tienda la silla para que me siente. Está guapísimo con su pelo negro tan peinado, una camisa blanca que le queda inexplicablemente bien y eso que a mí los hombres que se visten tan formales no me gustan. Siempre me han gustado más casuales. También lleva un pantalón negro que le marca jodidamente bien el culo y ya paro. ¡Ya paro! Yo había quedado con mi cerebro en dejar de pensar que está bueno y en recordarme que me trató como si fuera una simple cría, que no podía hacerlo disfrutar aquella noche. ¡Aquella noche tan caótica!

Capítulo 19

Manuel

Está sentada justo a mi lado, preciosamente vestida como una princesa de esas de los cuentos de hadas. Me llega el aroma de su perfume, ese perfume que respiré esa noche, la noche en que la conocí. Hay fragancias que no se olvidan, aunque no estuviera en mis cinco sentidos.

Cuando acaba la cena, salimos al jardín de los Mínguez, que, aunque no es muy grande, es lo suficiente espacioso para que nos tomemos unas copas y bailemos. Primero, ponen reggaetón y yo, que estoy sentado, la miro. Baila tan bien y sensual al mismo tiempo... Esa forma de moverse… Esa forma de sonreír. Suena mi móvil y lo agradezco porque estaba demasiado embobado. Es una llamada muy importante sobre la inauguración de la clínica veterinaria de mañana. Entro de nuevo en la casa de los Mínguez y descuelgo, es uno de los encargados del pequeño catering.

Tras unos minutos hablando, cuelgo, me doy la vuelta y la veo mirándome con sus ojos color mundo, ese color es el del mundo, estoy seguro. Tienen una mezcla de azul y verde que hipnotiza. El día que la conocí ni siquiera pude apreciar bien esos ojos. No estábamos demasiado bien para apreciar nada.

—¿Qué haces aquí? —Una pregunta para la que no tengo respuesta.

—No tengo ni idea.

—¿Sabías qué Edgar es mi hermano?

—No, claro qué no. Si lo hubiera sabido…

—… no habrías venido —es ella la que termina la frase.

—No lo sé.

—¿Por qué no quisiste?

Sé perfectamente a lo que se refiere: por qué no quise acostarme con ella. No fue que no quisiera, es que no podía, es que no puedo, pero ella no lo sabe. Tampoco se lo voy a decir, no tiene sentido. Es algo muy personal para estar contándoselo a cualquiera y yo a ella la acabo de conocer.

—Eres una cría y fue lo mejor. —Sí, es una cría, pero no fue por eso.

—Vete a la mierda —grita, le da igual que la escuchen. Me manda a la mierda, coge la copa de vino que estaba bebiendo y me la echa entera sobre la camisa. Sobre mi camisa blanca.

—¡Estás loca! ¡Las manchas de vino no salen! —esta vez soy yo el que grita, por muy buena que esté y por muy hermana de mi amigo que sea, no voy a permitir que siga haciendo locuras. Y menos que, por una rabieta, haya manchado esta camisa.

Vuelve al jardín y yo me quedo empapado de vino, estábamos hablando tan calmados hasta que le he dicho que es una cría y ha gritado. Yo he tenido la culpa, pero no puede ser una loca que va tirando copas de vino. Qué aprenda a controlarse. Yo que llegué a pensar que todo lo que hizo en el pueblo fue por causa del alcohol, pero, visto lo visto, está así de loca ebria y sobria.

Capítulo 20

Manuel

Cuando vuelvo al jardín, todos me preguntan que qué ha pasado al ver la mancha enorme en mi camisa. Me invento una excusa, les digo que se me ha caído la copa de vino encima accidentalmente. Edgar quiere prestarme una camisa suya, pero yo me niego alegando que es verano y que así estaré fresquito.

Alba no deja de mirarme y no es que me incomode, pero un poco nervioso sí que me pone. Esta chica es rara a más no poder, no se parece nada a Edgar. Debe de ser bipolar o algo por el estilo, porque ha pasado de estar echa una furia a estar cabizbaja. Con lo de cría no quería hacerle daño, es lo que menos pretendía, aunque parece haberla ofendido bastante. Preguntarme sobre aquella noche no tiene sentido ya. Esa noche es mejor dejarla en el pasado.

Vuelven a poner música, pero esta vez es Alba quien la elije. Pone música romántica, de esa lenta que es para bailarla agarrado.

—¿Bailamos? —Me extiende la mano, quiere bailar conmigo después de haberme tirado la copa de vino encima. No la entiendo, no entiendo qué pretende ahora.

—¿Estás segura? —Es capaz de montarme algún pollo.

—Te lo estoy pidiendo.

Cojo su mano, porque mi cabeza me dice que no baile con ella, pero algo en el fondo de mí grita que por bailar con ella no va a pasar nada.

Suena *A primera vista* de Sin Bandera, me encanta esta canción y bailarla con ella me hace sentir raro, pero especial. Es la explicación más rara del mundo, soy consciente.

—Esto es lo que quiero —dice tan cerca de mi boca que noto hasta su aliento con aroma a vino. Esta noche creo que también se ha pasado con el alcohol.

—Nos puede ver alguien. —Me separo un poco de ella porque estamos delante de todos a punto de comernos la boca y comiéndonos con la mirada. Ha vuelto la tensión y la atracción de aquella noche.

—Me da igual. ¿Crees qué me importa? —Se vuelve a acercar a mí y como se siga acercando voy a tener que irme ya.

No puedo sucumbir y besarla, no. Joder, qué estamos delante de todos. Delante de nuestras familias. ¿Dónde se supone que está mi fuerza de voluntad? Siempre he sido de tener autocontrol y esta chica me está haciendo perderlo con mucha facilidad.

—A ti no, pero a mí, sí.

—Vamos a otro lado.

—¿Dónde? —No sé ni por qué pregunto. No puedo seguirle el juego. Me tengo que centrar.

—Donde podamos besarnos.

—No —digo tajante. Agradezco que la cordura haya vuelto a mí.

—¿Por qué?

—Eres una cría.

Sé que eso le sienta fatal, pero no podía decirle otra cosa, necesitaba alejarla de mí o la iba a besar sin pensar dónde estamos. Así de fuerte me hechiza.

Se va enfadadísima dentro. Por suerte, Edgar y su esposa están bailando a su rollo y mi hermana y Adriana, directamente, no están. Supongo que están juntas, desde que hemos llegado a esta casa no se han quitado el ojo de encima ni un minuto.

Me siento de nuevo en el jardín y veo que dentro de la casa se enciende una luz en la planta de arriba. Alba se asoma a la ventana, de la que debe de ser su habitación, y me mira fijamente. Me mira durante unos minutos y yo desvío la mirada cuando me doy cuenta que llevo más tiempo de lo que debería atontado.

Es muy guapa, es bajita y me he dado cuenta de que la diferencia de altura que tengo con ella es considerable, pues le saco casi una cabeza. Tiene un cuerpo espectacular y aunque no lo tuviera me fascinaría igual. Es como si tuviera un magnetismo especial, una sonrisa hermosa, su pelo largo y castaño tan liso y esos ojos... Sus preciosos ojos verdiazules.

Para cuando vuelvo a mirar, ella ya no está en la ventana.

Capítulo 21

Alba

No puedo seguir mirándolo, no puedo. ¿Por qué ha tenido que volver a aparecer en mi vida? Si ya casi no pensaba en él. ¿Por qué tiene qué restregarme que soy una cría para él? No lo soy. Soy una mujer que… Soy una mujer a la que le gusta un idiota. Una mujer que habría hecho el amor con el buenorro la misma noche que lo conoció, sin importarle nada, sin importarle su novio, porque esa noche solo existíamos nosotros y esta noche, por unos minutos, lo he vuelto a sentir.

No sé qué es lo que quiero de él, pero cuando lo tengo cerca me sale una sonrisa espontánea. Lo que sé es que él de mí no quiere nada de nada, ni que me acerque. Me ha dejado muy claro que le parezco insignificante, solo una cría. Una cría sin más.

De repente, escucho risas en el baño, me asomo con cuidado de no ser vista y veo a mi hermana y a la hermana del buenorro besándose. Se están besando. Mireya Viana es la persona especial de mi hermana, lo sé. No hay dudas, con ese beso es muy evidente.

No las molesto, vuelvo a entrar en mi habitación y sonrío, porque, aunque yo no sea feliz, mis hermanos sí lo son.

Eso sí, Adri y yo vamos a tener una conversación muy importante sobre por qué no me había dicho nada de Mireya. ¿Pensaría qué no la iba a entender? Debería saber de sobra que con que ella sea feliz, a mí me basta, al igual que a Ed, estoy segura. Además, a Gisela no creo que le importe mucho, pasa de todo. Pasa de nosotros. Me ofende un poco que piense que no la entendería, sabe que yo la quiero y la entiendo pase lo que pase.

Capítulo 22

Alba

Escucho en el jardín al buenorro y su hermana despidiéndose de todos.

Un rato después, Adri entra en la habitación con una sonrisa de oreja a oreja que la delata a kilómetros. Mi hermana disimula muy bien, nótese la ironía. Si lo que no sé es cómo Ed no se ha dado cuenta.

—Muy contenta, ¿no? —digo.

—Em… Sí. No sé, lo normal. —Se pone nerviosa. Mi hermanita es adorable cuando se pone así de nerviosa, se delata ella solita.

—Claro, lo normal. —Pestañeo exageradamente.

—Y tú muy rara. Demasiado.

Uy, que parece que se ha dado cuenta de que algo me pasa. No es que haya sido precisamente yo tampoco muy disimulada, pero no pensaba que se me nota tanto. Además, estamos hablando de ella. Como se lo proponga me lía y me cambia el tema, qué tiene ella mucha facilidad para eso.

—No me cambies de tema.

—¿Qué quieres que te diga?

—Nada, ya no hace falta. —Suelto una risita.

—¿Por qué?

—Porque os he visto con mis propios ojos.

—¿Qué has visto?

—El amor en estado puro. —Sonrío.

—No te entiendo.

—Lo sé todo, os he visto besándoos. —Ya entiende a que me refiero y pone cara de pánico.

—No sabía cómo… —Ni siquiera puede terminar la frase, se siente avergonzada.

—Con naturalidad, como debe ser. Es amor, es bonito y parece que te quiere —digo sonriendo y la abrazo para tranquilizarla.

—Estamos empezando —confiesa entre lágrimas.

—¿Eso quiere decir qué todavía no os habéis enamorado?

—No lo sé —me dice con timidez, pero le diviso una pequeña sonrisa.

—Pues ya me lo puedes contar todo.

Me hace un resumen bastante detallado de lo que ha pasado entre ellas. Mi hermana conoció a Mireya en la universidad, ya que Mireya va, de vez en cuando, allí para consultar algunos libros. Se tropezaron, muy de película, y Adriana, que llevaba un café en la mano, se lo derramó encima. Parece que lo de esta familia manchando a los Viana es costumbre. Volvieron a verse en sucesivas ocasiones y comenzaron a entablar una relación que culminó en el primer beso.

Mireya es periodista, lo que tanto ha soñado con estudiar mi hermana, por lo que ahora con su ayuda y asesoramiento le será más fácil. De hecho, mi hermana ha empezado este año la universidad y dice que le encanta.

Al principio, se miraban mucho y hablaban poco, no se atrevían a decirse nada. Para Adri, fue difícil aceptar lo que empezaba a sentir por Mireya, hasta que un día Mireya la invitó a cenar con la excusa de hablar sobre periodismo y ese día acabaron en su casa. Me aclara que no hicieron nada, sabe lo mal pensada que soy. Solo vieron una película hasta que después la trajo de nuevo a casa. Ese día fue el día que yo volví del pueblo y ella llegó tan tarde.

Me alegra muchísimo que esa persona especial que tanto ha mencionado mi hermana sea, precisamente, Mireya, la hermana del buenorro. Solo por la forma en que mira a mi hermana, sé que la quiere y que la va a hacer feliz.

Además de todo, me cuenta que no vive con sus padres, se fue hace varios años de su casa, pues ellos no aceptan que sea lesbiana. Su hermano Manuel, el buenorro para mí, la apoyó en todo y le ayudó a pagar la universidad. No imaginaba que fuese tan bueno y que tuviera esa relación tan fuerte con su hermana, cosa que me sorprende y alegra por partes iguales.

Manuel no es nada mío, pero me siento orgullosa de él. Quizá yo en su lugar no hubiera sido tan valiente y eso lo hace admirable. Apoya a su hermana por encima de todo y de todos. Quizá otro en su situación hubiera preferido quedarse del lado de su familia, del lado del dinero y él decidió irse con Mireya. Todos estos datos no es que sean precisamente buenos para que me deje de gustar.

Realmente, lo más importante ahora es que Adri sea feliz, sea con quien sea y si ella ha elegido a Mireya Viana, pues bienvenida sea a la familia.

—¿Por qué no nos lo has contado?

—No sé, todavía no somos la pareja más estable del mundo y... —No se atreve a terminar, creo que no nos ha dicho nada porque temía nuestra reacción.

—Tenías miedo a lo que pensáramos, ¿verdad? —Baja la cabeza y eso es una afirmación—. Nosotros te queremos, te apoyamos y no necesitamos explicaciones. Solo necesitamos conocer a la persona que te hace feliz, que la traigas aquí y nos la presentes.

—¿Es necesario?

—Sería bonito conocer a mi cuñada, vamos digo yo. Además, tendré que advertirle que tiene que cuidarte. —La vuelvo a abrazar para que sienta que la apoyo y que la quiero mucho.

Por último, me aclara que ella no tenía ni idea de que Mireya vendría a cenar y menos que su hermano Manuel fuera tan amigo de Ed. Tiene miedo de que eso complique las cosas, pero yo la tranquilizo, aclarándole que ese amor que empieza a nacer está por encima de eso y de todo.

Sé que no debería sentirme así, pero siento que traiciono un poco a mi hermana al no contarle que el chico del pueblo es Manuel. Es algo que se quedó en el pueblo y tampoco tiene sentido darle más importancia de la que tuvo para él, aunque para mí fuera más importante.

Capítulo 23

Manuel

Llegamos a casa, no he querido preguntarle a Mireya dónde estaba, no porque no tuviera curiosidad, sino porque quiero que me lo cuente todo con detalles y sin prisas. No hay que ser muy listo para saber que la chica de mi hermana tiene nombre y apellido y es Adriana Mínguez. Han estado toda la noche mirándose y, si a eso le sumas que han desaparecido un buen rato, blanco y en botella. Sabe que algo sé porque en cuanto llegamos intenta irse a dormir, pero yo la detengo.

—Eh, no te vayas. Tenemos que hablar.

—Mañana mejor. —Vuelve a intentar irse.

—Mañana ya es hoy.

—Pues pasado.

—Pues va a ser que no. ¿Por qué no me habías dicho qué estás enamoradita hasta las trancas de Adriana?

—¿Cómo lo sabes? ¿Quién te lo ha dicho?

—Mi intuición.

—¿Tú no eras veterinario? —pregunta, riéndose a carcajadas.

—En mis ratos libres trabajo como detective.

—Guay.

—No me has respondido. —Le recuerdo porque quiero saberlo todo, que ella es experta en evadir los temas de los que no quiere hablar.

—No tenía ni idea que Adriana fuese la hermana de tu amigo Ed.

—Del que es ahora tu cuñado —le informo.

—Sí, pero no lo sabe.

—¿Cuándo se lo pensáis decir?

—Frena un poco, vamos poco a poco.

—Poco a poco, pero os devoráis con la mirada. —Rio—. Adriana es… —hago una pausa dramática—. La chica de tus sueños.

—La chica de mi vida —confirma. Está enamorada y derretida por Adriana. Nunca la había visto tan ilusionada, esto va mucho más allá de lo que yo pensaba.

—Me alegra que seas tan feliz. —Le doy un fuerte abrazo, porque después de tantos meses lejos tenemos que recuperar los abrazos perdidos.

No tiene ni idea lo feliz que me hace que haya encontrado a la chica de su vida, quizá sea demasiado pronto para catalogarla así, pero en cuestión de sentimientos no hay tiempo estipulado.

Soy feliz, de verdad que lo soy, ha encontrado a una buena chica y me alegro mucho por ella. Después de tanto sufrir es lo que merecía. Lo que no me hace tanta gracia es que esa chica sea la hermana de Alba, todo eso significa que habrá celebraciones familiares y que la seguiré viendo, encima sabiendo ahora que Ed es su hermano. Si supiera el descontrol que tuvimos aquella noche, estoy seguro que no le haría ninguna gracia.

—La actitud que me ha sorprendido ha sido la de Alba, ha salido huyendo cuando te ha visto o quizá haya sido sensación mía.

Toso y es que cuando se trata de disimular no soy un experto, mejor dicho, me delato yo solito.

—Yo no he notado nada. Además, Edgar ha dicho que era por lo de su novio.

—No sé, yo la he notado rara toda la noche, sobre todo contigo. Aunque claro cuando Adriana y yo hemos desaparecido un momentito…

—¿Un momentito? —la interrumpo.

—Un momento bastante largo —aclara—, pero teníamos cosas que aclarar. Bueno, a lo que voy, que me dispersas. Cuando nos hemos ido, vosotros estabais bien cerquita bailando.

Yo que pensaba que no se había dado cuenta nadie, pero, claro, estaba tan absorto con Alba que estaba como para fijarme en los demás.

—¿Nosotros? ¿Quiénes? —Me hago el tonto como si no supiera perfectamente que está hablando de Alba y de mí, de los juntos que estábamos bailando, que notaba su aliento en mi boca y que la hubiera besado allí mismo.

—Sabes que estoy hablando de Alba y de ti. ¿Te ha gustado?

—A mí no me gusta nadie.

—Te gustó esa chica. —menciona a la chica del pueblo sin saber que esa chica es Alba.

—Fue un momento de confusión.

—Estuviste a punto de acostarte con ella —me rebate.

—Aunque hubiese querido, no hubiera podido. Soy impotente y tú lo sabes —decirlo, otra vez, en voz alta suena más duro de lo que recordaba.

—Lo sé, pero la impotencia se cura. Quizá con esa chica que tanto te gustó hubiera sido diferente.

—No podía. No puedo ni con ella ni con nadie.

—A Alba la mirabas diferente.

—La miraba cómo os miro a todos. No tiene nada de raro.

—No te creo ni una palabra, se te olvida que te conozco perfectamente.

—No se me olvida.

—Sé que Alba te ha gustado.

Sin decir ni una sola palabra más entra en su habitación y me deja a mí comiéndome la cabeza con ideas absurdas. Con ideas como que Alba y yo... No. No. No. Prohibido pensar en algo juntos.

¿Qué pensaría Mireya si le dijera que Alba es la chica del pueblo? Seguro que me animaría a acercarme a ella, a conocernos... Por eso, no puedo decírselo, no quiero liar más las cosas. Bastante tengo con que haya notado que Alba no me es indiferente. Me duele no contárselo, pero es mejor así. Siempre hemos sido confidentes, pero, esta vez, no puedo por el bien de todos.

Capítulo 24

Alba

Manuel. Manuel. Manuel. No me puedo sacar su nombre de la cabeza. Todo lo de anoche fue increíble, lo que no sé si para bien o para mal. Es muy guapo, sería tonta si negase lo evidente… Lo de guapo no le quita lo idiota, eso también es así, lo tiene todo a la vez. Pero eso de decir que soy una cría está por verse. La diferencia de edad se la puede meter por el culo, a mí no me importa, y lo de rechazarme va a cambiar muy pronto. Si no viviera con su hermana, iría ahora mismo a buscarlo y a demostrarle que puedo ser una mujer. Por suerte, mañana nos volveremos a ver en la fiesta de inauguración y veremos quién tiene la última palabra.

Gisela como viene siendo costumbre no llega a dormir, escucho a Ed por el pasillo toda la noche despierto, se preocupa por ella, quizá, demasiado. Yo también me preocupo, pero no en exceso, ya sé cómo es Gisela, no es capaz ni de avisar que está bien. Siempre hace lo mismo, no avisa ni llama para decir que está bien.

Adri duerme profundamente, eso sí, antes de dormirse se ha estado mensajeando con su amorcito. Lo sé, no porque me lo haya dicho, sino porque esa carita de pava mirando el móvil significa lo que significa.

Capítulo 25

Manuel

Toda la noche he pensado en lo de ayer y, para qué negarlo, en ella. Hoy es un gran día para mí, los nervios por la inauguración son normales. Los nervios por verla, no. No es normal esta inquietud. Nada normal. Y yo no sé por qué siento este revoltijo de miedo, nervios, ganas de verla, incertidumbre... Verla me perturba y alegra a partes iguales. Saber que está a unos cuantos kilómetros de mí es más jodido de lo que yo pensaba. Sé que al seguir viéndola no se va a ir con facilidad de mi cabeza, porque quiera o no me inquieta.

Me levanto para desayunar y veo mi camisa manchada de vino en el cubo de basura.

—¿Por qué está mi camisa en la basura? —pregunto a mi hermana que ya está desayunando.

—Porque la mancha de vino no se va.

—Da igual, le tengo mucho aprecio a esta camisa. —La recojo de la basura y la meto en la lavadora. Aunque la mancha no se vaya, por lo menos, estará lavada.

—¿Desde cuándo?

—Desde siempre.

—Lo que tú digas. —Sigue desayunando.

Sé de sobra que no se ha tragado lo de que le tengo aprecio a la camisa, porque, en realidad, hasta anoche no se lo tenía, pero después de que ella me tirará la copa de vino encima, tras un ataque de locura, me resulta difícil deshacerme de ella. Un ataque de locura como el de la noche que nos conocimos, cuando me arrojó tierra a los ojos y se fue casi desnuda por medio pueblo. Esa noche perdí la cabeza por ella, aluciné con todo lo que hizo y dijo. Perdí la cordura porque nunca me había dejado llevar de esa forma, sin pensar en nada más.

Capítulo 26

Alba

Esta noche vengo a arrasar, mejor dicho, a dejarle boquiabierto. No quiero serle indiferente. Creo que el vestido de tirantes y color negro con franjas blancas laterales en las piernas, que deja al descubierto una parte de las caderas, me va a ayudar a volverlo loco. Es sencillo y elegante. Tan solo me he recogido el pelo en una cola y me he puesto un pintalabios rojo. Tengo claro mi objetivo. Puede sonar a capricho, la verdad es que no me he parado a pensarlo, pero si hay algo que tengo claro es que desde el primer momento me gustó. ¿Y si me gusta por qué voy a dejarlo pasar? Eso no sería propio de mí, yo siempre he luchado por lo que quiero.

Mis hermanos, Olivia y yo llegamos juntos a la clínica donde hay un pequeño catering, lo típico en una fiesta de inauguración. Ahí está el buenorro hablando con otros tres chicos y Mireya. ¿Quiénes serán ellos?

Para cuando me doy cuenta, estamos saludando a todos. Manu nos presenta a su amigo Óscar junto a sus hermanos Ignacio y Borja. Lo de esta familia debe de ser genético, sus hermanos también son muy guapos, claro que como el buenorro no hay ninguno. Eso es así. Con ese pelazo, esa barba y esa media sonrisa que tiene, para comérselo está. Pronto empiezo con los pensamientos lujuriosos.

Los saludo a todos con dos besos, cuando beso a Manu le dejo, a propósito, un poco de pintalabios en la camisa. Vuelvo a hacer de las mías. Este pintalabios es permanente, verás la risa para lavar la camisa. Él parece que no se da cuenta de la mancha porque me dedica una media sonrisa. ¿Por qué eso ha sido una media sonrisa, verdad? Una media sonrisa para mí.

Capítulo 27

Manuel

Pensaba que después de cómo terminamos anoche ni siquiera me iba a saludar, pero o se le ha pasado el enfado o ha entendido que ella y yo cuanto más lejos, mejor. También puede ser que directamente sea bipolar, que tiene más pinta. De hecho, se recrea más de lo normal en el saludo y a mí se me eriza, más de lo que quiero, la piel. Si fuera un hombre como los demás, seguro que tendría una erección gigantesca, pero no lo soy.

Llevo toda la noche evitando mirarla, evitando que me vea mirarla. Evitándola en general. Llevo toda la noche pendiente de cada uno de sus movimientos, de ver su sonrisa cuando ella mira a otro lado. Y yo me había mentalizado que tenía que mirarla lo justo y esto no es lo justo.

Ha sido una fiesta genial. ¡Hacía tanto que no veía a mis hermanos y a mi amigo! Teníamos mucho de lo que hablar, aunque esta noche no nos ha dado tiempo a todo.

Nacho se ha disculpado por no haberme podido venir a ver desde que volví a Dogue, tiene mucho trabajo en su empresa de arquitectura y lo entiendo. Es mi hermano y aunque sea un siervo de mi padre, porque lo es, lo quiero mucho. Sigue igual de guapo que siempre, alto, delgado, pero a la vez fuerte y con esa barba parecida a la mía. Somos los que más nos parecemos físicamente. Por el contrario, Borja está cambiado, sigue teniendo el pelo corto, pero se ha dejado una barba perfectamente cuidada, está más fuerte y hasta diría que más alto. A mi amigo Óscar parece que esos ojos azules le brillan más de lo normal, tiene los músculos igual de marcados en ese cuerpo de bombero atlético que siempre ha tenido.

Quedan pocos invitados y hace una hora que no veo a Alba por ningún lado, quizá ya se haya ido. Pero si ha venido con Ed y Ed sigue aquí, no puede haberse ido sola.

Miro por todo el local y la veo en una esquina hablando con mi amigo y mis hermanos. Desde aquí escucho sus carcajadas y no me hace ninguna gracia. No me detengo a pensar cuando me acerco a ellos.

—Os estaba buscando —interrumpo el corrillo que habían formado.

—¿A ellos? —pregunta Alba.

—Claro. ¿A quién iba a estar buscando?

—No sé. —Me guiña un ojo y yo me tenso.

¿Por qué tiene que hacer eso con todos mirándonos? Tiene la increíble habilidad de utilizar cualquier momento para ponerme nervioso. Yo siempre he sido tímido, mucho, y ella con cualquier pequeño gesto consigue dejarme sin palabras.

—¿Para qué nos buscabas? —pregunta Nacho.

—Para… —No sé ni lo que iba a decir—. En realidad, no era nada importante.

—Estamos aquí hablando con esta chica hermosísima. —Ese es mi hermano Borja que está tonteando con Alba de forma descarada.

Me hierve la sangre. Me hierve la sangre. Si no me controlo un poco, voy a explotar. ¿Por qué tiene que acercarse a cualquier chica con sus sucias intenciones? Joder.

—La chica se llama Alba y es la hermana de Edgar.

—Es mucho más guapa que su hermano —vuelve a piropearla Borja y ella está encantada.

—Hermanito, ¿te pasa algo? —pregunta Nacho, que sabe que no estoy bien.

—No, es solamente que estoy cansado.

—Cansado y rojo —añade Borja.

—Borja, si te callases algún día no estaría nada mal —le riñe Óscar.

Eso de que vivan juntos da para que tengan mucha confianza, tanto que Óscar parece el padre de Borja. Menos mal que, la mayoría de las veces, está Óscar para pararle los pies a Borja cuando se le va demasiado la cabeza, que suele ser a menudo. Me ha contado en numeras ocasiones que Borja se va de fiesta casi todos los días y vuelve borracho siempre.

Borja el año pasado decidió independizarse de la casa de nuestros padres con el dinero de ellos. Sigue siendo un mantenido.

Óscar buscaba piso y Borja buscaba compañero de fiestas y lo encontró en Óscar, que, aunque no le gusta tanto salir como a Borja, si que le gusta estar rodeado de lujos. Sin embargo, Óscar no es de follarse a todo lo que tenga falda.

—Quiero hablar con vosotros —me invento lo primero que se me ocurre para que se alejen de Alba.

Yo nunca he sido celoso y no lo soy, esto no son celos. No, no lo son. Alba lo está haciendo con toda la intención, quiere molestarme. A mí este jueguecito no me gusta nada y menos sabiendo las intenciones que tiene Borja con todas las chicas.

—¿Y vamos a dejar a esta reina sola? —pregunta Borja, que sigue tonteando con ella.

—No está sola, está en una fiesta. —Tiro del brazo de Borja, mientras que Ignacio y Óscar nos siguen.

Cuando ya estamos lo suficientemente lejos de Alba para que no nos pueda escuchar le echo la bronca a Borja y es que no me puedo controlar. No puedo pensar con claridad. Yo sé que no puedo tener nada con Alba, pero tampoco quiero que lo tenga con Borja.

—¡Borja, no te quiero ver tonteando de esa forma con Alba! —le advierto muy serio.

—¿Hay más formas de tontear? —pregunta, haciéndose el graciosillo.

Lo meto a la fuerza en mi despacho y los demás entran detrás de nosotros. Lo que menos quiero es armar un escándalo hoy, que es un día tan especial, pero es que me está tocando mucho los huevos ya.

—Tranquilo, no la quiero para nada importante. Ya sabes una noche de sexo o varias y si te he visto me acuerdo, pero como si no me acordase. Relájate —dice Borja tan natural y eso hace que me enfurezca más.

La sola idea de que mi hermano trate a las mujeres como si fueran mercancía o algo así, me repugna. Pero me repugna más pensar que se pueda acostar con Alba, eso me mata y no lo soporto. Tanto es así, que lo agarro con fuerza del cuello y lo estampo contra la pared.

—Ni se te ocurra acercarte a Alba, no te lo voy a volver a repetir. —Rápidamente mi hermano Nacho y Óscar me cogen para que lo suelte.

—Eh, tranquilo. —Me intenta calmar Nacho.

—¿Estás idiota? Una pava como esa no vale una discusión de hermanos. Me importa una mierda que seas mi hermano mayor porque si me vuelves a tocar, te parto la cara, imbécil —grita Borja y menos mal que estamos en mi despacho porque si no todos nos estarían mirando.

Los gritos tampoco se escuchan porque hay música fuera. No quiero espectáculos hoy, aunque ese espectáculo lo haya empezado yo.

—Es una persona y la hermana de mi amigo, trátala con respeto —le grito más fuerte.

Parece que no le entra en la cabeza, aunque sea un mujeriego no tiene por qué tratar a las mujeres así, ni hablar de ellas de forma despectiva. Eso es algo que siempre me ha repateado de él y ahora me repatea con más razón al tratarse de Alba. Porque sí, porque me acabo de dar cuenta de que todo lo que tenga que ver con Alba, para mí, es importante.

Ignacio y Óscar no se atreven a hablar, son meros espectadores de nuestra pelea, solo han actuado para separarnos cuando casi le pego. Y, en cierta parte, se lo agradezco, quizá no me hubiera perdonado pegarle a Borja, al fin y al cabo, no deja de ser mi hermano. Pero es que claro lo escucho hablar así de Alba y se me olvida que es mi hermano. Compartiremos la misma sangre, sí, pero no deja de ser un idiota. Tiene que aprender a respetar a las personas y, sobre todo, a las mujeres.

—¿Nos vas a cambiar por Edgar? ¿Es eso? —pregunta alterado Borja y me mira con los ojos inyectados en odio.

—Deja de decir tonterías. Somos como hermanos, todos —le contesta Óscar, que también se está alterando y es que esta situación alteraría a cualquiera.

—Vamos —les insta mi hermano Nacho—. Hermanito, te quiero sereno. Esta noche no te he reconocido —se dirige, en esta ocasión, a mí.

Salen los tres y yo me quedo solo en mi despacho, pensando. Pensando en las palabras tan despectivas que ha utilizado Borja para referirse a Alba. Me molesta, me molesta tan solo que la mencione.

Es verdad que no me reconozco. Ese ataque de locura o lo que haya sido eso, no es propio de mí, pero he perdido los papeles tan rápido que ha sido confuso. Cuando me he dado cuenta, ya estaba estampando a Borja en la pared.

Capítulo 28

Manuel

Los despido a todos y cierro el local hasta mañana temprano. Mañana es el primer día de trabajo en mi nueva clínica veterinaria. Estoy muy ilusionado. Comienza una nueva etapa. Una etapa que, como la universitaria, comienzo con mi amigo Edgar. Estoy emocionado, mi sueño hecho realidad.

Me subo en el coche, pero cuando voy a arrancar, se abre la puerta del copiloto y entra Alba. ¿Qué coño hace aquí? Definitivamente, está muy loca. Es tan opuesta a mí...

Me quedo mirándola esperando que diga algo, pero solo me mira. Lleva dos botellas en las manos, creo que ha estado bebiendo toda la noche, tal y como el día en que nos conocimos en la taberna del pueblo. Bonitos y amargos recuerdos.

—Arranca —me dice, hablando, por fin.

—¿Qué se supone que haces en mi coche?

—¿Por qué cojones tienes que ser tan preguntón?

—Porque te has montado en mi coche sin permiso a las tantas de la madrugada —le contesto.

—Arranca, por favor —me lo vuelve a repetir.

—Cuando me contestes.

—Quita, conduzco yo. —Se sube a horcajadas encima de mí.

Está loca, no tiene otro nombre todo lo que hace. No pregunta, solo hace lo que quiere, sin pensar en nada más. Es una loca feliz, eso se le nota, pero una loca al fin y al cabo.

Ahora está aquí, a horcajadas, tan normal, intentando echarme de mi propio coche para conducir. Como si esta situación fuera natural, como si existiera una confianza que no tenemos. La tengo demasiado cerca. Estamos en una situación incómoda, al menos para mí. Sus labios están cerca y sé que lo hace para intentar provocarme, para que pierda el sentido de la lógica como aquella noche.

—¿Tú tienes carnet de conducir? —Solo se lo pregunto para picarla. Me encanta ver cómo se pone echa una furia—. ¿Tienes la edad?

—Sí y sí. La cría sabe conducir y ahora quita.

Me pega un empujón e intenta que me baje del coche, empezamos a forcejear y termino bajándome, porque a cabezona no le gana nadie y no quiero montar un espectáculo a las tantas de la madrugada en plena calle. Ella baja detrás de mí. No sé qué pretende.

—Estás muy loca. ¿Te lo han dicho alguna vez?

—Sí, no me estás contando nada nuevo. Ahora monta que te llevo de excursión.

Cuando intenta sentarse en el asiento del conductor, la cojo en brazos y la monto en el asiento del copiloto, incluso, le pongo el cinturón. Pilla una pataleta buena, pero me da igual. Me vuelvo a subir en el coche, está que echa fuego por la boca.

—Tranquila, tranquila. Te llevo a tu casa.

—Yo quería conducir —dice enfadada como una cría pequeña. Es muy mujer, pero a la vez muy cría. Esa mezcla la hace ser única o, al menos, esa es la impresión que me da.

—Has bebido, no me puedo arriesgar a que me estrelles el coche o a nosotros. Si te portas bien, quizá, otro día te dejo.

—No gracias. Yo tengo coche, pero esta noche quería conducir este.

—Bien.

Arranco y conduzco dirección a su casa, que está un poco lejos, pero no la voy a dejar sola a estas horas. Si le pasase algo por dejarla sola y borracha, no me lo perdonaría y Edgar tampoco.

Cuando estamos a mitad de camino, tira del freno de mano y pegamos un frenazo.

—¿Qué haces? No vuelvas a tocar nada —le digo asustado—. Me has dado un buen susto, nos podríamos haber matado. ¡Quieta, por favor!

—No exageres. Tienes que ser más divertido. —Ríe. No sé si su risa es producto de la borrachera o es que, realmente, le divierte hacer locuras—. Por favor, vamos a otro lado —me suplica con esos ojitos que iluminan hasta la más profunda oscuridad y no me puedo negar, aunque es lo que debería hacer—. ¿Dónde quieres ir?

—Vamos, yo te indico.

Me voy a arrepentir, lo sé. No tengo ninguna duda, me voy a arrepentir. Esta noche no me veo con las fuerzas suficientes para decirle que no, al menos, no a esta locura.

Sigo todas y cada una de sus indicaciones y, tras media hora, llegamos a un mirador desde el que se ve todo Dogue. Llevo viviendo aquí, prácticamente, toda la vida y nunca había venido. Claro que había escuchado hablar de este mirador, pero nunca me había picado tanto la curiosidad como para venir. Tampoco es que sea fan de las alturas.

Nos bajamos del coche y ella no suelta las botellas.

—Puedes soltar las botellas, no te las pienso quitar —le aconsejo entre risas.

—Es para celebrar.

—¿Celebrar? ¿El qué?

—La inauguración de tu clínica veterinaria.

—Tú vas ya bastante borrachilla, no necesitas beber más. —Intento quitarle las botellas y me pega un manotazo.

—¡Eh, ni las toques! Son mías.

Tal y como la noche en la que la conocí, aferrada a su botella de tequila. Como además de loca también es una cabezota, se pone a abrir la botella de vino y hasta que no se la echa encima no para.

—¿Contenta? Ya te has manchado.

—Uhhhhhh, ¡vaya tragedia! —Se ríe en claro tono de burla.

—Bueno, es tu vestido. Tú sabrás.

—Cuando eres pobre y te manchas un vestido tan barato, no merece la pena preocuparse.

—¿Y qué te hace pensar que yo soy rico?

—Eres un Viana, heredero de los coches Mirana.

—Estoy peleado con mi padre, no soy nada para él. —En mi voz se distingue un cierto halo de tristeza, pero antes que todo está mi carrera profesional por mí solo, por ser buen veterinario, no por ser un Viana.

—¿Lo siento?

—No lo sientas. No dejé que me manejara la vida y estas son las consecuencias. Además, tampoco podía permitir que echase a Mireya como si fuese una apestada solo por su preferencia sexual.

—Eso te honra.

—Solo hice lo que haría cualquier hermano —le resto importancia, porque lo que hice fue de corazón.

Se sienta en el capó de mi coche sin siquiera preguntarme si puede subirse. Es capaz de rayarme el coche y eso no me haría ninguna gracia. Como es caso perdido, no digo nada y me siento con ella. Si le digo que se baje, no me va a hacer caso. Suele hacer lo que le da la gana, que siempre suele ser lo contrario a lo que le digo.

—Tu ropa es cara —dice, así, de repente.

—Me gusta vestirme bien. ¿Tanto te interesa mi ropa?

—Me interesa más quitártela. —No tiene pelos en la lengua, desde luego que no. Va directa al grano.

—Alba...

—Ya, ya sé que no me dejas... Qué te doy miedo. —Hace una pausa y comienza a reírse exageradamente, pero me he dado cuenta de que ella es así, intensa para todo—. Es la primera vez que me llamas por mi nombre, suena tan bonito en tu voz. ¿Te das cuenta?

—Es hora de irnos. —Me bajo del coche y le extiendo la mano para ayudarla a bajar.

—Siempre tienes que joder los momentos bonitos.

Esquiva mi mano y baja ella sola. Se sube al coche y me quedo como un gilipollas. Tiene toda la razón, jodo los escasos momentos que tenemos juntos, pero es lo mejor. Juntos y solos, no es una buena combinación, desde luego que no.

Pasamos todo el camino en silencio, no sé si está enfadada o no. Lo que sé es que no habla y eso en ella es rarísimo. Me he podido dar cuenta de que Alba habla hasta por los codos y más si está borracha, por eso, no entiendo que no diga nada en todo el trayecto.

Llegamos y me suelta algo que no esperaba.

—Eso de esta noche con tus hermanos y tu amigo ha sido un ataque de celos, ¿verdad? —Contundente, sin rodeos.

—No. —Creo que no. Tiene que ser no. Esto se llama auto convencimiento, porque de verdad no tiene nada.

—No te creo una mierda.

Se baja sin despedirse y espero en la puerta hasta que veo que entra a su casa. Alba es como viento fresco, como aire nuevo. Muy intensa.

Capítulo 29

Alba

Es un idiota. El buenorro es un idiota. Un puto idiota, pero me revoluciona. Me revoluciona la cabeza, las hormonas, el cuerpo y todo. Todo. Me gusta muchísimo. ¿Cómo no me va a gustar? Es solo verlo y se me hace agua el chichi. Suena feo y ordinario, pero es que es así. Lo puedo decir con otras palabras, pero el significado va a ser el mismo. Me pone cachonda, muy cachonda y lo reconozco.

Tiene la maestría de joder los mejores momentos, en eso es un auténtico maestro. Es que o no entiende las indirectas o no las quiere entender. Ni siquiera se ha enterado de que le he dejado una marca de pintalabios en la camisa, está alelado. No se entera de nada. Aunque sé que ese ataque de celos o reacción desmesurada, como lo quiera llamar, dice mucho de él, pero mucho, mucho.

Cuando entro a mi habitación Gisela y Adri ya están durmiendo, no puedo contarle nada a Adriana. No le puedo contar que he vuelto a ver al buenorro porque haría demasiadas preguntas y, enseguida, se daría cuenta que el buenorro y Manuel son la misma persona. Ella es muy avispada para estas cosas.

Aunque no quiera traicionar la confianza que tengo con Adri, no puedo decirle nada de Manu. De momento, lo que sea que tengamos o más bien no tengamos, lo mantendré en secreto.

Poco a poco voy a conseguir entrar en su corazón, lo voy a conseguir porque él siente algo por mí. Algo siente, estoy segura.

Capítulo 30

Manuel

Madrugo, a pesar de haberme acostado a las tantas.

Mireya ya está levantada, ella también se va a trabajar. Le ha dado tiempo a hacer el desayuno y todo, incluso, está haciendo la colada. Nos solemos repartir las tareas de casa, como a mí lo de hacer la colada no se me da muy bien, pues friego los platos o tiendo la ropa. Lo de fregar el suelo nos lo vamos turnando. Eso sí, la comida es cosa suya. Lo que mejor me sale es un huevo frito, ese es el nivel de mis artes culinarias.

—Buenos días, veterinario. Hoy es tu primer día de trabajo.

—Estoy hecho una mierda, una puta mierda.

—Claro, si volviste de madrugada. Te estás volviendo muy fiestero. —Se descojona de la risa.

—¿Por qué te ríes tanto?

—Por nada. —Se vuelve a reír.

—Vale, te ríes tanto porque ya has triunfado con tu chica. —Ahora soy yo el que se ríe.

—Eh, eso son cosas que no te voy a contar y no es por eso. Mira. —Me lanza la camisa que llevaba anoche.

—¿Quieres qué haga yo la colada hoy?

—No, mira que eres idiota. Mira el cuello —insiste, señalando la camisa.

No puede ser. ¿Qué cojones es esto? ¿Una marca de pintalabios? ¿De dónde ha salido? Yo no he estado con ninguna chica. Por la forma de mirarme de Mireya, está pensando que estuve con alguna mujer anoche. ¡No me lo puedo creer! Sabe de sobra el problema que tengo, no puede estar pensando eso.

—Anoche...

Vale, pone una cara de pillina que da por hecho, que sí, que anoche estuve con una mujer. Sí, estuve con una mujer, con Alba, pero no en el sentido que yo hubiera querido ni en el sentido que ella está pensando.

—Anoche nada, hubo muchas mujeres en la fiesta —conforme lo digo me estoy arrepintiendo, no hubo muchas mujeres, solo estuvieron mi hermana, Olivia, Adri y, claro, Alba.

—Habíamos cuatro mujeres entre un montón de hombres —me contradice, cosa que ya sabía—. Además, tienes una nota.

—¿Una nota? —Ya está, ha sido Alba, pero claramente. ¿Quién iba a ser? Son cosas suyas, muy suyas. Sus locuras.

—Sí, la tenías en la chaqueta. —Me da la nota y se vuelve a reír—. Por cierto, he intentado quitarle la mancha y no se va. A este paso te quedas sin camisas.

—¿No la habrás leído? —Como la haya leído estoy perdido.

—No. Soy cotilla, pero todavía respeto tu privacidad —me aclara y yo suspiro aliviado.

Claro que me voy a quedar sin camisas, pero por culpa de Alba. ¡Menuda loquita!

Abro la nota y pone:

<<Empiezas a encantarme más, más de lo que ya me encantabas. PD: Manu, el pintalabios permanente de la boca cuesta quitarlo, de la ropa ni siquiera lo intentes.

Besos, tu A favorita>>.

Joder, Alba. Joder. Me la lías demasiado. Encima me llamas Manu. ¿Manu? Lo odio, no me gusta. Tienes el poder de sacarme de quicio con facilidad.

—¿Y? —pregunta curiosa.

—Nada.

—Ya... Claro, nada. ¿Nada de nada?

—Nada de nada —repito.

—Mientes fatal. —Hoy está graciosilla porque se vuelve a reír.

—Deja la camisa, si no se va la mancha da igual.

—Ya, claro. ¿La tiro?

—No, no hace falta.

—Claro te la querrás quedar de recuerdo.

—Ya. —Me intento hacer el enfadado, pero con ella no me puedo enfadar y menos cuando es tan graciosa.

Le doy un abrazo y me voy a trabajar. Por lo menos, mi trabajo me encanta, y más ahora que voy a trabajar con mi mejor amigo. Trabajar me hará olvidar por un rato todo lo surrealista de estos días, de este último mes. Olvidarla no, pero dejar de pensar en ella un ratito pequeño sí. Tengo la sensación de que ella no se va a ir rápido de mi mente, tiene una personalidad tan arrolladora que es imposible olvidarse de ella.

Antes de irme, dejo la camisa encima de mi cama, ya veré qué hago con ella. Lo mismo puedo guardarla con mi colección de camisas manchadas por Alba. Seguro que es una gilipollez, pero en cualquier otro momento me habría convertido casi en un ogro con esto y ahora me hace hasta gracia. Lo dicho, muy surrealista todo.

Capítulo 31

Alba

Estamos todos desayunando en la cocina. Se nota que mi hermano comienza a trabajar hoy como veterinario, porque tiene una sonrisa que no se la quita nadie, ni siquiera Gisela con sus cosas, que hoy ni siquiera ha querido desayunar. Cosa normal porque ha llegado hace una hora de pasar toda la noche de fiesta. Tendrá una resaca que no se podrá aguantar ni ella misma.

—Va siendo hora de que me vaya, no quiero que se me haga tarde —comenta mi hermano mientras se bebe el último sorbo de leche.

—¿Te puedo acompañar? —pregunto y es que quiero ver a cierto buenorro que me está haciendo perder el norte, el sur y todos los puntos cardinales.

—¿Tú? —pregunta extrañado.

—Sí. Hoy tengo ganas de conducir y de acompañarte a tu primer día de trabajo —lo intento decir en el tono más convincente posible.

—Está bien. Adri, ¿te vienes? —le pregunta Ed.

—No, yo mejor me voy dando un paseo —responde ella, mintiendo. Está claro que va a ver a Mireya. Ed ni lo sospecha, al igual que tampoco sospecha lo mío.

—Venga, ¡vamos! Yo tampoco quiero llegar tarde a la universidad. —Lo agarro del brazo y cojo las llaves.

***

Cuando llegamos, Manu todavía no ha llegado, y como es él el que abre, lo tenemos que esperar en la puerta.

—No entiendo por qué te quedas. Te puedes ir ya, sé cuidarme solito. Recuerda que el hermano mayor soy yo.

—Te quiero acompañar, hoy entro más tarde a la universidad. Sonríe, que es tu primer día de trabajo. —Consigo que sonría. A mi hermano lo quiero ver siempre con una sonrisa, él más que nadie se merece ser feliz por todo lo que luchó por sacarnos adelante.

Tras unos cuantos minutos más, llega Manu y, sin poder disimular su asombro al verme, abre la boca de par en par. Si viera lo gracioso que está con esa cara de sorpresa... Eso sí, disimulado no es, las cosas como son.

—Manuel, ¿cómo estás? ¿Nervioso? —Mi hermano le da un apretón de manos a Manu.

—Bien. ¿Qué hace Alba aquí? —pregunta todavía sorprendido.

—Se ha empeñado en acompañarme —le contesta mi hermano—. ¿Hay algún problema?

—No, tranquilo.

—¿Seguro? —pregunto yo para chincharle.

—Seguro —me contesta desafiante—. Pero es hora de trabajar.

—Claro. —Asiente mi hermano.

—Abre tú. Yo tengo que coger algo del coche —le informa Manu.

Manu va a su coche, aparcado en la calle de al lado, y yo me despido de mi hermano, le ofrezco venir a recogerlo, pero dice que no, que al salir del trabajo irá a buscar a Olivia al suyo. Quiere dar un paseo con su esposa y lo entiendo. La verdad que lo de venir a recogerlo era otra excusa más para ver al buenorro. Voy hacia mi coche, que está aparcado cerca del de Manu, y lo veo apoyado en el suyo.

—Menos mal que se suponía que venías a buscar algo.

—¿Qué haces aquí? —me pregunta ahora en un tono sereno.

—He traído a mi hermano —Ni yo misma me trago lo que digo. No he venido por eso y es más que evidente.

—No me lo creo —me contradice—. Alba deja de... De todo.

—Te lo vuelvo a repetir, mi nombre en tus labios suena a música, aunque el sonido de nuestros besos sonaría mucho mejor.
—Hago caso omiso a lo que me dice y sigo a mi rollo.

—Alba, joder. —Me mira fijamente como si me quisiera besar, pero sé que no lo va a hacer. Él nunca me besaría, por lo menos, no sobrio. Le parezco una cría, pero me voy a encargar paso a paso de que cambie de opinión y si puede ser, de paso, que se trague sus palabras.

—Cuanto más lo repitas, más me va a gustar.

—¿El qué?

—Mi nombre en tus labios. Tu voz. Tu sonrisa. Tú. —No hablo yo, habla algo en mi interior, sin mi permiso.

—Por favor, deja este jueguecito —dice, casi en tono suplicante.

—Ojalá estuviera jugando. —Sonrío—. He venido a verte. Necesitaba verte para empezar el día con una sonrisa.

Me acerco, le doy un beso cerca de la comisura de los labios y ni se mueve. Tan indiferente no le soy cuando no se aparta. No le debo de parecer tan cría. Solo que es un cabezón igual que yo y no va a dar su brazo a torcer con facilidad.

Capítulo 32

Manuel

Se monta en el coche y se va. Se va tan normal, como si no me hubiera derretido con ese beso. Ese beso tan cerca. Es tan insistente, tan cabezota, tan única...

Con lo fácil que sería que no se acercase tanto, que no me buscase, ni me dijese que le gusto, pero le gusta hacerme las cosas difíciles y no sabe lo que me cuesta contenerme, teniéndola tan cerca. Empezar a darle pie a tener algo, sería ir directo a un precipicio, a sufrir gratuitamente.

Regreso a la clínica veterinaria. Edgar ya está preparado para empezar nuestra nueva etapa juntos.

—Estás pálido. ¿Te encuentras bien? —me pregunta.

—Sí, son los nervios. He dormido poco.

Es verdad, he dormido poco pensando en su hermana, en lo mucho que me inquieta y acelera. En que nunca me había gustado nadie como me empieza a gustar ella, en que nunca he hecho por nadie la cantidad de locuras que hice esa bendita o maldita noche, depende cómo se mire, con ella.

—Yo también he dormido poco, pero estoy muy feliz. Gracias por la oportunidad. —Me da un fuerte abrazo. Está lleno de agradecimiento.

Siento que lo estoy traicionando al no contarle todo lo que está pasando con su hermana, pero como es algo imposible no me voy a arriesgar a que nuestra amistad se resienta o se rompa.

Capítulo 33

Manuel

Es de noche cuando llego a casa y mi hermana está acompañada de Adriana.

—Adriana, me alegra muchísimo que estés aquí. Hemos hablado muy poco, pero mi hermana me ha contado lo feliz que la haces. —Me acerco y le doy un abrazo.

—Eh, eh, eh. ¡Que corra el aire! —bromea mi hermana.

—Tranquila, que Adriana es toda para ti —afirmo, riéndome.

—Es que mi Mireya es muy celosita. —Ríe Adriana, abrazando a mi hermana.

—Te ha llamado Mireya. Es muy fuerte.

—¿Por qué? —pregunta Adriana, sin saber a qué me refiero.

—Porque lo odia.

—Eso es mentira —niega.

—Es verdad —vuelvo a contradecirla.

—Vale… Es que en ella cualquier nombre que me ponga suena genial —admite, por fin, mi hermana, acercándose más a Adriana.

—Como veo que estáis *in love*, os dejo solas. Disfrutad de la noche y llévala a su casa. —Cuando piensan que ya he entrado en mi habitación, vuelvo a salir—. Una última cosa, no hagáis mucho ruido.

—¡Idiota! —grita mi hermana y me tira un cojín del salón que consigo esquivar.

Cierro la puerta y sonrío. Sonrío porque se respira felicidad en este piso. Mireya es feliz, su sonrisa es enorme y Adriana ha venido a alegrarle la vida, a hacerla feliz, que es lo que importa. Y se deja llamar Mireya, que siempre ha dicho que era nombre de pija, sin embargo, ahora le encanta. Lo que llega a cambiarte el amor…

Me doy una ducha y ni siquiera tengo ganas de cenar, por lo que, me acuesto temprano. Mañana tengo mi primer día de gimnasio y espero que Mireya no se canse mucho para que pueda acompañarme. Prácticamente, ha sido Mireya la que me ha obligado a apuntarme al gimnasio al que va.

En el pueblo hacía deporte al aire libre. Aquí, Mire, que no quiere que por ir corriendo con los auriculares me atropellen, me ha dicho que sí o sí me iba con ella al gimnasio. Aunque en eso tiene razón, en la ciudad hay mucho más tráfico que en el pueblo. Mi hermana es una mandona cuando se lo propone.

Capítulo 34

Alba

Gisela sorpresivamente está durmiendo, ella que no suele estar en casa tan temprano. Adriana no está, pero seguro que está con su novia, ella que sí puede. Ed y Olivia están en el salón viendo la tele. Aunque tengo ganas de hablar con Olivia, que por mucho que sea mi cuñada, sigue siendo mi amiga, pero no quiero ponerla en la tesitura de tener que elegir entre guardarme el secreto de por qué de verdad corté con Mateo o contárselo a mi hermano, que a fin de cuentas es su marido. Y tampoco quiero estar haciendo mal tercio con ellos, seguro que tienen un montón de ganas de estar juntos y solos, por eso, me quedo en la habitación con el móvil.

¿Qué estará haciendo el buenorro? Si tuviese su número, le mandaría un mensajito de buenas noches. Eso sería muy bonito y seguro que le sacaría una sonrisa. Puedo conseguirlo.

Capítulo 35

Manuel

Cuando me levanto, Mire ya está preparada para irnos al gimnasio y eso que son las siete de la mañana, pero claro como después tenemos que trabajar, vamos temprano. No me gusta nada madrugar y menos si es para hacer deporte. A ver, el deporte me gusta, pero no a estas horas inhumanas.

—¿Y Adriana?

—Buenos días a ti también. La llevé anoche a su casa —me contesta, sirviendo el desayuno.

—Buenos días. ¿No ha dormido aquí?

—Se llega a quedar aquí y su hermano nos fusila.

—Edgar es un buen tío.

—Eso lo dices porque no es el hermano de tu novia.

Es el hermano de Alba, que no, no es mi novia, pero lo podría ser. ¿Acabo de pensar en la posibilidad de que Alba sea mi novia? Se me está yendo de las manos esto.

—¿Edgar lo sabe? —pregunto, porque creo que ya es hora de que se lo vayan diciendo. Cuánto más tarde lo sepa, más se va a enfadar.

—Todavía no.

—¿Se lo pensáis decir en algún momento?

—Creo que sí.

—¿Te da miedo?

—No —niega—. Bueno… Un poco. Bastante.

—Ya te he dicho que es buen tío —repito. Entiendo que tenga miedo, pero no pueden seguir así. Más que nada porque cuánto más tiempo tarden en decirlo, peor va a ser.

—Ya, pero imagínate que tu hermana pequeña te presenta a su primera pareja que es una chica y encima a la vez sale del armario. Cague absoluto —Se muerde las uñas y algo que nunca la había visto hacer.

Es normal que esté nerviosa. Aunque nunca la había visto tan nerviosa, ni siquiera cuando le dijo a nuestros padres que era

101

lesbiana. Creo que quiere tanto a Adriana que teme la reacción de Edgar por si eso hace que se alejen. Teme que Edgar se oponga y Adriana la deje por no pelearse con su hermano. Teme que Adriana elija a su hermano, que lo sobreponga a ella.

—Si quieres yo puedo acompañarte a hablar con él —le sugiero.

—Te lo agradezco, pero es cosa nuestra.

—Estoy aquí para todo. ¿Lo sabes? —No quiero que se sienta sola.

—Lo sé. —Sonríe al fin.

Desayunamos y nos vamos al gimnasio. Justo antes de entrar al *gym*, me llama Nacho y me suelta un buen discurso. Resumiendo, lo que me dice es que no puedo liarla de esa manera con Borja, que es nuestro hermano y todo eso. Yo lo sé, pero no puede pretender que me calle si lo escucho hablando de las mujeres como un trozo de carne. No puedo callarme, simplemente, no puedo. Manda cojones, el hermano mayor soy yo, no él. No me tiene que estar soltando ese tipo de discursos. Poco me falta para mandarlo a la mierda. Ya empiezo el día de mala leche por su culpa, joder.

Luego, entro al gimnasio, es bastante grande, tiene un montón de máquinas y de pesas, incluso, sauna. Cuando yo me fui a vivir al pueblo, este gimnasio todavía no estaba abierto.

Capítulo 36

Alba

No me imaginaba yo esto. Adriana me dijo que su novia se había inscrito en este gimnasio, pero no que Manu también lo había hecho.

Llevo ya un rato mirándolo embobada desde lejos, creo que Adri ni siquiera los ha visto porque, de ser así, ya estaría junto a su novia.

Está más buenorro de lo normal y eso ya es decir. No me lo imaginaba vestido de esa forma. Me lo imaginaba más formal, porque esa fue la impresión que me dio cuando lo conocí.

Lleva una camiseta de tirantes, que deja apreciar sus músculos y unos pantalones cortos de deporte. Lleva también una gorra, pero se la ha quitado para hacer pesas, se ve tan *sexy...* Seguro que tiene unos de esos abdominales en forma de tableta de chocolate. Esa noche en el pueblo lo vi sin camiseta, pero no iba yo en las mejores condiciones como para recordarlo a la perfección.

Sigo haciendo ejercicio sin dejar de mirarlo y en el gimnasio como siempre la música suena a todo volumen, en concreto, suena *Báilame* de Nacho. Mi hermana está tan concentrada que ni siquiera dice nada de la baba que me tiene que estar escurriendo. Debe de estar muy concentrada en el deporte porque no ve que Mireya va hacia los vestuarios, menos mal que yo soy la mente pensante.

—Adri, ve a los vestuarios —le digo así como quien no quiere la cosa.

—¿Para qué? ¿Nos vamos ya?

—No preguntes y anda. Ya me lo agradecerás —le repito.

Y creo que, por no seguir escuchándome, va. Cuando yo me propongo algo puedo ser muy, pero que muy pesada y mi hermana lo sabe.

Ella entra en los vestuarios y yo camino hacia la parte en la que Manu sigue haciendo pesas.

—¡Buh! —le digo al oído.

Pega un bote de repente, lo he asustado, aunque la verdad, esa era la intención.

—¡Joder! ¡Qué susto! —dice con cara de horror, se ha puesto hasta blanco—. Ya podías avisar.

—Si te aviso, no te asusto —le digo, partiéndome de risa. Asustado sigue estando igual de guapo y de buenorro.

—¿Qué haces aquí? —pregunta, ya recuperado del susto.

—Lo mismo que tú: deporte. —Está muy buenorro, pero es un poco lento para captar las cosas.

—Ya. Pero, ¿por qué en este gimnasio?

Y se pone la gorra de nuevo para atrás. Joder está tan bueno y le queda tan bien la gorra, que jamás me lo hubiera imaginado tan serio y tan repeinado. Es como si no pareciera el mismo de estos días. Me pone mucho verlo con esa gorra, la verdad sea dicha.

—Yo estaba antes que tú —le informo, porque este ya está pensando que lo persigo. Ha sido una simple y genial casualidad.

—Nadie me había dicho que tú…

—No te tienen que informar de nada. Soy una clienta más.

—Voy a darme una ducha.

—Eso es lo mejor, voy a disfrutar mucho de los vestuarios mixtos. —Es una broma, pero él no lo sabe.

—¿Qué? —Ahora sí que está blanco, pero blanco pastel. Menuda cara ha puesto, le asusta más esto que el susto que le he dado.

—Tranquilo, es broma —le confieso entre risas. Ya lo he hecho sufrir bastante por hoy.

—¿Has desayunado payaso esta mañana? —dice, un pelín, enfadado.

—No, yo desayuno bromas todas las mañanas. En realidad, eres tú que me pones de buen humor.

En ese momento, salen de los vestuarios su hermana y la mía, cogidas de la mano. Dejamos de hablar porque, conociéndolas, si ellas se enteran de que nos traemos algo entre manos o de que ya nos conocíamos, la lían. Manu parece ser tan vergonzoso que lo último que quiero es que ponga más barreras entre nosotros.

—Mire, tenemos que hablar —le dice el buenorro a su hermana. Seguro que cree que ella ha tenido algo que ver con esto de encontrarnos aquí.

—Os habéis comido bien —suelto yo volviendo a reírme. Esta mañana me estoy echando unas risas y, de paso, alegrándome la vista con el buenorro también.

—¿Cómo? —dicen ambas a la vez.

—Que tenéis los labios rojos —les explico.

—Alba, no digas esas cosas —me reclama Adriana, que, para estas cosas, siempre ha sido muy cortada. Muy cortada, pero bien que se da el lote con su novia en unos vestuarios públicos. Incoherencias. Tiene las hormonas revolucionadas, claramente. Mejor dicho, tienen.

—Vale, vale. Mireya, respeta a mi hermana y más si estáis en lugares públicos —le advierto en plan hermana mayor.

—Yo… —titubea sin saber qué decir.

—Es broma, tranquila. —Estallo en risas.

—Ha desayunado payaso —les informa Manu.

—Cállate —lo amenazo.

—¿Desde cuándo os lleváis mal? —pregunta Mireya, que ha notado la tensión entre nosotros.

—Desde nunca —respondemos a la vez.

Vaya conexión tenemos hasta para contestar.

—Pues no lo parece —insiste su hermana.

—Nosotras nos vamos ya. —Agarro a Adri de la mano y me la llevo a los vestuarios.

Ni siquiera le da tiempo a despedirse de su novia. Además, se nos está haciendo tarde para ir a la universidad. Por suerte, estamos en el mismo campus, aunque en diferentes facultades. Siempre vamos juntas a la universidad y, la mayoría de las veces, también volvemos juntas a casa. Su facultad es la de periodismo y la mía, la de educación. Yo estudio Educación Primaria y este es mi último año de carrera. Siempre tuve claro que quería estudiar esto porque me encantan los niños y en el futuro me veo rodeada de ellos.

Capítulo 37

Manuel

Cuando Alba y Adriana se van a los vestuarios, cojo a Mire de la mano y la llevo a una parte del gimnasio donde casi no hay gente.

—Era una encerrona, ¿verdad? —le pregunto.

Ella parece no tener ni idea de lo que le hablo y es que, claro, ella no sabe nada de lo mío con Alba. No, no, no, no hay nada mío con Alba, nada de nada. Me tengo que mentalizar lo antes posible. Me gusta y punto. Punto final. Gustar solo significa que me atrae físicamente, solo eso.

—¿De qué me estás hablando?

—De que a este gimnasio vienen tu novia y su hermana.

—Adriana me lo recomendó y me gustó. No hay más. Además, así puedo estar más cerca de ella —me explica con normalidad—. Lo que no entiendo a qué han venido esos piques con Alba.

—¿Qué piques? Han sido simples comentarios —le digo, restándole importancia al asunto.

Claro que han sido piques, pero piques de personas que se gustan, no de personas que se llevan mal. Eso y que nos delatamos solitos. Si tan solo se mantuviera alejada...

—¿Estás seguro de que no te gusta?

—Ya te he dicho que no y, vamos, se nos hace tarde.

Ya van dos veces que me pregunta si me gusta Alba y es que se me tiene que notar a kilómetros, pero no, no lo voy a reconocer. Ya desistirá, digo yo. Lo que tengo que hacer es alejarme de ella y no pensar o pensar lo menos posible, aunque sea muy, pero que muy difícil. Si no fuera impotente... No. Joder, no. Tengo que dejar de pensar en otras posibilidades y centrarme en la realidad.

Capítulo 38

Alba

Quiero darle una sorpresa esta noche. Mi hermano tiene su número de teléfono, pero no se lo puedo pedir directamente, sospecharía que algo raro pasa. Me las tengo que idear para quitarle el móvil y como sé su contraseña, va a ser fácil o eso espero. Estoy haciendo locuras a todas horas, más de lo que acostumbro.

Cuando se supone que todos están durmiendo, entro a hurtadillas en la habitación de Olivia y Edgar. Con cuidado intento coger su móvil, que está en la mesilla, lo cojo y cuando estoy saliendo, noto una mano tocando mi espalda. ¡Mierda, ya me han pillado!

—Vamos fuera. —Me empuja Olivia.

—¡Menudo susto me has dado! —bufo.

—¿Qué haces cogiéndole el móvil a Edgar? —pregunta con algo de desconcierto.

—Es parte de un plan secreto, si te lo cuento estaría poniendo en riesgo tu vida. Es mejor que no lo sepas.

Y va a tener razón el buenorro con eso de que hoy he desayunado payaso.

—Alba, ¿qué clase de mentira es esa? —No está dispuesta a darse por vencida tan rápido y menos ante la tontería que le he soltado.

—Vale —digo resignada—. Necesito un número de teléfono.

—¿De quién?

—Eso no te lo puedo decir, pero, por favor, no digas nada —le pido.

—Es mi marido.

—Y yo tu amiga. Además, no es nada malo. En serio.

—Cuéntamelo. —Definitivamente, no lleva la sangre de esta familia, pero es igual de cabezona que nosotros. Todo se pega, hasta la cabezonería.

—No puedo. Confía en mí —le vuelvo a pedir.

—Alba, estoy preocupada por ti. Desde que terminaste con Mateo estás muy rara.

—Estoy mejor que nunca, créeme. Me di cuenta que a Mateo no lo quería, bueno, que lo quería como a un amigo, pero nada más.

—¿Por qué no me lo habías contado?

—Porque no quería preocuparte con mis cosas.

—¿Ya no me consideras tu amiga?

—¡Claro que sí! Siempre vas a ser mi amiga, mi mejor amiga. Te quiero. —Le doy un fuerte abrazo. Es verdad, es mi mejor amiga, porque Adri también es mi amiga, pero, antes que todo, es mi hermana.

Al final, la convenzo y me deja que coja el número de teléfono de Manu, solo que ella no sabe que es de él. Se lo agradezco mucho, sé que no le dirá nada a mi hermano, es una buena amiga y me quiere tanto como yo a ella. Me va a guardar el secreto. No me hace más preguntas. Confía en mí, me lo ha dicho. Precisamente, por esto, no quería contarle nada, para que no tenga que ocultarle nada a Edgar, que sé que le cuesta un montón. No quiero embaucar a nadie con mis mentiras.

Vuelve de nuevo a su habitación y yo a la mía. Mis hermanas están durmiendo y yo le voy a escribir al buenorro, para no molestarlas, bajo al salón y me siento en el sofá.

Chat

Yo: «Manu, he conseguido tu número de teléfono»

Yo: «Sé que has visto mi mensaje contéstame»

Yo: «Por favor»

Yo: «Creo que no me merezco que me hagas estos vacíos. ¿Tan indiferente soy para ti?»

Capítulo 39

Manu

Cuando veo que los mensajes son suyos, me sale una sonrisa instintiva. Me encantaría responderle, pero no quiero ilusionarla para nada. No le puedo contestar. Probablemente, no sabe lo que me duele no hacerlo. Es increíble cómo, en tan poco tiempo, se ha metido en mi cabeza. Si le contesto, si hago cualquier cosa, ella va a seguir aferrándose a que podemos tener algo y no podemos. Yo no puedo. Ni siquiera podríamos tener una noche de esas locas. Una noche de esas de sexo sin compromisos, no puedo. Soy impotente.

Desde el principio fue un error liarnos tan rápido, sin ni siquiera conocernos. Y, quizá, fue otro error proponerle a Edgar que trabajara conmigo, porque, por eso, voy a ver a Alba bastante a menudo y eso no ayuda a que me olvide de ella. Solo me manda cuatro mensajes, pero son los suficientes para no dejarme dormir en toda la noche. Me siento una mala persona, estoy haciendo sufrir o ilusionarse a otra sin poder confesarle nada.

Por la mañana, cuando consigo dormir un poco antes de ir a trabajar, Mire toca la puerta de mi habitación, la insto a que pase.

—¿Qué haces todavía en la cama? —pregunta.

—No he podido dormir en toda la noche. Hoy no voy al gimnasio. —Suena a excusa por todos lados, porque lo es.

—Estás muy raro. ¿Ya no confías en mí?

—No es eso. Es que de verdad no he dormido. —Me levanto y le doy un fuerte abrazo, no quiero que sienta nunca que he perdido la confianza en ella, porque no es así. Es solo que lo de Alba no se lo puedo contar. Es demasiado—. Te quiero mucho, eres como si fueras mi hermana melliza. Mi enana, lo sabes.

—Yo también te quiero y, por eso, si te pasa algo, si necesitas algo, me lo tienes que decir.

Me vuelvo a acostar y ella se va. Sé que cuento con ella, eso lo sé de sobra, siempre lo he sabido. Al igual que ella cuenta conmigo para todo, pero hoy no podía ir al gimnasio, ni hoy ni mañana. Quizá no vuelva a ir o, quizá, cambie el horario para ir y que no esté Alba. Cuánto menos nos veamos, mejor para los dos. No es bueno para ninguno. Me gusta y lo último que quiero es pasar a sentir algo más y por el camino que voy, es muy probable. Mejor alejarse, o intentarlo, antes de que sea tarde. Antes de que comiencen a nacer sentimientos imparables.

Dejarme llevar, cómo me dejé llevar esa noche, fue otra locura aún más grande. Una locura de la que, en el fondo, no me arrepiento. Fue una noche que recordaré siempre con una sonrisa, una noche en la que fui libre por un rato.

Capítulo 40

Alba

Me despierta Edgar y abro los ojos casi sin saber ni dónde estoy.

—Buenos días, Albi. ¿Por qué has dormido en el sofá? —pregunta mi hermano.

—Tenía ganas de ver la tele y me quedé aquí. —Otra mentira más.

Me quedé dormida tras escribirle a Manu. Tras no recibir ni una contestación, a pesar de saber que él había leído los mensajes. Y sí, me duele más de lo que pensaba su indiferencia. Me gusta muchísimo, puede que no lo conozca lo suficiente como para hablar así, pero siento una conexión con él que nunca había sentido.

Mateo ha sido mi primer novio formal, aunque me gustaría que Manu fuera el definitivo. Solo llevaba tres meses con Mateo, nos acostamos unas cuantas veces. Tres veces en total. Pocas, lo sé, pero no me apetecía más. No creo en el sexo sin amor y con Mateo lo único que tuve fue cariño. Tener sexo con él, no fue una experiencia mala, pero no lo que yo esperaba.

Esa noche con Manu lo hubiera hecho todo, sin importarme que lo acabase de conocer o que fuese mayor que yo. Esa noche solo me importaba él, quizá toda esa valentía se debió a lo borracha que estaba. ¿A quién quiero engañar? Sé de sobra que, aunque lo hubiera hecho borracha, si hubiera sido con Manu, nunca me hubiera arrepentido. Si lo dejo escapar sin intentarlo, no me lo perdonaría nunca.

***

Adriana y yo desayunamos temprano, mucho antes que los demás, y nos vamos al gimnasio para después ir a la universidad. Voy a ver a Manu y me va a tener que dar una explicación de por qué no me contestó anoche. Una cosa es que me guste y otra que se crea con el derecho a dejarme en leído.

Me llevo una gran desilusión, pues cuando llegamos vemos a Mireya, pero no a Manu. Nos acercamos a ella y Adri la saluda con un beso. Son tan monas juntas y yo quizá con… No.

—Buenos días —digo.

—Buenos días, Alba —dice Mireya.

Me pongo a mirar alrededor por si lo veo, pero no consigo nada.

—¿Has venido sola? —Disimulada, precisamente, no es que sea.

—Sí, hoy mi hermano dice que necesitaba dormir, que ha dormido poco esta noche.

—Hoy podemos hacer ejercicio en pareja —sugiere mi hermana.

—Claro, yo hago ejercicio con la pared —digo con clara ironía. Ha sonado a enfado, pero no con ellas. Estoy enfadada con el idiota del buenorro.

—Creo que no es buena idea —dice Mireya.

—Olvidadlo. Yo me voy ya a la universidad. Mireya, lleva a mi hermana después a la universidad, por favor —le pido.

—Claro.

Sé que mi hermana se queda en la mejor compañía posible. Mireya es todo lo que necesita para ser feliz.

Fuera de bromas, esta familia tiene que tener algún tipo de atracción muy fuerte por los Viana, como un conjuro o algo así.

Capítulo 41

Alba

Dos semanas han pasado. Manu no ha vuelto a aparecer por el gimnasio y me duele. Quiere alejarse de mí, así, sin más. ¿Qué se supone que le he hecho para huir de mí?

Necesito verlo y que me aclare las cosas mirándome a los ojos, que sea valiente. Sé que está mal lo que hago, pero no tengo otra forma de lograrlo. Voy al vestuario, rebusco en la documentación de Mireya y encuentro su DNI con la dirección de su piso, me lo apunto y lo vuelvo a dejar todo tal y como estaba. Voy a buscarlo. No puedo ni quiero dejarlo escapar, ni hoy ni nunca.

Vive, relativamente, cerca porque tardo diez minutos andando en llegar. Estoy enfadada, decepcionada y con ganas de verlo. No sé qué sentimiento es el que gana, pero ante la duda...

No creo que le haga mucha ilusión que haya venido hasta su piso, pero me va dando igual. ¡Que deje de esconderse y me hable claro!

Capítulo 42

Manuel

Estos días estoy aprovechando para quedarme un rato más durmiendo, ya que no he vuelto a ir al gimnasio. De cobardes o no, no he vuelto a ir por la mañana y tampoco he vuelto a ver a Alba, aunque me haya costado trabajo. Dejar de pensar en ella no he podido. Me desconcierta a niveles extraordinarios. Ahora voy por las noches a hacer deporte, cuando ella no está, para no verla. Mire no entiende por qué he cambiado mi horario para ir al gimnasio. Yo le digo que me gusta llegar temprano a la clínica veterinaria, aunque creo que ella sospecha que algo le oculto. Me conoce demasiado bien.

Tocan el timbre del piso y yo sigo acostado, no puede ser que Mireya vuelva tan pronto. Además, ella se va directa al trabajo. Quien sea no deja de insistir y el timbre me está volviendo loco. Así que, como no tengo otro remedio, me levanto y abro la puerta. Es Alba. Desde luego que tiene unas agallas que no había visto nunca. Plantarse aquí, sin más. Es un instante el que nos miramos fijamente a los ojos. Su mirada atraviesa mi corazón como una flecha y me siento aturdido.

—Necesito saber por qué no me contestaste a los mensajes y por qué no has ido al gimnasio —me lo pregunta tan normal, sin ganas de pelear, con cierto tono de tristeza. Siempre directa al grano.

—No tenía sentido contestarte como tampoco lo tiene seguir viéndonos todos los días.

—Estuve llorando. Sin pensarlo y sin quererlo, te has convertido en alguien muy especial —me confiesa y se le humedecen los ojos.

No voy a soportar verla llorar, no. Es algo que me supera. Yo no merezco su tristeza. La acerco a mí y la abrazo muy fuerte contra mi pecho. Necesito que, de alguna manera, sepa que no me es indiferente, nunca lo ha sido.

—Hueles a perfección —susurra, todavía abrazada a mí.

Me doy cuenta de cómo estamos: yo sin camiseta porque duermo solo con un pantalón de pijama y ella abrazada a mí. Si Mire nos viera no necesitaría nada más para confirmar todo lo que Alba me gusta, aunque ya lo sospeche.

Me separo poco a poco de ella, inspiro profundo para recordar su aroma. Entonces, abre los ojos y me mira. Esa mirada tan sincera, esa mirada a la que hago sufrir.

—Alba vete a tu casa o a la universidad, no puedes estar aquí —le digo con el tono de voz más suave que tengo.

—Estoy donde quiero estar. Por lo menos, lo estaba hasta hace unos segundos.

Sé que se refiere a mis brazos y a mí ese momento me ha dejado sin palabras.

—Yo estoy sin camiseta y no es…

—Estás perfecto así, marcando esos músculos. —Me intenta tocar el abdomen, pero yo me aparto—. No es la primera vez que he acariciado este cuerpo. No sé qué me pasa contigo, pero es algo fuerte.

Hago caso omiso a lo que dice porque no es bueno recordar lo que casi estuvo a punto de pasar esa noche, en la que me dejé llevar por todo lo que me hizo sentir.

—Voy a vestirme, tengo que trabajar.

Se queda ahí, plantada, mirándome y no es que la quiera echar, de hecho, es todo lo contrario. Pero tengo que hacer algo.

Cierro la puerta y sé que la he debido destrozar como me he destrozado yo. Ahora me encantaría abrir la puerta y besarla hasta que nos ardan los labios, pero no puedo, no podemos y alguien tiene que mantener la cordura. Ese alguien tengo que ser yo, porque ella no está por la labor. Dejarnos llevar por la pasión no es el camino, no lo es. Resuena en mi cabeza *Llegaste tú* de Luis Fonsi y Juan Luis Guerra, era justo la canción que estaba escuchando antes de que viniera.

Capítulo 43

Alba

Si cree que me voy a dar por vencida, vas listo. Yo de aquí no me muevo hasta que salga. Me va a rechazar mil veces y yo lo voy a buscar otras mil. Me duele cómo no se imagina su rechazo, pero ese abrazo que me ha dado me ha vuelto a confirmar que hay algo. Algo que por pequeño que sea se tiene que parecer a lo que yo imagino.

Me siento en el rellano justo en la puerta del piso del buenorro y aquí lo voy a esperar. A cabezona no me va a ganar, eso lo tengo claro.

Me resisto a hablar de flechazo tan rápido porque no creo en ese tipo de amor, me resisto, pero se parece mucho. Cada cosa nueva que descubro de él, me gusta más y más.

Capítulo 44

Manuel

Me doy una ducha, no desayuno porque después de lo que ha pasado con Alba no tengo ganas. Me pongo algo básico: una camiseta de manga corta y unos vaqueros. Se me está haciendo tarde para ir a trabajar y a mí nunca me ha gustado llegar tarde. Solo llegué tarde una vez y fue cuando conocí a Alba. Haciendo memoria han pasado tantas cosas desde que la conocí... Extraño tanto esa noche y esos besos...

Si ella supiera lo que me cuesta rechazarla, ni siquiera me buscaría. No tengo erecciones cuando se acerca. Tengo algo mejor, se me eriza la piel, siento una felicidad inexplicable y esto es como un círculo vicioso en el que solo nos hacemos daño. Lucho por alejarla, de verdad, pero sigue insistiendo y a mí cada vez me resulta más difícil rechazarla. Quizá si supiera que soy impotente, no me buscaría, pero no se lo puedo decir. Es un secreto que nadie sabe, solo Mire. A ella le confíe mi secreto porque es ella, siempre me apoya, siempre está en los momentos buenos y en los malos.

Con Nacho, Borja y Óscar es diferente, es difícil de explicar, pero no tengo ese grado de confianza. A ellos no les puedo confesar que no soy un hombre completo como ellos. Este secreto duele. Duele mucho. Si quizá hubiera tenido sexo con Alba, lo mismo ya se me habría borrado de la mente o no. Nunca lo sabré.

Capítulo 45

Alba

Sigo sentada en la puerta, cuando Manu sale. Me levanto para que sepa que aquí sigo y que para terca yo. A ver si así se va enterando.

—¿Sigues aquí? —pregunta sin poder creérselo.

—Obviamente. —No me conoce lo suficiente para saber que a terca no me va a ganar.

—Por favor, ya te lo he dicho, vete.

—Dame una oportunidad —le suplico.

—Alba, no quiero que me supliques, no lo merezco, de verdad. —Empieza a ponerse triste y no sé por qué ese empecinamiento en lo mismo, siempre en lo mismo.

—Una oportunidad, solo una. ¿No entiendes qué me gustas? Me gustas mucho y...

—No tenemos ninguna oportunidad.

—¿Por qué? ¡Quiero saberlo! ¿No quieres tener una relación seria? ¿Solo quieres sexo?—grito, perdiendo los nervios y la paciencia—. ¿Es por la diferencia de edad o por qué soy la hermana de Edgar?

—Es por todo.

—Quiero un motivo, solo uno —le pido.

—No puedo.

—Hoy, solo hoy.

—¿Hoy qué? —pregunta sin entender nada.

Yo me entiendo, que es lo importante, y es que sentarme en la puerta de un buenorro, da para pensar y pensar cosas muy buenas.

—Hoy es el día para que me des esa oportunidad.

—No... —no lo dice nada convencido.

—Por favor... —Sonrío y creo que es la sonrisa definitiva porque él también sonríe.

—¿Quedamos esta noche? —accede por fin.

—Ni hablar, nos vamos ahora —le respondo.

—¿Ahora? ¿Y mi trabajo? ¿Y tu universidad?

—Por un día no se van a ir a ningún lado. —Voy a insistir todo lo que haga falta. Necesito probar, saber si esto puede funcionar.

—Tenemos obligaciones.

—Nuestra obligación primordial es descubrir qué nos pasa, todo lo demás es secundario.

Vuelve a sonreír, dos sonrisas y un abrazo esta mañana. No está nada mal lo que he conseguido. Hoy es un día para conseguir muchas cosas y todas con él. Juntos.

—¿Dónde vamos?

—Primero, cámbiate —le pido.

—¿No voy bien así? —pregunta, mirándose la ropa.

—Vas genial, pero ya que yo voy en ropa de deporte, lo justo es que tú vayas igual.

—Te puedo prestar algo de Mireya.

—Demasiadas explicaciones le tendrías que dar. Hazme caso, por favor —le vuelvo a pedir.

—Vale. Pasa en lo que me cambio.

Paso encantada. Voy a conocer el piso en el que vive ahora el buenorro. Ya conocía algo de su casa en el pueblo y ahora su piso.

Él se mete en la que debe de ser su habitación y, aunque me gustaría verlo sin camiseta de nuevo y ver su habitación también, me siento en el sofá del salón. No quiero que ahora que, por fin, lo he convencido de que me dé una pequeña oportunidad se vaya a arrepentir. El piso no es muy grande, pero sí da la sensación de acogedor.

Unos minutos después sale vestido de deporte, con sus pantalones cortos, su camiseta de tirantes y su gorra hacia atrás.

Estoy empezando a pensar que me gusta más así vestido que cuando va más formal. Tiene estilazo y unos músculos impresionantes. Me derrito, pero si se lo digo es posible que se asuste, porque el nivel de excitación que me provoca no es ni medio normal.

—¿Voy bien ahora? —Otra sonrisa más.

Este hombre me mata hoy, nunca lo he visto sonreír con tanta frecuencia. No es que sonría mucho, ni a menudo, pero se le forma una pequeña línea curva en los labios que lo hace más guapo aún. Es una sonrisa de esas que quizá es imperceptible, pero que, si te fijas, la ves. Yo la veo.

Capítulo 46

Manuel

La locura que estoy cometiendo hoy va a ser de esas de las que me arrepentiré, pero yo que sé. Es que no sé lo que me pasa con ella. Se me nubla el entendimiento y solo pienso en estar un ratito a su lado, disfrutando de su compañía y de sus locuras también. Es como si por mucho que me saque de quicio, a la vez me encantara ella entera. Por un día, no tiene por qué pasar nada. No.

Nos subimos a mi coche, conecta su móvil al equipo de música. Ni siquiera pregunta si puede poner música, la pone y punto. Suena *Solo si es contigo* de Bombai, la verdad es que es una canción que está muy de moda, pero que todavía no había escuchado entera. Se pone a moverse alegremente al ritmo de la música y yo no puedo evitar mirarla de reojo. Admiro que sea feliz con una simple canción y parezca ajena a todo.

—Nos representa tanto esta canción, ¿no crees? —pregunta Alba y me saca de mis pensamientos.

—Bueno… Que haya aceptado pasar el día contigo no significa nada, somos dos amigos sin más. Qué esto no te sirva para hacerte ilusiones.

—Mis ilusiones no se mueven de aquí. —Me guiña un ojo y señala su corazón.

Cada gesto que hace me gusta más y más. Es como si descubriera un mundo nuevo a su lado. Un mundo en el que ello lo pinta todo de colorines y es feliz, muy feliz.

Acto seguido, me indica la dirección que debo seguir para llegar al lugar donde me quiere llevar y, en seguida, me doy cuenta de que es el mirador de la otra noche, solo que esta vez es de día.

Llegamos, nos bajamos del coche y se vuelve a sentar en el capó sin preguntar. No tiene caso que le diga nada porque va a hacer lo que quiera. Me siento a su lado. Las vistas siguen siendo igual de espectaculares, se ve toda la ciudad y estar tan alto con ella al lado, es mágico. Es como si fuéramos los dueños de la ciudad, como si cualquier cosa fuera posible a esta altura. No me siento incómodo ni nada por el estilo, es una sensación extraña, pero no mala. Es agradable.

—Buenorro —rompe el silencio.

—¿Me has llamado...?

—Joder, se me ha escapado —se lamenta.

Me río a carcajadas y es que, de verdad, me ha hecho mucha gracia. Me llama buenorro, considera que estoy bueno. Yo me considero un idiota, alguien casi insignificante y más si me comparo con ella.

—¿Te he hecho reír? —pregunta muy contenta.

—Sí. —La miro fijamente—. ¿Siempre me has llamado así?

—Sí, te pega mucho, ¿no crees? ¿A ti cuál te gusta más?

—No te entiendo. —Por un momento, me pierdo mirándola y no tengo ni idea de qué está hablando.

—¡Estás empanado! —Me da un toquecito en la frente y ríe—. Digo que si te gusta más Manu o buenorro.

—Ninguno —respondo sin vacilar.

—¿Por qué?

—Odio que me llamen Manu y lo de buenorro tampoco me gusta.

—Manu está bien, buenorro mejor para la intimidad. —Hace caso omiso a mi respuesta y prefiere la suya.

No sé para qué pide opinión, ni para qué le respondo, si sé qué hace lo que quiere.

—¿Intimidad? —De repente, esa palabra me tensa. No creo que se esté refiriendo a lo que creo que se está refiriendo.

—Tranquilo, me refiero a cuando estemos solos.

Me lo aclara porque ha visto mi incredulidad. Estoy seguro de que mi cara ha tenido que ser un puto poema.

—No vamos a estar solos —le aclaro.

—Ahora estamos solos.

Así es ella, tiene respuestas para todo.

—Hoy es un día diferente —le intento explicar, aunque ni yo me entiendo. No sé ni cómo me he dejado embaucar para pasar el día con ella—. Es como una despedida, algo así.

—Por eso, lo tenemos que aprovechar al máximo, para que tengas ganas de repetir.

—Repetir no es una opción —digo más para convencerme yo que para otra cosa.

Espero que no siga siendo tan necia y me haga caso porque lo último que quiero es que sufra por mí. Ilusiones ya se ha hecho y me jode.

Hoy es nuestra despedida. Es irónico despedirnos de algo que nunca ha sido, pero así es.

—Manu, ¿siempre has sido tan difícil de entender o es solo conmigo?

—Alba, todo es más complicado de lo que puede parecer. —Bajo del capó del coche—. Vamos te llevo a tu casa.

—No quiero. Tú me has dicho un día, no unos minutos.

—Alba, a mí tampoco me hace bien estar cerca de ti —le explico.

—¿Por qué? ¿No sé supone qué te soy indiferente?

—Hablar de esto no nos lleva a ningún lugar.

—¿Podemos ser amigos? —pregunta.

—No.

—¿Pero por qué?

—Porque no —respondo exasperado.

—Esa no es una respuesta madura ni con fundamentos. Solo digo eso.

No, no es una respuesta con fundamentos, pero es mi respuesta. Es mi respuesta para ella, para alejarla de mí, aunque hoy estoy haciendo todo lo contrario. Odio no entenderme y hacer cosas irracionales.

La miro y, como veo que no se baja del capó, me vuelvo a subir yo, porque es terca como ella sola y sé que no va a acceder a irnos.

Capítulo 47

Alba

Voy a hacer que este día sea inolvidable, tanto, tanto, que solo piense en volver a repetirlo todos los días. Voy a hacer que esa sonrisa tímida se convierta en una sonrisa de oreja a oreja.

No habla, no dice nada, yo lo miro de reojo. Él creo que también me mira de reojo, como si no me diese cuenta de que indiferente no le soy. Esas cosas se notan y tan solo por lo nervioso que se pone cuando me acerco, lo sé. Tengo un buenorro cabezota como él solo, no quiere dar su brazo a torcer. Claro que no me puedo quejar, porque hasta en eso somos iguales.

—¡Vamos! —Pego un salto y bajo del capó.

—¿Dónde? —pregunta sobresaltado.

—A seguir con nuestro día. Tengo hambre.

Baja él también, aunque primero pone una cara rara.

Arranca el coche y le indico el camino de nuestra siguiente parada. Vamos a un restaurante muy elegante en el que está claro que nos van a mirar raro por ir con ropa de deporte, pero eso es, precisamente, lo divertido.

Llegamos al restaurante, pero cuando se da cuenta de que es muy elegante, me mira muy mal.

—¿Pretendes qué comamos aquí, así? —Señala nuestra ropa de deporte.

—Sí, pensaba que te daba igual el vestuario. No te creía con esos prejuicios —le digo para provocarlo.

—No es eso, sabes que no es eso, pero es un restaurante muy elegante. No creo que nos dejen pasar.

—Por intentarlo no pasa nada.

Efectivamente, no pasa nada. Nos dejan comer sin ningún problema. Aunque eso sí, los demás clientes nos miran muy raro. Manu está incómodo, pero, por eso, lo he traído para que salga de esa rutina tan aburrida que tiene. Se ha quitado la gorra, claro, un caballero como él no iba a comer con la gorra puesta. Mucho es ya que haya accedido a seguirme el juego. Parece un palo de lo rígido que está.

—¿Es necesario todo esto? —pregunta mientras come.

—Muy necesario.

—¿Para qué?

—Para todo, hay un estudio que demuestra que este tipo de situaciones refuerzan las parejas. —Me lo acabo de inventar y no sé si ha sonado más ridículo en mi mente o en voz alta.

—No somos una pareja y lo otro te lo acabas de inventar. —En su cara se dibuja una pequeña sonrisa casi imperceptible, pero la veo porque estoy atenta.

—Pero te he hecho reír, de nuevo.

Me vuelve a sonreír, porque estoy segura de que esas sonrisas son para mí.

No decimos nada más durante la comida, solo nos dedicamos a mirarnos. Él no disimula que me mira, es más, se queda mirándome varias veces fijamente y eso a mí me alegra. Poco a poco está siendo más abierto y menos tímido.

Cuando llega la hora del postre, él pide un helado de albaricoque y yo un helado de chocolate. Me cuenta que el helado de albaricoque es su preferido y también su fruta preferida. Es raro hasta para tener fruta favorita, pero me encanta verlo comer y que ponga esa cara de estar encantado. ¿Quién tiene de sabor preferido el albaricoque? Pues él, claro. Él.

—¿Puedo probar tu helado? —le pido.

La verdad es que no me gusta el albaricoque, nunca me ha gustado, pero comer de su helado y, de paso, tensarlo un poco, me parece muy interesante.

—Claro. —Me acerca su plato de helado.

—Dámelo tú —le propongo con una sonrisa pícara.

—¿Yo?

—No, tú no. El buenorro mejor —Suelto una risita.

Se pone nervioso, es más mono… Se pone nervioso por cualquier cosa, sobre todo si se la digo yo.

Coge su cuchara y me da un poco de su helado. Yo relamo la cuchara para ponerlo más nervioso y se queda embobado mirándome con esos ojos oscuros que tiene.

—Cada día me encantas más —le digo después.

—Y tú a mí —susurra.

Más que un susurro, creo que ha sido un pensamiento que se le ha escapado. Pero, ¡le encanto! YO LE ENCANTO. Me mira y sé que se ha dado cuenta de que lo he escuchado. Intento esconder la felicidad que me invade. No le digo nada por miedo a que vuelva a decir que no me haga ilusiones y todas esas mierdas. Lo he escuchado y soy feliz con eso. Lo ha dicho, no ha sido ninguna imaginación mía. ¡Lo ha dicho! Estoy segura.

Cuando nos traen la cuenta por poco y se le salen los ojos de las órbitas. Miro y veo el precio. ¡Vaya! 300 euros de comida. Creo que me he pasado al traerlo aquí, no quería que gastase tanto dinero. Solo quería divertirme un poco estando en un restaurante así vestidos, nada más. Me parecía una situación graciosa, pero se me ha escapado lo del precio.

—Manu, es mucho dinero —le digo un poco apenada.

—No pasa nada, puedo pagarlo —me tranquiliza, agarrando mi mano.

—Si no puedes, nos podemos dar a la huida. Yo no tengo dinero para ayudarte a pagar —le sugiero. ¡Sí, se me ocurren unas ideas un tanto descabelladas!

—¡Ni se te ocurra, que te conozco! —Se da cuenta de que soy capaz de hacer lo que he propuesto.

Paga en efectivo y yo alucino. ¿Cómo lleva tanto dinero encima? Vale que es un Viana, heredero del imperio Mirana, pero está peleado con su padre, él me lo dijo. Ahora se supone que es pobre como los demás o, ¿no?

Salimos del restaurante, nos subimos de nuevo en su coche y, como soy una cotilla, me puede la curiosidad.

—¿Cómo tienes tanto dinero?

—Pues resulta que ese dinero era parte del sueldo de tu hermano —me informa.

—¿Cómo? –pregunto con la boca abierta, literalmente. Creo que la he vuelto a liar. Es lo que tiene no poder estarse quieta ni calladita. Siempre la estoy liando, joder.

—¡Es broma! —Ríe—. Para que veas que yo también sé gastar bromas, guapa.

Me ha dicho guapa, estoy segura de que también se le ha vuelto a escapar, parece que ya se va soltando más conmigo y esa es la mejor señal. Vamos avanzando, aunque sea muy poquito a poco.

—¡Idiota! —Le doy un manotazo en el brazo, en su musculoso brazo.

—¿Dónde vamos ahora? —pregunta.

No intenta convencerme para llevarme a casa, ni cualquier otra cosa, lo que significa que no lo pasa tan mal conmigo. Sí, tengo que buscarle significado a todo porque él no es capaz de decir nada.

—Contigo voy donde tú quieras, pero creo que ahora te toca elegir a ti.

Capítulo 48

Manuel

Me toca elegir. Puedo elegir seguir en este sueño, aunque sea corto, o volver a la realidad. Tengo que elegir la realidad, es mi obligación.

—A tu casa, te llevo a tu casa.

—Me has dicho todo el día. Esto no es todo el día.

—¿Por qué no te das por vencida? —No entiendo cómo puede ser tan terca, de verdad que no. La rechazo una y otra vez y parece darle igual.

—¡Qué no! Entiéndelo. Y no me enfades que te ensucio esa camiseta.

Es una amenaza insignificante, pero, viniendo de ella, esa amenaza es real, muy real. A este paso me deja sin camisas, sin camisetas y sin ropa, en general. No sé ni qué pensaría si supiera que guardo hasta las camisas que se dedica a mancharme. ¿Quién guarda camisas con manchas? Pues yo. Yo que me estoy volviendo loco.

—Vale, me estoy calladito. No quiero que me sigas destrozando ropa.

—¿Miedo?

—Respeto y precaución. Contigo nunca se sabe.

Es miedo, pero no a que me manche nada. Es miedo a estar cerca de ella porque se me olvida usar la razón.

Decido volver al mirador, porque es un lugar que saca lo mejor de nosotros. Es como si fuera un lugar especial, algo así como nuestro lugar. No, no puedo pensar en nosotros juntos, ni en nada nuestro.

Hace una temperatura agradable, apenas son las cinco y media de la tarde y es normal. Este lugar parece encantarle. A mí me gusta, pero no mucho, solo que con ella tiene un toque mágico. A mí, las alturas no me molan nada de nada, casi diría que las odio.

Me sorprende que no se suba al capó del coche, esta vez se acerca más al precipicio para ver mejor la ciudad. Yo sí que me siento en el capó a contemplarla. Es preciosa hasta de espaldas y a mí se van los ojos a su culo que se marca con las mallas de deporte. No tengo erecciones como cualquier hombre, pero tengo ojos en la cara y ella está muy buena. Me muerdo el labio y me obligo a dejar de mirar su culo, porque es posible que se de cuenta. No debería estar hipnotizado mirándola, pero no lo puedo evitar. Con ella no puedo evitar casi nada.

Suelto un suspiro y se da la vuelta, me mira y sonríe. Vuelve a mirar a la ciudad, absorta en sus pensamientos y yo absorto en ella. Verla tan risueña es como estar viendo una obra de arte.

No tiene ni idea de lo que daría ahora mismo por recorrer todo su cuerpo y hacerla temblar de placer. Placer que yo nunca le podré dar. Nunca.

Capítulo 49

Alba

Me está costando mucho acercarme a él, mucho más de lo que pensaba. Es como si quisiera protegerse de mí, como si creyese que le puedo hacer daño. Intenta hacerse el duro, lo que no sé es por qué motivo.

Supongo que esto de pasar el día juntos ya es un gran avance. Tengo un punto a mi favor, le hago reír y eso siempre es bueno. Además, no soy de darme por vencida con facilidad y menos si se trata de alguien que me gusta cada día más y más.

Debe de haber pasado una hora o más, porque el sol se empieza a esconder poco a poco. Yo sigo con mis pensamientos sentada en el suelo, él, sin hablar, sentado en el capó.

Contemplar Dogue desde las alturas es precioso. Poder estar aquí es como un gran regalo de la vida. Sentir la naturaleza en estado puro, sentir la vida pasar y verla.

Me levanto del suelo, me acerco al coche y lo veo con los ojos cerrados. El buenorro se ha dormido, que bonito está todo estirado y durmiendo. Intento acariciarle la cara en un impulso. Necesito acariciar su piel, no me hago preguntas, solo hago lo que siento.

—No estoy durmiendo, Alba —dice, antes de que pueda acariciarlo.

—Lo parecías. —Aparto la mano, sin llegar a llevar a cabo mi propósito.

—Tú pareces una cría y, en realidad, eres una loca.

—Una loca a la que le gustas —Creo que es evidente, pero verbalizarlo es lo único que me faltaba.

—Alba, por favor.

—¿Qué? Es la verdad. Que no lo escuches, no va a dejar de ser verdad. Me gustas mucho más de lo que quisiera.

—Vale…

Parece impasible, pero estoy segura de que algo en su interior se remueve, sobre todo porque no es capaz de mantenerme la mirada.

Acabo de tener una idea, es muy típico de mí estos planes inesperados. La locura es parte de mi encanto.

—Sieso, sube —le informo.

Da un salto y me mira mal cuando me ve sentada en el asiento del conductor.

—¿Qué te hace pensar que te voy a dejar conducir? —Se está aguantando la risa. Se está empezando a soltar conmigo. Gran señal.

—Pues qué eres un buenorro con un corazón enorme. —Pestañeo cómicamente.

—Solo hoy —claudica al fin.

Se ha resignado a darme este caprichito y yo me muero de emoción.

Arranco y nos vamos, tengo muy claro a dónde.

Llegamos en pocos minutos a nuestro destino, le pido que se quede en el coche, yo entro en un bar y compro unas botellas de vino. Sí, vamos a beber a morro, aunque cuando lo sepa monte en cólera, que ya lo voy conociendo. A él este tipo de cosas no le hacen ninguna gracia, pero yo lo voy a enseñar a que hay que disfrutar de cualquier pequeño momento.

Cuando me vuelvo a subir en el coche, me mira extrañado, yo le sonrío y arranco. Creo ver de reojo que sonríe y yo sonrío más.

Volvemos al mirador, empieza a anochecer, empieza nuestra noche.

Capítulo 50

Manuel

Ni siquiera trato de oponerme a lo que hace, no tiene sentido. Ya me he hecho a la idea de que va a hacer lo que le dé la real gana. Seguro que está planeando otra de sus locuras, me tiene todo el día a su merced, sin parar, y yo, mal que me pese, estoy encantado.

Piensa que no he visto que ha comprado varias botellas de vino, que pueden ser para bebérnoslo, para tirármelo o para las dos cosas. Es demasiado imprevisible.

La he dejado conducir, ¿qué otra cosa iba a hacer? Sé que le hacía ilusión conducir mi coche y, si me lo pide con esa sonrisa traviesa, no le puedo decir que no. Es que quien no haya visto su sonrisa no lo puede entender o sus ojos cuando sonríe. Sus ojos adquieren un brillo especial como si el resto de colores fueron tan básicos, el único color que importa es el de sus ojos. Es casi como un hechizo y me estoy poniendo demasiado intenso. Me está ablandando. Me estoy quedando sin fuerzas para luchar en contra de esto. Esto que no sé ni lo que es. Ella hace que baje la guardia. Ya me he hecho a la idea de que lo que no consiga ella, no lo consigue nadie.

Cuando me doy cuenta, hemos vuelto al mirador y me abre la puerta del coche.

—Buenorro, te invito a la mejor noche de tu vida. —Me extiende la mano.

Ella y sus ocurrencias. Su locura, tan suya.

—Gracias, caballera Alba. —Tomo su mano y bajo del coche.

Coge las botellas de vino y se sube de nuevo al capó, me lo terminará rayando. Ya me he hecho a la idea. Yo también me subo y la veo forcejeando intentando abrir la botella de vino. Y claro me intento aguantar, pero se me escapa una carcajada.

—Ya está el buenorro riéndose. A ver, listo, inténtalo tú —Me da la botella de vino.

—Mira y aprende, listilla. —Bajo del capó, abro la guantera del coche, cojo un abridor que es a la vez sacacorchos y abro la botella.

—Mi «*buenorroman*», el superhéroe. —Se acaba de inventar la palabra, estoy seguro.

No le digo nada, pero no puedo evitar sonreír ante sus ocurrencias. Opto por quedarme de pie, justo para poder mirarla de frente. Le doy la botella de vino y le da un largo trago para, después, ofrecérmela.

—¿A morro? —No es que me de asco, no. Es por si la botella sabe a ella. Por si es como volver a sentir el sabor de sus labios. Vaya idiotez, ¿no?

—Por supuesto.

Le doy un buen trago y se la vuelvo a dar. Creo que sabe a ella o a su aroma a fresa.

—¿Sabes que tengo qué conducir?

—¿Quién te ha dicho que tenemos que volver a casa?

Me atraganto con el vino. Pretende quedarse aquí, conmigo, toda la noche y no creo que sea precisamente bebiendo.

—Tranquilo, es broma. Volveremos a casa.

Suspiro aliviado, debe de pensar que soy idiota, lo pienso hasta yo. ¿Qué clase de persona no querría pasar una noche fantástica con una chica como Alba? Yo quiero, pero no puedo. La palabra «impotencia» se repite en mi cabeza una y otra vez.

—Esta noche vamos a ser sinceros —propone.

—Buena idea. ¿Por qué no me dijiste cuándo nos conocimos que tenías novio? —Voy directo, porque, desde que lo supe, necesito una respuesta. Me ronda con frecuencia la idea de que le pusiera los cuernos a su novio, aunque solo fueran unos besos, su intención y la mía era otra.

—Esa noche estaba borracha, te conocí y me encantaste. No era el momento de contarte nada.

Bebo otro trago de vino para que me dé un poquito de valentía. No sé si por el efecto del alcohol, pero esta noche necesito respuestas.

—¿Hubieras estado dispuesta a todo?

—A follar contigo, a tener sexo, a hacer el amor. A todo. Contigo a todo.

Otra ironía más de la vida, ella estaba dispuesta a todo y yo no podía hacer nada.

Necesito otro trago, con urgencia.

—¿De verdad te parezco una cría?

—No te voy a decir nada, cría. —Le guiño un ojo.

—Buenorro… —Se acerca a mi boca.

Si en este momento me besa, no la voy a poder rechazar. Fuerza, ven a mí.

Inspira tan cerca de mí, que suspiro y ella se aleja. Doy otro trago a la botella.

—Se ha terminado.

—¿El qué? —No sé ni de lo que me habla. Estoy perdido con su cercanía.

—La botella de vino.

Cojo el sacacorchos y abro otra botella de vino. Bebo otra vez.

—Buenorro, no tienes ni idea de lo mucho que me gustaría besarte en este momento. ¿Quieres?

Otro trago más y otro más largo.

—Me manchaste la camisa de pintalabios —comento. Cambio de tema con rapidez para evitar que siga por el camino que iba.

—Sí. —Ríe.

—No se quita la mancha.

—Lo sé. —Vuelve a reír.

—Ya me has manchado dos camisas, me vas a dejar sin ropa. —Esto último en mi cabeza no sonaba tan mal.

—Ya, eso quisiera yo. —Se sigue riendo.

—¿Se te ha subido ya el vino? —le pregunto riéndome yo también y es que su risa es contagiosa.

—No, pero a ti sí.

—Puede que tengas razón. —Doy otro trago a la botella.

—Está siendo una noche mágica. Al menos, para mí.

—Para mí también —confieso, antes de pensarlo.

—El vino te ha sacado la sinceridad.

—Sí. —Le doy otro trago.

Termino la botella y abro la tercera. Comienzo a estar achispado y sé que no debería beber más, pero sigo bebiendo. Incoherencia se llama. Incoherente es lo que soy. Sigo bebiendo y veo que Alba no dice ni una sola palabra, aunque no es por falta de ganas, con lo que le gusta a ella hablar...

—¿En qué piensas? —pregunta.

—En ti, en que esa noche perdí la cordura. Me volviste loco. —La sinceridad y la borrachera hablan por mí. La estoy cagando y me voy a arrepentir.

—¿No te sigo volviendo loco? —pregunta demasiado cerca.

—Sabes la respuesta —atino a articular las sílabas.

—Yo solo sé lo que niegas.

—Niego estar loco. —Esta vez soy yo el que me acerco.

—La locura es bonita si es compartida. —Deja un suave beso muy cerca de la comisura de mis labios y yo siento que me tambaleo.

—Contigo todo es bonito y loco. —Sigue hablando mi borrachera. Mañana, si me acuerdo de algo, me arrepentiré.

—¿Por qué elegiste ser veterinario?

Cambia bruscamente de tema y no entiendo por qué. Quizá la situación se estaba poniendo muy intensa.

Subo al capó sin soltar la botella de vino. Necesito estar sentado porque empiezo a perder el equilibrio y no creo ser capaz de contestar su pregunta de pie.

—Me encantan los animales, siempre me han gustado. Mis padres llegaron a montar un zoológico solo porque a mí me encantaban. De pequeño tuve hasta un elefante.

—¿De verdad? —Muestra una expresión de incredulidad.

—Sí, ya sé que es difícil de creer.

—Lo que hace el dinero... —murmura.

—El dinero no da la felicidad, aunque esté muy trillado. Yo lo tenía todo, pero no era feliz. No cuando mi padre siempre ha intentado manejarme la vida.

Me estoy desahogando con ella y parece estar tan interesada en escucharme... No me juzga, solo me escucha.

—¿Y tu madre?

—Ella es otra sierva más de él. Nunca le ha plantado cara, vive feliz entre lujos.

—¿Tus hermanos?

—Nacho vive feliz con su empresa de arquitectura, Borja no podría soportar ser pobre y Leticia, mi hermana pequeña, es menor de edad, no puede hacer nada. —Suspiro al pensar en lo alejado que estoy de mi familia—. Mireya es la única que le supo plantar cara a mi padre y la echaron de casa cuando confesó que era lesbiana. En pleno siglo XXI y que exista gente como mi padre es una puta vergüenza.

—Y un orgullo que haya gente tan valiente como tú. Es precioso que apoyes y quieras tanto a tu hermana. Adri me ha contado todo lo que has hecho por ella.

—Gracias.

Necesitaba escuchar esas palabras, siente orgullo de mí y eso a mí me hace sonreír. Necesitaba que alguien me dijera que todo lo que he hecho es lo correcto, aunque lo sepa.

—¿Por qué te fuiste de tu casa?

—Trabajaba en una de las mejores clínicas veterinarias de España solo por mi apellido y me harté. Quise ser alguien por mí mismo y así fue cómo llegué al pueblo.

—Y nos conocimos en ese pueblo que tan poco me gustó.

—No lo conociste bien, es un pueblo muy bonito.

—Contigo seguro que sí es bonito.

Me acabo la tercera botella de vino, voy por la cuarta. Ella hace rato que ha dejado de beber y yo ya estoy borracho. Quizá lo necesitaba, quizá también necesitaba una noche de sinceridad con ella o casi.

—¿Por qué decidiste estudiar magisterio? —Me interesa saber más de ella, conocerla en profundidad.

—Me encantan los niños, su alegría, su inocencia, su sinceridad… Por eso, quiero ayudarlos a que luchen por sus sueños.

Habla de los niños con tanta pasión, que no tengo dudas de que será una excelente profesora y una mejor madre. Una muy buena madre con la persona que ella elija. Es algo que me debería dar igual, porque es su vida y tiene derecho a hacer lo que quiera, pero pensar que algún día es posible que forme una familia con otra persona porque yo nunca podré darle hijos y... Tengo que dejar de pensar en eso, ni siquiera somos nada, ni lo vamos a ser. Pensar en todo eso es absurdo.

—¿Te puedo preguntar por tus padres? —pregunto con miedo para cambiar de tema, pero también porque me interesa. Ella me interesa, no lo puedo seguir negando. Quizá lo de sus padres sea un tema doloroso para ella y haya metido la pata.

—Ya me has preguntado. —Ríe con una mezcla de tristeza—. Es algo que ya tengo superado o casi superado. Además, esta noche es la noche de la sinceridad.

—Tienes toda la razón —Otro trago y empiezo a verla doble. No debería seguir bebiendo.

—Mi madre murió y mi padre, al verse solo con cuatro hijos, nos abandonó. —Traga saliva.

—Eso lo sé. Edgar es mi amigo, es tu hermano —le acaricio la mano y sonrío. Este tema, por mucho que diga que lo tiene superado, se nota que le sigue doliendo—. Lo que quiero saber es cómo te sientes tú.

—Estás demasiado cuerdo para esa borrachera. —Intenta reír para quitarle hierro al asunto, pero le duele demasiado—. Lo único que me duele es lo de mi madre, a penas la recuerdo. Eso sí, siempre estaré agradecida a Edgar por todo lo que ha hecho para sacarnos adelante. Solo tenía dieciocho años y nosotras éramos unas niñas. Trabajó y estudió muchísimo, lo admiro porque nadie hubiera hecho tanto por nosotras.

—Edgar es un gran hombre, sin duda. —No sé si es por qué estoy borracho o porqué me llega muy dentro, pero me pongo nostálgico.

—No te pongas triste. Es la noche de la sinceridad, pero también de la felicidad. —Baja del capó y pone música en su móvil.

Reconozco enseguida la canción: *El amor manda* de María José. Preciosa canción, perfecta para este momento.

Me ofrece de nuevo su mano, pero esta vez es para bailar. Acepto, no me puedo resistir. Se respira magia, estamos solos y abriendo nuestro corazón.

Comenzamos a bailar lento, sin prisa, muy cerca. Siento su respiración, huelo su perfume, se huele a ella. Esta música no es para bailarla tan lentos, pero seguimos con el mismo ritmo. Nuestro baile es casi imperceptible, apenas nos movemos. Como es pequeña se acurruca en mi cuello, cabe a la perfección. Cierro los ojos y seguimos meciéndonos muy juntos, se estremece.

—Magia —suelta así, de repente. Me lee el pensamiento, siempre lo hace. Este momento es magia.

—Magia —repito y vuelve a estremecerse—. ¿Tienes frío?

—Sí. —Noto su aliento en mi cuello y ahora el que se estremece soy yo.

—No tengo nada para taparte.

—Con que me abraces sobra.

La abrazo fuerte porque es esto lo que necesitamos. Nunca había sentido un abrazo como este, las palabras son innecesarias. No me quiero separar de ella, no puedo. La necesito cerca, así como estamos ahora. Sí, me estoy ablandando, efectos del vino y eso. Me está dando sueño, efectos del vino también, sí. Bostezo y se aleja un poco de mí.

—¿Tienes sueño?

—Sí, es el alcohol.

—Supongo que ya es hora de ir a dormir.

¿Dormir? ¿Juntos? Bebo otro trago de vino. Me empiezo a agobiar.

—¡Vamos! —Me quita la gorra y se la pone ella.

Me parece la imagen más tierna y sexy que he visto en la vida. Está preciosa y muy graciosa. Eso o que a mí me hace gracia por el pedal que llevo. La verdad es que nunca me la imaginé con una de mis gorras puestas, la hace todavía más interesante. Me da un pequeño vuelco el corazón y sonrío.

Capítulo 51

Alba

Su gorra. Yo con su gorra y él despeinado. Monísimo. Me gustaría enredar mis manos en su pelo y masajearlo, pero sé que no me dejaría. Sonríe sin parar y eso es el vino fijo. Estas sonrisas son de esas que se ven a kilómetros, no de las típicas suyas casi imperceptibles.

Lo cojo de la mano para ayudarlo a sentarse en el asiento del copiloto y, después de un buen rato, consigo ponerle el cinturón. No deja de moverse, parece un pulpo con mil tentáculos. Eso sí, no suelta la botella ni de broma como hice yo cuando nos conocimos. Nos parecemos tanto.

Me subo al coche y suena *Por debajo de la mesa* de Luis Miguel. Parece que en cada momento suena la canción indicada. Nuestras canciones, porque, para mí, ya son las canciones de nuestros momentos.

Arranco el coche y pongo rumbo a su casa, tiene que dormir la mona. Aprovecho los semáforos para mirarlo, sigue bebiendo y me parece que por hoy ya está bien.

—Buenorro, ¿y si dejas de beber?

—Noooooooo. Has sido tú la que ha comprado el vino, querías emborracharme, pues lo has conseguido. Ahora déjame seguir bebiendo. —Da otro trago.

Vale, un poco sí que era mi intención emborracharlo. ¿Para qué voy a decir que no? Si sí. Sinceramente, no creía que lo llegara a conseguir con lo formalito que se ve y lo cabezón que es. Además, que la que se emborracha soy yo o eso se supone.

Con mucho esfuerzo conseguimos llegar a la puerta de su piso, tela lo que me ha costado. Le pido a él que saque sus llaves del pantalón, que este es capaz, borracho y todo, de ponerse a gritar diciendo que le estoy metiendo mano, lo voy conociendo ya. Menos mal que anda por su propio pie, pero está desorientado y la botella de vino no la suelta.

Tras cinco minutos en los que no suelta las llaves, me las da a mí para que abra. Mireya parece haberse ido a dormir ya y, en un ataque de locura o yo que sé, coge mi mano, me lleva a su habitación y cierra de un portazo. ¡Qué discreto!

—¿Te puedo pedir un favor? —pregunta con timidez. Ni estando borracho deja de ser tímido y me encanta.

—¿De borracho?

—No estoy tan borracho. Solo un poquito. —Se termina de beber el vino que queda—. Duerme conmigo.

¡QUE DUERMA CON ÉL! Mi parte racional debería de decir que no, muy escasa por cierto. Mi parte loca no hace ni puto caso.

—¡A dormir! —Me lanzo a la cama más como si fuese una piscina.

Ahora sí, sonríe con su sonrisa imperceptible, apaga la luz y se acuesta.

Extiende su brazo y me acurruco junto a él, lo abrazo muy fuerte para que no se vaya, para que se quede conmigo siempre. No sé qué me está pasando con él.

Capítulo 52

Manuel

No estoy tan borracho, un poquito sí, pero solo un poquito. Mis ganas de dormir con Alba son inmensas y, aunque mañana me arrepienta esta noche, voy a disfrutar de ella.

Me pueden las ganas de besarla, giro lentamente la cabeza y me encuentro con sus labios más cerca de lo que imaginaba. Adivina mis intenciones porque se adelanta y elimina la corta distancia que había. Es un beso sencillo y corto, pero a mí eso me basta. Es un beso de buenas noches.

Vuelve a abrazarme y yo la rodeo con mis brazos. Merezco ser feliz por un rato y no hay mejor forma de ser feliz que teniendo a Alba abrazándome fuerte, porque pensará que no me doy cuenta, pero me está apretando. Me aprieta fuerte y no sé si es el frío o lo que sea, pero es la mejor sensación que he sentido en toda mi vida. Podría pasarme la vida así. Una noche mágica, no hay dudas.

Lo único que espero es que Mireya no esté despierta, porque no sabría qué explicaciones darle. Realmente, no hay explicaciones, está todo muy claro. Mireya seguro que me instaría a intentarlo con Alba, pero no. Yo sé perfectamente lo que soy: un impotente. Además, Alba terminaría cansándose de vivir sin sexo y yo no podría condenarla a eso. Simplemente, no puedo. No soy tan egoísta. Yo quiero que sea feliz y sé que no es conmigo.

Esta noche no puedo dejar que se repita. Hemos quedado en que lo de hoy era excepcional, una especie de despedida. Resulta irónico despedirse sin haber empezado. Desde que nos conocimos parece que el destino ha querido que lo nuestro sea de todo menos convencional.

Capítulo 53

Alba

Huele a vino.

Abro los ojos y lo primero que veo es su barba y, después, su cara. Mi buenorro. Me doy lentamente la vuelta para no despertarlo y por los agujeros de la persiana entran unos rayos de luz. Ha amanecido y yo en sus brazos, esto es un sueño, pero es hora de irse.

Manu está profundamente dormido y no ronca, es el chico ideal. Mi hermano ronca, Mateo roncaba, los novios de mis amigas ronca, pero él no. Es perfecto.

Me levanto y como no veo una mierda tropiezo con algo que hace bastante ruido. Sigo con cuidado y consigo encender la luz de la mesita de noche. ¡Joder! ¡Qué bonito! Ahora entiendo con qué me he tropezado, con una de sus guitarras. Supongo que toca la guitarra y me hace imaginarlo tan tranquilo, aquí, tocando cualquier canción. No tenía ni idea de que tocase instrumentos, me encantaría que alguna vez me compusiera algo para mí. Ya me estoy montando películas. Tengo que frenar a mi imaginación, que siempre va por libre.

Me encantaría despertarlo a besos, pero no lo hago. No lo hago porque está precioso dormido, aunque apeste a alcohol y esté despeinado, pero, para mí, está perfecto. Le escribo una nota y se la dejo encima de la almohada. Estoy por salir de la habitación, cuando me giro y le doy un suave beso en los labios. No me he podido contener. Anoche que volví a probar sus labios durante unos segundos, me di cuenta de que alejarme de él, me va a resultar imposible.

Menos mal que no llevo tacones y que las zapatillas de deporte no hacen ruido. Salgo de la habitación sin hacer ruido no porque se vaya a despertar el buenorro, que está claro que no, sino porque su hermana sí que se puede despertar. Voy despacito, despacito, despacito.

—Buenos días. —Es Mireya, está despierta.

—Buenos días.

Sigo mi camino hacia la puerta de salida como si nada, pero cuando voy a abrir vuelve a hablar.

—¿Te vas? —pregunta mientras le da un sorbo a su vaso de leche.

—Sí, tengo que ir a la universidad. —Esta vez sí consigo abrir la puerta.

—¿En serio te vas?

Vale, tengo la cara muy dura, me pilla saliendo de la habitación de su hermano por la mañana y yo pretendo irme tan campante. Es la mejor forma de disimular que se me ha ocurrido.

—Sí.

—¡No! —Se acerca y cierra la puerta.

—Se me hace tarde, tengo que ir a mi casa para cambiarme —intento explicarle, a ver si así me deja irme.

—Es lo que tiene dormir en casas ajenas.

—Lo mismo pienso yo. —Lo dicho, tengo la cara muy dura.

—Estoy esperando que hables.

Lo sabía, quiere una explicación, yo también la querría en su caso, pero como no estoy en su situación intento evadirme.

—Pues la verdad es que he dormido con Manu.

—Ya… Eso es evidente.

—Explicación dada. Me voy. —Emprendo de nuevo mi camino hacia la puerta.

—¡Quieta! —Me frena, cogiéndome del brazo—. Habla.

—Ya te lo he dicho.

—No me has dicho nada nuevo.

—Se me hace tarde de verdad, luego hablamos.

—Hablamos ahora —Está muy seria y me da miedito.

Como el buenorro se entere que su hermana lo sabe, no me vuelve a hablar. Por lo que decido hablar yo, no me queda otro remedio.

—Tu hermano me gusta mucho, más de lo que pensaba. Nos conocimos hace cosa de un mes y un poco más en un pueblo. —Se lo resumo lo mejor que puedo.

—¿Tú eres la chica? —pregunta con sorpresa.

—¿Sabías algo de mí? —ahora soy yo la que me sorprendo.

—Mi hermano me habló de una chica, pero no me dijo que eras tú. Ahora entiendo muchas cosas.

—No le digas nada, por favor. Te lo explicaré todo con más detalles después. Ahora tengo que irme —le pido y asiente sonriendo.

Manu me va a matar. Asumido queda. Otro que me va a matar es mi hermano. Ya me imagino que debe haber expulsado toda clase de fuego por la boca. Por eso, el móvil apagado está mucho mejor, me tiene que tener frita a llamadas, seguro que ya ha llamado a la policía.

Mira la que se montó con Adri y eso que ella sí llegó a dormir, con que a mí me la va a liar mucho peor. Voy a estar sin salir de casa hasta que me jubile. Como se entere que ayer tampoco fui a la universidad, ya sí que estoy perdida. Encima me va a caer una buena charla. Miedito me da llegar.

Capítulo 54

Manuel

Alba. ¿Dónde está, Alba? Primer pensamiento al levantarme: ella.

Dolor de cabeza, cosa muy normal después de todo lo que bebí. Yo nunca había bebido tanto, nunca he sido de emborracharme. Claro con Alba todo cambia y para qué negarlo, a mí anoche se me fue la puta cabeza, incluso más que la noche en que la conocí. Hablé demasiadas tonterías que ahora tendré que negar.

Me levanto como puedo, más mal que bien, todo sea dicho.

Salgo al salón que está junto a la cocina, ni rastro de Alba. Supongo que se iría anoche después de quedarme dormido. No sé, no me acuerdo. Solo espero que mi hermana no la haya visto porque estaría perdido, no tendría forma de negarlo.

Mireya está cantando mientras termina de preparar el desayuno.

—¡Buenos días! —saluda en un tono normal que a mí me resulta doloroso.

—¿Puedes hablar más bajito? —le pido. Me duele la cabeza, confirmado.

—Resaca.

—Sí, resaca.

—Es normal después de volver a las tantas.

El exprimidor, jodido dolor de cabeza. ¿Para qué hace zumo de naranja?

—Vale, no quiero una charla ahora. —Sé que puede hacer de hermana mayor perfectamente, pero resulta que el hermano mayor soy yo y, para una vez que bebo, no quiero charlas.

—No te la pensaba dar. ¿Dónde estuviste ayer todo el día?

—Trabajando.

—Pero no me mientas. —Se ríe.

¿Por qué cojones se ríe? ¿Sabrá algo? ¿Sospechará qué estuve con Alba todo el día? ¿Habrá visto a Alba aquí? Vaya cagada. Joder, tanto mantenerme lejos de Alba estas semanas para terminar durmiendo con ella en el piso que comparto con mi hermana. Puto idiota.

—No te estoy mintiendo.

—Te delatan los nervios. Tienes que aprender a disimular mejor, Manuel. —Me ofrece un vaso de zumo.

—Necesitaba distraerme. No tenía ganas de trabajar, ¿contenta?

—No. Si desapareces todo un día, no contestas al montón de llamadas que te hice y vuelves de madrugada y borracho, pues me preocupo. Creo que es lo normal. —Se vuelve a reír. Me echa la charla y se ríe. No la entiendo.

—No tenía batería y me apetecía estar solo.

—¿Solo? —pregunta cómo si no se lo creyera. Algo raro me estoy perdiendo.

—Sí. ¿Es raro? —insisto en que estaba solo.

—No, lo raro sería si hubieras estado acompañado. —Termina su zumo y lo deja encima de la pequeña mesa que tenemos en la cocina.

Carraspeo y bebo otro trago de zumo, está claro que yo para disimular no valgo.

—¿Hay pastillas para el dolor de cabeza? —Necesito una con rapidez.

—Sí, están en ese armario. —Señala el armario—. Una cosa, ¿no huele raro aquí?

—No sé, será el alcohol. —Debe de apestar todo la casa a vino barato.

—No, no huele a alcohol. —Olfatea un poco—. Huele a sexo.

Me estoy bebiendo otro trago de zumo y por poco lo echo todo fuera.

—¿A sexo? —¡No, anoche no pudo pasar nada! Soy impotente, no pudo pasar nada.

—Serán imaginaciones mías. —Me da un abrazo para despedirse de mí y se va al gimnasio.

Dolor de cabeza con el portazo que ha dado, me tomo la pastilla y me termino de beber el zumo de naranja.

Lo último que recuerdo de anoche es quedarme dormido con Alba al lado, nada de sexo, nada de nada. Solo un beso casto. No pudo pasar nada. No tengo ni puta idea a qué venía el comentario de Mire, pero no pasó nada. Es verdad que esta mañana Mire estaba rara, pero no creo que tenga que ver nada con Alba. Si la hubiese visto ya me habría dicho algo, supongo. Mi hermana no es de callarse las cosas.

El día de ayer fue increíble, pero no se va a repetir. No se puede volver a repetir, aunque me encantaría. Cada momento al lado de Alba es mágico, es especial como ella. No sé en qué momento se ha ido convirtiendo en una persona tan importante para mí, apenas nos conocemos.

Capítulo 55

Alba

Es abrir la puerta de mi casa y sé que me espera una buena bronca. Mi hermano está de pie en el recibidor, esperándome. Seguro que lleva ahí toda la noche. Me mira con ojos asesinos, creo que nunca ha estado tan cabreado conmigo como hoy. Sé que me he pasado, que todos estarían preocupados, pero estaba disfrutando de mi noche mágica, no quería dar explicaciones de dónde y con quién estaba. Está claro que ya me puedo inventar una buena excusa para que mi hermano no me mate.

—La señorita se digna a aparecer por fin. —Miedo me da ese tono de voz, está enfadado no, lo siguiente.

—Ed, tengo una buena explicación. —Tengo qué pensar rápido.

—Habla.

—Se me hizo tarde y me quedé a dormir en la casa de una amiga.

—¿Y no me pudiste llamar?

—Me quedé sin batería. —Otra mentira. Sé de sobra que no se ha creído nada de lo que le he dicho.

—¿Y no te sabías mi número de teléfono? —Parece un puto juez.

—No.

—No te creo nada de nada.

—Pues ese es tu problema porque te estoy diciendo la verdad —Intento subir las escaleras, pero se pone en medio impidiéndome el paso.

—¿Dónde se supone qué vas?

—A cambiarme, se me hace tarde.

—Ayer no pensabas eso. Sé que no fuiste a la universidad. —Se ha convertido en detective también.

—¡Adri! —la llamo con un grito, ya se ha tenido que ir de la lengua. Seguro que pasó por mi facultad y vio que no estaba.

—Estaba preocupada por ti —se excusa cuando entra en el vestíbulo, lo estaba escuchando todo desde la cocina.

—No le eches la culpa a Adri —se exaspera mi hermano. No lo he visto así de enfadado en la vida.

—¡Soy mayor de edad, puedo hacer lo que quiera! Si te sirve de algo, sé que debería haberte avisado. —Lo sé, pero ya no puedo hacer nada, ya está hecho.

—Edgar, déjala. Está enamorada, ¿no lo ves? —Olivia intenta tranquilizarlo y, de paso, ayudarme.

¿Enamorada? Enamorada es una palabra muy fuerte. Es como quererlo todo con esa persona para siempre y significa mucho. Yo no estoy enamorada, ¿no? Tampoco lo he estado nunca no sé qué se siente, ni nada.

—Claro que lo veo, igual que Adri, y es por eso por lo que quiero conocer a esos chicos.

Nos mata a las dos juntas. Nos mata cuando se entere que Adri no tiene novio, que es novia y que yo estoy bastante ilusionada con su mejor amigo. Sumado a los años que nos llevamos Manu y yo. Si Manu tiene la edad de mi hermano, ha de tener treinta y dos años, por lo que nos llevamos diez años, que, en realidad, no son tantos. Para mí, no supone ningún problema.

—Ya veremos. —Adri coge su mochila y consigue escaquearse. Me deja a mí con todo el marrón.

Opto por volver a hacerme la loca y subir las escaleras sin decir nada.

—¿Y tu novio?

—No tengo novio —respondo tajantemente—. Qué más quisiera yo.

Consigo entrar en mi habitación por fin. Menuda odisea para llegar y menudo interrogatorio.

Me doy una ducha rápida porque ya voy tarde. Me pongo lo primero que pillo y me termino de peinar. Claro como Gisela no puede estar sin decir nada, hace lo que mejor sabe: meter mierda.

—Toda la noche fuera, es muy fuerte tratándose de ti .— Venga dardos venenosos.

—A ti no te importa.

—Eres mi hermana y si sales con un chico que te saca unos cuantos años me preocupo.

—¿Cómo lo sabes? —No puedo ser, joder. Es imposible que lo sepa.

—Ayer os vi comiendo en ese restaurante.

—¿Vas a decir algo? —Sé que no da puntada sin hilo y algo trama. Menos mal que no sabe que ese chico es Manu. Ahora agradezco que no fuera a la fiesta de inauguración.

—No. —Ríe—. De momento, no.

Se va sin más. Es una hija de puta, sí, aunque sea mi hermana, es una hija de puta. Algo quiere, está claro y ahora me va a poder chantajear para mantener este secreto a voces ya. Lo sabe Mireya, lo sabe Gisela y lo va a saber Adri porque sé que ella y Mireya no tienen secretos. Lo peor es que se entere mi hermano, entonces sí que se liará una gorda.

Capítulo 56

Alba

He quedado dentro de cinco minutos con Mireya y Adri en la cafetería del centro y voy justa. Me he entretenido en unos asuntos de la universidad y ahora tengo que ir corriendo.

Entro en la cafetería, están las dos dándose besitos y diciéndose secretitos. ¡No están enamoradas ni nada estas dos! Ojalá pudiese estar yo igual con Manu, aunque lo de anoche fue el primer paso o eso espero. Se supone que Manu me gustaba físicamente, no para tener algo más serio. Me tengo que centrar y dejar de pensar tonterías, porque tienen que ser tonterías, ¿verdad?

—Ya estoy aquí —carraspeo para que sepan que pueden dejar que corra un poco el aire entre ellas.

—Solo te diré que no me imaginaba que estuvieses liada con Manuel —suelta mi hermana de sopetón. Es igual que yo para hablar, totalmente impulsiva.

—Ojalá estuviera liada con él. —Esa es mi sinceridad hablando por mí.

Ellas están tomando café, así que yo me pido otro y comienzo a contarles todo lo que ha pasado desde que conocí a Manu. Tampoco es que les de muchos detalles de las cosas que estuvimos a punto de hacer, no es plan. Les cuento de la forma más suave posible que Manuel me gusta mucho, es decir, que me pone mucho. Saben que lo llamo buenorro porque se me escapa varias veces mientras hablo. Joder, van a pensar que soy una salida y que solo lo quiero para follar, pero no es así o sí. ¡Ya no lo sé!

—¿Y dices qué anoche no pasó nada de nada? —pregunta Adri.

—No. ¿Tan difícil es de creer?

—Ya… —Vale, no se lo cree y, por un lado, es normal. No me lo creería ni yo—. Es raro y lo sabes.

—¿Y qué hago yo si Manu es raro?

—En eso tienes razón —afirma Mireya—. Por cierto, eso de que emborraches a mi hermano no me gusta nada.

No sé qué decir porque, en cierto modo, yo tuve la culpa de que se emborrachase y opto por quedarme callada, que por tanto hablar luego la lío.

—Es broma, pero te la debía —Ríe.

La miro mal, yo soy de gastar bromas, no de que me las gasten. Vale que me la debía, pero no me hace gracia. Yo le eché la bronca en el gimnasio de broma y ella ha hecho lo mismo. Nos vamos a llevar muy bien.

—¡Eh, deja a mi hermana! —Adri ríe y le da un tierno beso en la mejilla a su novia.

—Hacéis una pareja preciosa.

—¡No nos cambies el tema! —dicen las dos a la vez.

—¡Vale! ¡Menudas sargentos!

—Ahora en serio, déjale un poco de espacio a mi hermano. Yo trataré de hablar con él sin decirle que sé lo vuestro.

—Gracias, cuñada —Es un alivio que vaya a hablar con él, eso sí como se vaya de la lengua estoy perdida.

—Suena bien lo de cuñada, ¿verdad, amorcito? —le pregunta Mireya a mi hermana.

—Suena genial —responde mi hermana dándole otro beso.

Están *in love* total y son más bonitas… Tienen una complicidad de esas típicas de los enamorados. Además, pegan tanto juntas… Son como una de esas parejas de película que transmiten amor por donde quiera que vayan.

Yo como veo que estoy sobrando, y sé que quieren estar un rato más a solas, me voy. No seré yo la que haga mal tercio.

Capítulo 57

Manuel

Hoy he decidido a venir a verlos, a mi familia o, mejor dicho, a las personas con las que comparto sangre. He venido, sobre todo, por mi hermana Leticia, pero los voy a ver a todos. No me queda otro remedio.

En el último momento, pienso en irme, pero no, mi padre no me va a vencer. No va a conseguir seguir alejándome de ellos.

Tampoco he vuelto a hablar con Nacho ni con Borja desde la pelea de la inauguración. Si Nacho deja pasar todo lo que haga o diga Borja, yo no voy a hacerlo mismo, lo tengo muy claro. Borja es mi hermano, pero no tiene ningún derecho a referirse a las mujeres como si fueran un trozo de carne con patas y menos intentar algo con Alba. Una cosa es que no podamos tener nada y otra es que vaya a dejar que Borja juegue con ella. Me niego en rotundo.

Toco la puerta, me abre una de las empleadas y le pido que le avise a mi hermana que estoy aquí.

La casa sigue igual, hace un año que no venía y todo sigue igual. Los muebles de miles y miles de euros, todo rebosa riqueza, se ve desde lejos. Parecería una casa normal de una familia idílica, pero todo es pura fachada. En esta casa lo que menos hay es amor, solo dinero. Cada uno hace su vida por separado y solo se unen para hacer daño, solo para eso.

—¡Hijo! —La voz de mi madre me saca de mis pensamientos.

Me doy la vuelta porque estoy de espaldas, no me da tiempo a decir nada, solo me abraza fuerte y ya estoy llorando. No quería verla, no porque no tuviese ganas, sino por no llorar. Me duele mucho ver que sufre entre estas cuatro paredes, pero que tampoco hace nada para cambiarlo. Le he ofrecido mi apoyo y mi ayuda en numerosas ocasiones y ella siempre se ha negado.

—¿Cómo va todo? —consigo decir tras el abrazo.

—Bien, pero os echo de menos.

—Tú nos echas de menos, papá no. —Me limpio las lágrimas que empiezan a caer.

—Papá no lo puede entender.

—Papá, si es que se le puede llamar así, trató a Mireya como si fuera una delincuente y no es así.

Siempre que sacamos este tema me altero. No me cabe en la cabeza que sea tan cavernícola en pleno siglo XXI.

—Pero…

—Mejor no digas nada. No lo defiendas, no se lo merece. He venido a ver a Leti, ¿la puedes llamar?

—Ya ha ido la chica de servicio.

—Gracias —Esto es lo que me queda: la cordialidad.

Sigo queriendo a mi madre, pero ya nada es igual que antes. No puedo hacer como si no hubiese pasado nada, porque más que dolerme que me quisieran dirigir la vida, me duele el rechazo a Mireya.

—No me hables así. Yo os quiero —confiesa llorando.

—Lo sé, pero desde que apoyaste a papá eres su cómplice. Mireya es buena, no se merece que la despreciéis —Me duele verla llorar, pero tengo que ser sincero.

—¿Y qué hay de ti?

—Yo soy feliz viviendo con mi hermana, siempre la voy a apoyar en todo, porque, para eso, está la familia.

—Nos equivocamos —Sigue llorando y me duele verla tan destrozada, pero ella, en el fondo, piensa igual que papá.

—Papá no está arrepentido y tú lo sigues apoyando.

En ese momento baja mi hermana Leti y lo agradezco, ha interrumpido una conversación que iba a terminar muy mal. No soy el mismo que antes. Antes callaba lo que pensaba, ahora defiendo a Mire de quién sea, aunque esa persona sea nuestra propia madre. A Mire la odian por ser lesbiana. ¿Qué pensarían de mí si supieran que soy impotente? Mi padre seguro diría que soy otra vergüenza más para la familia, que voy de macho defensor de las mujeres y no puedo ni follar. Sé que tan solo esa posibilidad me duele, aunque no debería de importarme.

Paso una tarde genial con Leti. Mi hermana me cuenta todas las novedades sobre su vida, dice que eso de terminar la

ESO le está costando más de lo que pensaba, pero quiere terminarla porque su sueño es estudiar derecho. También me cuenta que tiene a algún que otro chico interesado en ella, pero que de momento no son nada. Nos echa de menos, dice que, a mí, más. Claro a Mireya la ve a menudo, pero a mí hacía unos meses que no. Yo también la he echado de menos y así se lo hago saber. Está muy contenta porque ha conocido hace muy poco a Adriana y dice que le encanta la pareja que hace con Mireya. Tiene el presentimiento de que van a estar juntas para siempre y ella es mucho de acertar con sus presentimientos. Le doy un montón de abrazos, la achucho todo lo que puedo, sé que van a pasar unas cuantas semanas hasta que nos volvamos a ver, más que nada porque a mi padre no le hace ninguna ilusión que venga y a Leticia le es difícil salir de aquí.

Cuando salgo de casa, veo a mi padre y a Borja llegar juntos. Me doy cuenta de que son tal para cual, idénticos por fuera y por dentro. Pensaba que Borja era diferente a nuestro padre y he pasado por alto muchas cosas, porque lo quiero, porque es mi hermano. Ya no, ya estoy harto.

Parece una ironía que cinco hermanos, que comparten los mismos padres, sean o, mejor dicho, seamos tan diferentes. Ignacio y Borja toda la vida van a ser los perritos falderos de papá y eso es algo que yo nunca voy a apoyar. Además, Ignacio también calló cuando papá echó a Mireya. Todos callaron. Yo no, yo grité y pedí de todas las maneras que no la echaran, era necesario mucho más. Todos éramos sus marionetas, me di cuenta más tarde cuando manejaba mi vida y mi trabajo a su antojo. Por suerte, abrí los ojos y me fui con Mireya. Salí de ese infierno y ahora me siento libre, muy libre.

Capítulo 58

Alba

Me va a caer otra bronca, he puesto la mesa para cenar como acto de buena voluntad, pero Ed no deja de mirarme.

—Si vas a volver a echarme la bronca, empieza ya. —Prefiero la bronca antes de cenar y que me deje tranquila ya.

—No tengo nada que decirte.

—¡Venga ya! Te conozco. —Estoy insistiéndole para que me eche la bronca, soy tonta.

—Solo me gustaría conocer a tu novio. Solo eso. Y si pudiera ser, ya de paso, saber dónde están tus hermanas a estas horas. Aunque como aquí todo el mundo hace lo que quiere, no creo que vaya a recibir explicaciones de ningún tipo.

—Ya te he dicho que no tengo novio —Insisto, esa es la verdad. Manu y yo no somos nada, para mi desgracia, claro.

—Deja de insistir, ninguna va a decir nada. ¿No lo ves? —interviene Olivia.

—Gracias por entenderlo. —Agradezco con una sonrisa.

—Parece que es un delito que uno se preocupe por sus hermanas —bufa Ed, está enfadado y sale al jardín.

Sigo poniendo la mesa como si nada hubiera pasado y Olivia no me quita la mirada de encima. Quiere hablar, la conozco. Ed y ella son tan parecidos, pero tanto... Se les ve venir de lejos y cuando algo les pasa no son capaces de disimularlo. Se sienta y me mira, sí, quiere hablar. Me siento también porque veo que esta noche en esta casa no cenamos.

—¿Me vas a echar la bronca también? —pregunto resignada.

—No y tu hermano tampoco. Solo nos preocupamos por ti. ¿No es normal qué si no pasas la noche en casa nos preocupemos?

—Es normal y lo sé, pero estaba sana y salva. —Estaba en el mejor lugar posible con la mejor persona posible, claro que eso se queda para mí.

—Eso nosotros no lo sabíamos. ¿Es por él?

—¿Quién es él? —Me tenso. Es imposible que lo haya descubierto. Imposible.

—Vamos, Alba, sé que hay alguien. Ese alguien por el que dejaste a Mateo —responde Olivia y yo suspiro aliviada. No me ha descubierto.

—Hay alguien, pero no somos nada —le aclaro, antes de que siga montándose películas.

—¿Ni follamigos?

—¡Qué burra eres! Ojalá fuera así, pero no somos nada de nada —repito triste, porque ojalá fuéramos algo, aunque fuera follamigos.

—¿Y tu hermano lo conoce? —No contesto y ella lo interpreta como una afirmación—. Lo conoce. ¿Quién es?

—No te lo puedo decir, por favor, no me preguntes nada.

—¿Por eso buscabas aquella noche su número en el móvil de Edgar?

—Sí, sé lo que hago. Solo te vuelvo a pedir que me sigas guardando el secreto. Me ha rechazado una y otra vez, por eso, no tenemos nada. Si en algún momento llegamos a ser algo, yo seré la primera en contárselo a Ed, pero no creo que llegue a pasar.

—Voy a respetar tu decisión, pero no me gustaría que cometieras un error. Me cuesta mucho no hablar con Edgar sobre esto y lo hago por ti.

—Gracias, Oli. Muchas gracias. —Le doy un fuerte abrazo, es una gran amiga, de eso no tengo ninguna duda—. Voy a hablar con Ed.

Salgo al jardín, Edgar parece estar mirando a la nada, me siento a su lado y me pongo a silbar. Yo tiendo a silbar cuando no sé qué decir. Edgar siempre ha sido de hablarlo todo y yo ahora le estoy guardando demasiados secretos. ¿Cómo se le dice a tu hermano qué te gusta su mejor amigo y que no me hace ni puto caso?

—¿Vas a hablar o prefieres seguir silbando, Albi? —No está tan enfadado, me ha vuelto a llamar Albi.

—Ed, no pienses que ya no confío en ti, es solo que hay cosas que no te puedo contar.

—¿Por qué?

—Porque son cosas muy privadas. —No sé cómo hacerle entender que tiene que dejar de hacerme preguntas.

—¿Piensas qué no voy a aceptar a tu novio? —Me mira fijamente.

—No es eso. No tengo novio. —Yo evito su mirada.

—¿Tampoco puedo preocuparme si mi hermana no viene a dormir ni me coge el móvil?

—Puedes, claro que puedes. La próxima vez te avisaré.

—¿Va a haber próxima vez? —Me mira mal.

—No lo sé. Deja ya de hacer preguntas. Te estás haciendo viejo y volviéndote un preguntón. Deja de preguntar y dame un abrazo, hermanito.

Me sigue mirando, no dice nada. Sonríe y me abraza, tal y como se lo he pedido.

—Te quiero mucho, Albi. —Comienza a hacerme cosquillas como cuando era pequeña, sabe que la barriga es mi punto débil.

—Y yo, hermanito.

Me rio a carcajadas. Momentos como estos no los cambiaría por nada. Es el mejor hermano del mundo.

Capítulo 59

Manuel

Llego a casa ya de noche, me he pasado un ratito pequeño por la clínica para ver cómo iba todo. Confío plenamente en Edgar. Sé que los días que no pueda ir, él se va a encargar de todo y se lo agradezco.

La verdad es que volver a ver a mi familia me ha dejado tocado, son mi sangre, aunque no me quieran. Me duele profundamente que mi padre no sea capaz ni de saludarme, me duele mucho. A pesar de todo, yo lo quiero, también quiero a mi madre, sé que está sufriendo, pero ella es igual de culpable que él.

Mi hermana me mira y sabe que me pasa algo, me conoce muy bien. Sin decir nada, me da un abrazo, sabe que es justo lo que necesito.

—Te propongo un plan genial: cena, una peli y me cuentas lo que te pasa —dice.

—Genial, pero solo si cocinas tú. Yo friego después. —Sonrío. Una noche de hermanos para cualquier persona seguro que es secundario, pero, para mí, es el mejor plan.

Decidimos cenar una pizza casera de las que hace Mire. ¡Le salen geniales! Elegimos una peli sin más, no sé ni el nombre. No la vamos a ver, es para tenerla de fondo mientras le cuento todo lo de esta tarde. Se lo resumo todo lo mejor que puedo. Lo único importante de la visita ha sido ver a Leticia.

—No te hace bien ir a casa.

—Lo sé, pero tenía muchas ganas de ver a Leti y a mamá. Sea como sea, mamá siempre va a ser importante.

—Sé lo que sientes. Yo también las echo de menos. —Ella también se pone triste.

—No pretendía que te pusieras triste, ya has sufrido bastante, enana.

—¿Y a los demás?

—He visto a papá, si se le puede llamar así, y a Borja, pero no han abierto la boca, como si no existiera. Intento que no me duela, pero no lo consigo. —Resoplo aguantando las lágrimas.

—No se merecen nada, pero sé que es inevitable que te afecte, a mí también me pasa.

—Gracias. —La abrazo fuerte. Me entiende a la perfección, siempre ha sido así. Es mi confidente o lo era, porque, ahora, me siento un mal hermano ocultándole lo de Alba. Trato de convencerme de que lo mejor es que esto quede en secreto y como algo pasajero.

—¿Por qué? —pregunta sin entender por qué le doy las gracias.

—Por ser la mejor hermana del mundo, por ser mi hermana. Te quiero mucho. —Me emociono. Estoy sensible. No es que me de vergüenza llorar, pero es que hoy estoy más sensible de lo normal.

—Y yo a ti. —Ahora es ella la que me abraza—. ¡Te propongo algo genial!

—¿Irnos de fiesta? Porque de putas no creo, tienes novia. —No me puedo creer lo que acabo de decir.

—¿Eh? ¿Has dicho lo qué creo que has dicho?

—Perdona, es que se me están pegando las burradas de… —corto a tiempo antes de decir el nombre de Alba. No sé en qué cojones estoy pensando, me voy a descubrir yo solito.

—¿De quién?

—¡De nadie, de nadie! —niego—. Es tarde y tengo sueño, no sé ni lo que digo.

Me levanto con intenciones de ir a dormir ya para escabullirme de la metida de pata, pero Mireya no me deja.

—Primero, me escuchas. Nunca me dejas terminar de contar las cosas —resopla—. El planazo es irnos unos días de viaje.

—¿De viaje? ¿Dónde? ¿Cuándo? ¿Por qué?

—Frena el carro. De viaje porque me apetece pasar unos días en la playa con mi hermano.

—Tengo que trabajar.

Excusa muy barata, en el fondo, no quiero irme de viaje porque tengo la esperanza de ver a Alba, aunque sea de lejos. ¿Desde cuándo me hace feliz el simple hecho de ver a Alba? No me he parado a pensarlo y mejor que no lo piense.

—Tienes a Edgar, él se puede ocupar de todo.

—Pero... Ya lo... Eh... Ya lo he dejado unos días trabajando solo, no quiero que se sature. —Bien de excusas baratas.

—A mí las excusas no me interesan. Además, es fin de semana, no tienes que trabajar. Nos vamos el viernes de la semana que viene. Ya puedes ir haciendo la maleta, siempre la dejas para el último momento. —Así, contundente como es ella.

—¿Me vas a obligar a ir de viaje? —Es que alucino con Mireya.

—Si hace falta sí.

—¿Piensas qué vas a encontrar billetes de avión así de fácil? —Ella o no ve problemas por ningún lado o yo veo demasiados. Puede que sea lo segundo.

—Vamos en coche. —Me da un beso de buenas noches y entra en su habitación.

Capítulo 60

Alba

Adriana es una cotilla de cuidado, menudo interrogatorio me hace, no tiene intenciones de dormir esta noche por lo que veo. Afortunadamente, como Gisela casi nunca duerme en esta casa, no molestamos a nadie.

—¿Entonces no habéis follado?

—No puedes ser más ordinaria —digo para picarla, porque yo soy igual que ella.

—Contéstame —insiste la muy cotilla.

—Te recuerdo que soy yo la hermana mayor, así que nada de interrogatorios y menos de este tipo.

—Si quieres te cuento que yo sí he follado con Mireya y fue maravilloso. Es maravilloso.

—¡Joder! Era una información irrelevante. —Cojo el cojín que tengo más a mano y se lo lanzo, como estamos tan cerca, le doy de lleno en la cara.

—Me gusta más decir hacer el amor. —Me guiña el ojo y me lanza el cojín de vuelta—. Contesta, frígida.

—No, ya te lo dije.

—Ya, pero de eso hace tiempo. Y anoche dormisteis juntos. —Ríe—. Entiendo que a Mireya no le quisieras decir nada, al fin y al cabo, es su hermano, pero a mí me lo puedes contar.

—Cabezona de la vida, ya te he dicho que no. —De verdad que no tengo ganas de seguir hablando.

La mejor solución para que se calle es una guerra de almohadas y cojines, que vuelvo a empezar yo.

Estamos, literalmente, más de quince minutos con la guerra, hasta que entra Edgar con cara de pocos amigos. Cara que cambia al instante por una carcajada y nos lanza un cojín, con el que reanuda la guerra. Siempre hemos sido así, siempre. Hacemos tanto ruido con nuestras risas que al ver la fiesta que tenemos montada, llega Olivia con más munición, es decir, cojines del sofá de abajo. ¡Menuda noche!

Capítulo 61

Manuel

La echo de menos, me ha costado reconocerlo. Ha pasado una semana y he descubierto que la echo de menos, más de lo que yo quisiera.

Es ilógico que la eche de menos si solo la he visto en unas cuantas ocasiones, pero con esa intensidad que tiene es como si fueran muchas. Tiene una energía vital y arrolladora y, por mucho que intente negarlo, me encanta.

Ya sé que cuando la tengo cerca, la rechazo. Soy una contradicción en sí mismo, pero no tengo otra opción. Confesarle que soy impotente sería una humillación para mí, sería admitir que nunca la voy a poder dar placer. Sería sentirme más fracasado de lo que ya me siento. Si el mini viaje este sirviera para algo, para no pensar más en ella, pero sé que no va a ser así. Un fin de semana no es suficiente para dejar de pensar en sus ojos, en su locura.

—¿Tienes la maleta preparada?

Mireya me saca de mis pensamientos.

—Sí.

—¡Qué seco! Suelta lo que te pasa.

—¿Por qué me tienes que conocer tan bien? —Si hay alguien en el mundo que siempre sabe cómo estoy es Mire. Mire es mi todo en la vida. No somos gemelos, pero como si lo fuéramos.

—¿Es esa chica qué conociste, verdad?

—Es ella —admito—. No puedo quitármela de la cabeza.

—Eso se llama amor.

¿Amor? No. No puede ser amor. ¿Tan rápido? Imposible. ¡Qué no, qué no! Amor es una palabra demasiado fuerte. Pienso mucho en ella, sí. Cuando está cerca siento miles de emociones, sí. Sus ojos me vuelven loco, no lo niego. Pero una cosa es eso y otra es estar enamorado, ¿verdad?

Me dedico a contradecirme estando lejos de ella y estando cerca. ¡Menudo lío! Esto se está descontrolando mucho.

—¿A qué hora salimos mañana? —Intento cambiar de tema, pero con Mireya no funciona.

—La has vuelto a ver. —No, no es una pregunta. Es una afirmación.

—¿Qué te hace pensar eso?

—Que siempre estás empanado —responde sin vacilar.

—La he vuelto a ver, pero da igual —acepto.

—El amor siempre puede ser y no me vayas a saltar con lo de la impotencia porque me importa una mierda. —Mireya cuando quiere puede ser muy contundente.

—Yo no he dicho que esté enamorado.

—No hace falta, se te nota.

Me deja perplejo. ¿Por qué habla con tanta seguridad? ¿Por qué piensa que es amor? No es amor, no puede ser amor tan rápido. Es ilógico.

—¿Por qué?

—Hay cosas que son evidentes, sin más. En el amor nada es cuestión de tiempo, solo de sentir.

—Mire, es más complicado de lo que parece. —Acumulo demasiada tensión. Llevo meses de cambios intensos y exploto con unas cuantas lágrimas, que se deslizan por mi cara. Me limpió lo más rápido posible. No es que me de vergüenza que me vea llorando, de hecho, me ha visto muchas veces, pero esta vez es diferente. Lloro porque lo que empiezo a sentir por Alba crece, aunque yo me lo niegue.

—Estás tan enamorado, que, quizá, ni tú mismo te haces una idea.

Otra vez con lo mismo. Quizá sentimientos, mucha atracción, pero es que amor… Amor es demasiado, creo yo.

De todas formas, no me apetece nada seguir hablando de Alba, no ahora. Me levanto, le doy un beso de buenas noches a mi hermana y entro en mi habitación.

—¡Sueña con ella! —grita desde el salón.

¿Puedo soñar con ella si ya es un sueño? Para esa pregunta tampoco tengo respuesta.

Capítulo 62

Alba

Al principio, cuando me lo contó Adri, pensé que era una locura, pero yo soy mucho de hacer locuras y más si son relacionadas con el buenorro.

El plan es ideal, pero conociéndolo puede huir en el momento en que sepa la encerrona que nuestras hermanas, con mi posterior aprobación, han preparado. Yo me arriesgo, por intentarlo que no quede.

¿Hay algo mejor qué irme un fin de semana con Manu a la playa? No, no hay nada mejor. Si sale bien, puede ser perfecto. Si sale mal, seguiré insistiendo.

Nuestras hermanas también vienen al viaje, pero por hacernos de celestinas y eso. A ver, que ellas también van a disfrutar, las cosas como son.

Este plan puede salir muy bien o muy mal. Ya veremos, pero por intentarlo que no sea.

Adri y yo nos vamos a las ocho de la mañana en tren rumbo a Valencia. Yo estoy muy contenta, espero que Manu no me chafe la ilusión. Mi hermana está igual o más emocionada que yo, es lo que tiene irte unos días de vacaciones con tu novia oficial.

Escaquearnos de las sospechas de Edgar no ha sido tarea fácil. Cuando hace una semana le dijimos que nos íbamos de viaje, nos miró en plan juez, nos hizo miles de preguntas, conseguimos salir del interrogatorio, más o menos, airosas y con la ayuda de unas cuantas mentirijillas. Le dijimos que era un viaje con otros compañeros de la universidad y que dormiríamos en un hotel barato. Todo mentira, pero parece que no sospechó nada, parece. Eso sí, nos va a llamar a todas horas, lo sabemos.

Capítulo 63

Manuel

Vamos camino a unos días de desconexión, pero es tempranísimo y yo estoy que me duermo por las esquinas.

Mire conduce, es su coche, yo he ofrecido ir en el mío, pero ha preferido ir en el suyo. La verdad es que mejor que conduzca ella porque yo tengo demasiado sueño.

Duermo un rato durante el largo trayecto a Valencia. Casi no hablamos porque cuando conduce dice que si le hablo la desconcentro, así que yo calladito, no vayamos a tener un disgusto.

Llegamos sobre las cuatro de la tarde al hotel, porque hemos tenido que parar en el camino para comer en un restaurante de paso. Mireya siempre tiene un hambre voraz, así que como para tenerla tantas horas sin comer.

—Voy a descansar un poco en mi habitación, luego nos vemos —le informo a Mire.

—Vale. —Sonríe de forma extraña. ¿Qué pasa? ¿Qué me estoy perdiendo?

—¿No subes?

—No, voy a dar una vuelta por el hotel para conocerlo.

—Estás rara.

—No, estoy normal. —Se vuelve a reír y, definitivamente, algo me estoy perdiendo.

—Cuando quieras me cuentas qué te pasa, rarita.

Cojo mis maletas y las subo yo a la habitación. Cuando entro ni siquiera me la esperaba…

—¡Sorpresa! —grita.

Capítulo 64

Alba

Se ha llevado una gran sorpresa, supongo que buena porque hasta ha sonreído y eso, en él, es muy raro.

Solo tarda unos segundos en volver a ponerse serio. Ya me lo olía yo.

—No sé si sorprenderme o no —es lo primero que dice.

—Mi intención era que lo hicieras, pero tu cara es indescifrable...

—¿Cómo has entrado? Espera, no me lo digas, mi hermana.

Asiento con tristeza. No esperaba esta reacción tan indiferente por su parte. Me esperaba cualquier cosa, menos esta. La sonrisa del principio la había interpretado como algo bueno, pero está claro que no.

—Por favor, vete —Abre la puerta para que salga.

Toda la ilusión por la borda. Ni siquiera intento quedarme, no tengo fuerzas en este momento. Siento una gran desilusión y eso que yo soy positiva por naturaleza. Sabía que no iba a ser llegar y que todo fuera de maravilla, pero tampoco este desdén.

Capítulo 65

Manuel

Se va cabizbaja y me duele en lo más profundo. No quiero hacerle más daño y consigo todo lo contrario. Siempre lo hago todo al revés. Soy un puto imbécil.

Le pego una patada a la maleta, no soy violento, pero necesitaba sacar la rabia que tengo por algún lado. Me jode tanto hacerla sufrir, es lo que menos quiero, pero siempre, de una forma u otra, la cago estrepitosamente. Ya sabía yo que aquí había gato encerrado, pero aun así me ha podido la curiosidad y he venido por idiota.

Salgo lleno de furia pegando un portazo, busco a Mireya por todo el hotel hasta que la veo sentada en la terraza con Adriana. ¡Claro, no podía ser de otra forma! Ha sido una encerrona.

—Me gustaría saber, ¿a qué se debe esta maldita encerrona? —pregunto muy nervioso.

—Manuel, cálmate, lo he hecho por ti —se justifica mi hermana.

—Eso quiere decir que ya has visto a mi hermana.

—Sí y me revienta que os creáis con la potestad para dirigirme la vida y encima obligarme a venir de vacaciones para esto.

—¡Lo he hecho por ti! ¿No te das cuenta? —insiste Mireya.

—¡No, joder! Tú sola te has montado esa película en la cabeza. Alba no me interesa. —Mentira tras otra, en eso se basa mi vida.

—Pero a Alba sí le interesas —interviene Adriana, confesándome lo que ya sabía, pero no quería escuchar.

No aguanto más, salgo corriendo y me encierro en la habitación.

Me siento en el suelo, estoy desesperado porque me atormenta la idea de estar enamorado de Alba. No sé si es amor, no es fácil saberlo. Lo único que sé con seguridad es que Alba se ha convertido en una persona muy importante para mí. Ha conseguido mucho en poco tiempo. Ahora mismo solo pienso en ir, comérmela a besos, besarla sin parar hasta que se me agrieten los labios y lo haría, pero no. No porque besarla no cambiaría nada. Confesarle que algo siento por ella, tampoco solucionaría nada. Soy impotente. No se me olvida. ¡Qué desesperación!

***

Tocan la puerta. Deben de haber pasado varias horas, yo he perdido la noción del tiempo pensando en ella, pensando en lo que me gustaría hacer y no puedo.

Me seco las lágrimas que han ido cayendo por mis mejillas y abro. Es Mireya, espero que no venga a seguir con lo mismo. No tengo ganas ni de decirle que no quiero hablar, solo me vuelvo a sentar en el suelo y ella se sienta junto a mí.

—Deja de ser tan cobarde.

No le digo nada, porque, por un lado, tiene toda la razón y, por otro, no puedo olvidar la encerrona. Es un cúmulo de cosas que me han hecho explotar.

—Manuel, siempre has sido un valiente. Si te gusta Alba, haz algo. —Sigo sin decir nada—. Ya veo que no me vas a decir nada. Piénsalo, estáis sufriendo a lo tonto.

—¿Algo más? —pregunto, tratando de mantener toda la indiferencia posible.

—Sí, te quiero —Me da un fuerte beso en la mejilla y sale de la habitación.

Llevo tanto tiempo reflexionando o, por lo menos, intentándolo. ¿Y qué he conseguido? Nada. Nunca consigo nada. Si estoy lejos de Alba, todo parece menos complicado, pero cuando se acerca, todo mi mundo se queda en sus ojos, esos ojos verdiazules que podrían iluminar todo cuanto se propusieran. Mi corazón lo iluminan desde hace ya un tiempo.

Capítulo 66

Alba

—Ha sido una mierda la idea de venir aquí.

Hablando sola y en voz alta, se me está yendo la cabeza. Mira que me encanta, pero me ha dolido tanto su rechazo hoy, especialmente hoy, que venía tan ilusionada. Si me diera un motivo de peso o una razón, pero es que no me dice nada y lo que me dice no me lo creo. Yo solo puedo creer en los besos que me ha dado, en lo cercano y libre que parecía cuando estaba borracho.

Es que sigo sin entender por qué lo tuve que conocer aquel día y liarme con él esa misma noche. Quizá si no hubiera probado sus besos, ahora no estaría así. No sé ni qué me pasa o sí, pero no lo quiero reconocer. Yo he leído mucho. Me encantan las novelas románticas y he leído miles de veces todo lo que los protagonistas sienten al verse, al pensarse o al estar cerca. Pero una cosa es leerlo y otra cosa es admitir que me está pasando lo mismo. Esto que siento tiene que ser amor y todo lo que he leído o me han contado se queda corto para lo maravilloso que es y lo mucho que hace sufrir. Manuel es el príncipe azul del que todas hablan y que nunca creí que existiese. Así de cursi estoy.

Tras toda la tarde dándole vueltas, estoy pensando muy seriamente en irme. No pinto nada aquí con la parejita y seguro que él ya se ha ido. Habrá huido como suele hacer cuando estoy cerca.

Capítulo 67

Manuel

Bajo al bar, no a beber, ya tuve bastante con la borrachera de la otra noche. Pido una manzanilla y me siento en la barra. Creo que me miran raro por lo que bebo. ¡No voy a poder tomarme una manzanilla con tranquilidad, joder!

Paso toda la tarde en la terraza del hotel, junto a la piscina, pensando en Alba. No puedo pensar en otra persona que no sea ella. La he cagado hoy muchísimo. Bueno, hoy y siempre, a decir verdad. Siempre que intento arreglar las cosas con ella y dejarle claro que no hay nada entre nosotros, la termino cagando más por idiota. Soy un puto idiota, estoy dejando pasar a una chica preciosa, pero no podría condenarla a vivir con un hombre mayor que ella y que encima no le puede dar sexo. Tampoco puedo decírselo porque me da vergüenza, porque soy una puta vergüenza. ¿Qué podría pensar de mí si supiera mi secreto? Esa es la pregunta que tanto me hago y que tanto me duele.

Minutos más tarde, entro en el vestíbulo del hotel y la veo con una maleta. Se va, se va por mi culpa. Ni siquiera me detengo un momento a pensarlo, corro hacia ella y agarro su mano.

—No te quería hacer daño, de verdad que no. Perdón.

Me mira, no dice nada. Solo me mira. Me va a pegar o, peor aún, va a coger su maleta y retomar su camino. Me sigue mirando, pero no dice nada. En sus ojos verdiazules lo veo todo: me ama profundamente. Me ama tanto como yo a ella y me duele todo esto, me duele ser un impotente.

—Habla, por favor. Quiero que me digas algo. He sido un imbécil, pero…

—Deja que me vaya. De hecho, yo creía que tú ya te habías ido —finalmente, habla.

—En el fondo, no quería irme, por eso me he quedado.

—¿Por mí? —Me gustaría decirle que sí, pero no puedo seguir ilusionándola.

—Tú sabes la respuesta. —Eso es un sí enmascarado con otras palabras. Mis palabras van a su libre albedrío y mi corazón late más rápido cuando estoy cerca de ella. Me estoy volviendo loco.

No dice nada, solo coge su maleta y, por un momento, creo que se va, pero no. Afortunadamente, entra en el ascensor para ir a su habitación y suspiro aliviado.

—Yo no la dejaría pasar, está enamorada. Muy enamorada.

Me doy la vuelta y veo a Adriana hablándome, me ha asustado, no me esperaba que apareciese tan de repente. Tampoco me ayuda que me siga alimentando mis fantasías.

—Adriana, esto es más complicado.

—Cuando hay amor, todo se puede solucionar. El amor es tan complicado como fácil a la vez.

—Y hoy estás poeta.

—Estoy enamorada de tu hermana. No hablo yo, habla el amor. —Veo tanta sinceridad en sus ojos, es igual de sincera y espontánea que Alba, se parecen mucho. Sé que mi hermana con Adriana ha encontrado al amor de su vida, a su persona correcta. Eso se ve desde lejos.

Y yo no sé a ciencia cierta lo que siento por Alba, pero tengo claro que vivo contradiciéndome cada vez que pienso en ella.

Capítulo 68

Alba

Entro, de nuevo, en la habitación y lanzo la maleta a la cama. Está loco y me va a volver loca a mí. Me echa de su habitación y ahora corre para pedirme que no me vaya. ¡No lo entiendo! Y yo como una tonta le hago caso y me quedo. Si él me lo pide, me quedo, claro que me quedo, por estar cerca de él. Algo esconde, algo que no lo deja acercarse a mí, pero con lo terco que es no me lo va a decir.

Me acuesto un ratito en la cama, pero me despierta el sonido de alguien tocando. Me levanto deprisa, puede ser Manu, pero al abrir la puerta me llevo una decepción, es mi hermana y su novia.

—Venimos a invitarte a la discoteca que está aquí al lado —comenta Adriana.

—Os lo agradezco, pero no tengo ganas. Quiero dormir.

—Dale tiempo a mi hermano, te aseguro que está completamente enamorado de ti. Te lo digo yo que lo conozco muy bien. —Solo necesito esas palabras de Mireya para que se me ilumine la cara.

—¿Amor? Eso es un sentimiento muy serio —intento quitarle tensión a la palabra.

—¿Y crees que lo vuestro es pasajero? —insiste Mireya.

—No sé…

Hablar de amor es muy fuerte y, aunque creo que yo sí lo siento, él parece que no. Si estuviera enamorado de mí, actuaría de otra forma.

—¡Vamos! Te arreglas y te esperamos en el vestíbulo dentro de quince minutos. —Intento decirle que no, pero no me deja decir nada—. No acepto un no por respuesta, gracias.

Adriana nunca me deja hablar, ella manda y yo obedezco.

Se van y me dejan con el dilema de elegir qué ropa ponerme por si lo veo, sí. Estoy entre unos vaqueros y un vestido de lentejuelas de estos que están de moda, tampoco tengo mucho más donde elegir. Hemos venido para el fin de semana y me he traído poca ropa. Elijo el vestido de lentejuelas, mucho más adecuado para ir de marcha, me pongo unos taconazos, un poco de maquillaje y arreglada.

Bajo al vestíbulo, no las veo por ninguna parte, le pregunto a la recepcionista y dice que las ha visto subir, pero que le han dicho que volvían ya. Eso espero porque no tengo ganas de esperar mucho tiempo. Necesito un poco de fiesta para evadirme por un ratito de la realidad y eso que no quería.

De repente, lo veo, está cenando en el restaurante del hotel, solo y cabizbajo. Me parte el alma verlo tan solo.

No debería, no, pero entro en el restaurante y me acerco por detrás, ni siquiera sabe que estoy aquí.

—Me encantaría cenar contigo —le digo y se gira sorprendido, pero, inesperadamente, sonríe. Está sonriendo y, para mí, eso ya es una gran victoria.

—¿Solo cenar?

—De momento —le guiño el ojo y me tiende la silla para que me siente.

Él ya casi ha terminado, pero yo tengo un hambre voraz y pido un montón de cena. Me dice que me va a esperar, pero, en seguida, aclara que es esperarme hasta que cene. Yo también lo esperaría, y no solo a cenar. Lo esperaría toda la vida. Esto último no se lo digo porque conociendo cómo es, lo mismo le da por huir.

Tiene esa sonrisa que tiene siempre. Esa sonrisa, mezcla de seriedad y risa, que me tiene loca. La verdad es que todo de él me vuelve loca, pero en especial su sonrisa. Ojalá su sonrisa estuviera besando mi boca de nuevo.

—¿En qué piensas? —interrumpe mi momento en la nube.

—Eh… —Mejor no se lo digo.

—No quieres que lo sepa. Vale. —Asiento.

Lejos de enfadarse o de molestarse, se ríe. Se ríe con una sonrisa de oreja a oreja, una verdadera sonrisa. Una sonrisa que creo no haberle visto antes. Una que a mí me hace inmensamente feliz.

—Alba, no quiero hacerte daño, nunca lo he pretendido.

—Lo sé, pero yo solo quiero que no huyas de mí.

—Es para que no suframos, pero, sobre todo, para que no sufras.

Se le ponen los ojos vidriosos, sigue encabezonado con lo mismo. No lo entiendo.

—No te entiendo.

—Alba, solo quiero que dejes de verme como un hombre. Podemos ser amigos.

—¿Amigos o follamigos? —Tengo que controlar mis preguntas fuera de lugar.

—Amigos de los de verdad.

Le acaricio la mano suavemente y él no hace el intento de quitarla, simplemente me mira a los ojos.

—Deja que estas mini vacaciones seamos felices. Seamos nosotros. —Sonrío y me devuelve la sonrisa. Soy feliz.

Capítulo 69

Manuel

Es una proposición yo diría que indecente. Ser feliz implica dejarse llevar, sin pensar. Y si no pienso… Si no pienso, pasa lo que pasó la noche que nos conocimos y no, no puede volver a pasar.

—¡Espabila! —Pasa su mano por delante de mis ojos.

—Alba, yo creo que lo mejor es…

—Lo mejor es intentarlo. ¿Por qué no? —No me deja ni terminar. Bendita costumbre la suya de interrumpirme siempre, pero hasta eso me gusta de ella.

—Vamos a seguir cenando y después vemos —la insto a que termine de cenar porque yo ya he terminado y me gusta observarla mientras come. En realidad, me gusta verla hacer cualquier cosa, me gusta ella. Me encanta.

Con el hambre que tenía esta chica se lo come todo rapidísimo. Después, pide de postre un arroz con leche que quiere compartir conmigo, pero es que a mí ya no me cabe.

—Estaba muy bueno —confiesa mientras se relame.

—Ya lo veo ya —le digo riendo ante la evidencia del cuenco vacío.

—¡Sabes ahora qué me apetece?

—¡Sorpréndeme!

—Siempre lo hago. —Me guiña el ojo—. Para entrar en materia dulce quiero un helado de tres bolas de chocolate y después a ti o al revés, el orden de los factores no afecta el placer.

Es tan espontánea y tira esas pullitas con tanta facilidad que me tengo que reír. Es un soplo de aire fresco, es todo lo que quiero.

—¡Vamos a por ese helado! —Pago la cuenta y le ofrezco mi mano en un acto casi reflejo. Necesito el contacto directo con ella.

—¿Y lo otro? —La miro, reprobando lo que dice y sonríe—. Vale, me conformo con el helado. Ya te iré convenciendo.

Capítulo 70

Manuel

Vamos al paseo marítimo, está todo lleno de chiringuitos y heladerías. Andamos sin rumbo, andamos y andamos, de aquí a hacernos una maratón hay nada y menos. Después de, por lo menos, media hora y un largo camino en silencio parece encontrar la heladería que quiere, me coge de la mano y tira de mí para entrar dentro. Tengo la ligera impresión de que ha alargado el paseo solo por pasar más tiempo juntos y no puedo evitar sonreír por cosas así.

Pide la tarrina de helado más grande y le ponen tres bolas de chocolate, la verdad es que cuando ha dicho lo de las tres bolas creía que era mentira, pero no, con ella nada es mentira. Se dispone a pagar, pero lo evito adelantándome yo primero. Esta noche invito yo.

Salimos de la heladería, yo como una persona normal y ella saltando con el helado en la mano, estoy viendo que lo tira y se queda sin él.

—¿Quieres? —pregunta ya casi con medio helado engullido. Ella no se lo come, lo engulle, literalmente, y no me parece grotesco. Al contrario, me parece dulce y tierno.

—No, para ti todo.

—Es muy romántico compartir helado —suelta.

—Alba, si empezamos con lo mismo va a ser mejor que volvamos al hotel.

Coge su cucharilla y me la mete en la boca llena de helado. Así, sin avisarme ni nada.

—Para que te calles y dejes de refunfuñar, buenorro. Me encantas, pero a veces llegas a ser muy pesado. —Me vuelve a dar otra cucharada de helado.

Ni siquiera intento decirle nada, solo la miro y, ella que me ve mirándola absorto, me coge de la mano para continuar andando.

Me resulta un poco raro ir paseando con ella de la mano como una pareja. Me resulta raro estar con ella en este paraíso.

El paseo marítimo es larguísimo y precioso, se oyen las olas y se respira ese aroma a mar tan característico. Nos sentamos en un banco y ella sigue comiéndose el helado. Es un ambiente muy romántico para una pareja, para la pareja que no somos ni seremos.

—¿Quieres más?

—No, no. No soy muy de helados. —Le dedico una sonrisa sincera.

—¿Te parezco una acosadora?

—¿Qué?

—Que si crees que soy una acosadora.

—Te he escuchado, pero me he quedado atónito con tu pregunta —le aclaro.

—No me has respondido —insiste.

—Debería decirte que sí y que lo próximo es cambiarme de ciudad, pero no. No me pareces una acosadora, me pareces preciosa. No me siento acosado, me siento bien. —Tenía que decirle lo que de verdad me parece. No quiero que se sienta mal, ni mucho menos una acosadora.

Puedo notar la emoción en sus ojos, en su cara se refleja una gran sonrisa. Deja el helado en el suelo sin importarle nada, me acaricia la cara con una suavidad que me estremece, se va acercando lentamente y tengo tiempo de alejarme, pero no lo hago. Quiero alejarme, de verdad que quiero, pero hay algo en mi interior que no me deja.

Y me besa, después de tantos días sin sentir el sabor de su boca y el roce de sus labios. Necesitábamos este beso, es como si fuéramos un imán, algo tan extraño como bonito. No es un beso más, es un beso lleno de todo lo que sentimos.

Capítulo 71

Alba

No volvemos a hablar en todo el camino, quiero decir en lo poco que queda de camino al hotel. Eso sí, seguimos cogidos de la mano. Y sonrío tanto que debo de parecer una idiota, pero me da igual. Estoy enamorada, ahora lo sé, y si mi buenorro me dejase, lo gritaría por toda la playa.

Llegamos a la puerta del hotel y me suelta. Lo sabía, sabía que este sueño iba a ser muy corto.

—¿Por qué? —pregunto, aunque ya sé la respuesta.

—Nos pueden ver.

—¿Quién? Nadie nos conoce. Aquí, somos dos enamorados. —Acaricio su mano.

—Están nuestras hermanas.

—Ellas nos apoyan. —Ya sé que lo sabe, pero se lo repito para que le quede claro.

—Alba, no hagas esto más difícil, por favor. —Me da un tierno beso en la mejilla y entra en el hotel.

Voy detrás, esto no se va a quedar así y me importa una mierda si se entera todo el hotel o el mundo entero.

—¡Nadie dijo que el amor fuese fácil, por eso hay que luchar! —grito y, afortunadamente, en el vestíbulo solo está el recepcionista que me hace un gesto de que baje la voz. Es la primera vez que le hablo de amor y me siento liberada. Me ha salido de lo más profundo.

Manu se acerca a mí y no dice nada, solo me extiende la mano y yo se la cojo sin pensarlo. Sé que no quiere que monte un espectáculo más grande, por eso, subimos en el ascensor sin soltarnos.

Llegamos a la puerta de su habitación, abre y me invita a pasar. No entiendo nada.

Cierra la puerta y me doy cuenta de que estamos solos, completamente solos y en su habitación. Tiene que ser bipolar, primero intenta huir de nuevo y ahora me trae a su habitación. Menos mal que lo quiero loquito y todo.

A mí cuando me da la vena, me da. Como no soy mucho de pensar las cosas antes de hacerlas, me abalanzo sobre él y me cuelgo cual koala rodeando mis piernas en su cintura, lo beso con toda la pasión que siento. Me corresponde, me vuelve a corresponder al beso, me está volviendo loca. Nos besamos con ansia y muchas ganas, sonrío entre beso y beso. Sonrío porque este momento es perfecto.

—Por favor —dice entre beso y beso—. Por favor.

—Sigue besándome —le ruego para que no le vuelvan esos ataques de cordura que le dan.

Nuestras lenguas juegan, bailan y se desean. Nos deseamos. Me lo quiero comer, a besos o como sea. Los besos se vuelven cada vez más intensos. Necesito sentir su piel, paro de besarlo y lo miro fijamente.

—Eres tan bonita, amor —Desliza su mano suavemente por mis labios y camina conmigo enganchada a su cintura hasta llegar a la cama.

Me ha llamado «amor», lo he escuchado a la perfección en su voz ronca y llena de excitación. ¡Lo he escuchado! Mi corazón siempre ha sabido que no le soy indiferente, pero ahora me confirma que siente algo tan especial como lo que siento yo.

Nos tumbamos los dos, él está encima de mí, pero ya no me besa. Solo me mira. Me mira como si lo fuera todo en su vida, esa mirada no tiene otro significado. Se acerca lentamente y cuando pienso que me va a volver a besar, roza su nariz con la mía muy lentamente. Respira tan cerca de mí que siento que podríamos estar así toda la vida, sin hablar, pero respirándonos. Aquí se respira amor, el nuestro. Tengo la certeza de que esto que siento es amor, lo es.

Sin decir nada más, se aparta de encima y se tumba a mi lado mirando hacia arriba. No me sorprende que pare ahora, sé que tiene miedo. Lo que no sé es a qué.

Pasamos tumbados unos minutos o, quizá, unas horas. No lo sé. Con él, el tiempo pasa demasiado rápido.

—Es bonito —rompo el silencio, porque otra cosa no, pero hablar me gusta un rato largo.

—¿El qué?

—Esto de estar aquí, contigo. Sin más. —Extiendo mi mano en busca de la suya.

—Tienes razón. —Sonríe, lo veo de reojo y cada vez que lo hace mi corazón da un saltito de alegría.

Responde a las caricias que le hago en la mano. Doble ración de felicidad. No necesito tener sexo, ni gritar de placer para que esta noche sea perfecta. La noche en la que sé que esto es verdad. Somos verdad.

Capítulo 72

Manuel

Tiene la mano tan suave… Disfruto con algo tan simple como acariciarla. ¡Disfruto tanto cada cosa con ella!

Estoy seguro de que ella pensaba que esta noche haríamos el amor. La intensidad de los besos que nos hemos dado la han tenido que confundir. Me he dejado llevar un momento y se nos ha ido de las manos, por suerte he conseguido frenar a tiempo. A tiempo de que no se dé cuenta que soy impotente. No habría soportado ver la decepción en sus ojos al comprobar que no soy lo que espera. Por eso, me alegro de haberme detenido.

—Buenas noches, buenorro de mi vida. —Se acurruca en mi pecho, justo debajo de mi cuello.

Me abraza fuerte y yo la rodeo con mis brazos. No hay mejor forma de dormir que con ella aquí. Podría pasar así todas las noches de mi vida. Tan solo dormir con ella es una experiencia fabulosa, de otro planeta. Mi corazón lata desbocado, late por ella.

Noto su respiración que poco a poco se vuelve más calmada hasta que se queda profundamente dormida. Doy un beso en su cabeza lo más suave que puedo para que no se despierte y sonrío. Esta noche no se puede repetir y ahora sí que sí nos tenemos que alejar, pero ya mañana.

Capítulo 73

Manuel

Huele a fresas. Respiro profundo este aroma tan especial. Huele a Alba, que sigue acurrucada en mí y, por lo que parece, durmiendo profundamente. Ojalá pudiera despertar así todas las mañanas con ella, con su aroma a fresas. Me encanta tanto. Esto es como estar en el paraíso. Un paraíso que se evaporará en cuanto me levante.

No la quiero despertar, sé que ha amanecido ya hace horas, pero quiero seguir aquí con ella. Quiero disfrutar de ella lo máximo posible antes de volver a la realidad. Una realidad en la que yo soy un impotente que no la puede satisfacer y nos llevamos unos años de diferencia.

—Te has convertido en una persona vital para mí —digo casi en un susurro.

—Tú también —responde.

El corazón me comienza a palpitar a mil por hora, estaba despierta y me ha escuchado. Si antes ya era difícil alejarla de mí, ahora va a ser casi imposible, sabe que es muy importante, mucho más de lo que puedo reconocer.

Intento levantarme, total ya está despierta. Este sueño se acaba.

—¿Dónde vas? —Me abraza por detrás sentada en la cama.

—A ducharme —Suspiro. Me lo está poniendo muy difícil.

—¿Cada vez que te sinceres vas a salir huyendo?

—Es que no lo he dicho para que lo escuchases, pensaba que estabas durmiendo. —No tiene sentido que niegue lo que he dicho, aunque no signifique que lo nuestro vaya a ser.

—Lo he escuchado y si antes no te iba a dejar escapar, ahora menos —me suelta de su agarre y se levanta.

A mí me deja sin saber que decir sentado en la cama, me da un beso de buenos días en la mejilla y sale de la habitación. ¡Menuda facilidad tiene para dejarme sin palabras! Así es ella siempre. Me hace sentir que podemos ser algo, pero la realidad es que no soy nada y menos para ella.

Capítulo 74

Alba

Soy importante para él y me llamó amor. Sabiendo eso, no lo voy a dejar escapar.

Salgo de la habitación dando saltitos por todo el pasillo del hotel hasta que llego a mi habitación. No me da tiempo ni a abrir la puerta, mi hermana la abre desde dentro.

—¿Qué haces en mi habitación? ¿Te has peleado con Mireya?

—No, solo estoy esperándote. ¡Bonitas horas de volver! —me responde con los brazos cruzados, cuando se pone así es sinónimo de que está enfadada. Bastante.

—Te recuerdo que la hermana mayor soy yo, que siempre se te olvida. Además, eres tú con veinte años la que está en un hotel con su novia follando como locas —Lo de quitarle hierro al asunto, a veces, se me va un poquito de las manos.

—Primero, nosotras no follamos, hacemos el amor. Segundo, nos dejas plantadas anoche y pretendes que no me preocupe por ti —Es raro verla tan seria. Ella no es así.

—Estaba con Manu. Tardabais un montón y lo vi cenando solo.

—Y no pudiste mandarme un puto mensaje. ¡Menos mal que os vimos! ¡Menos mal! —Ahora se ríe, estaba de cachondeo.

Me monta este pollo haciéndose la preocupada por mí y sabía perfectamente con quién estaba. ¡La mato!

—¡Eres tonta! —Me lanzo sobre ella en plancha y comienzo a hacerle cosquillas como cuando éramos pequeñas, ¡que se joda! Sé que odia las cosquillas, pero si ella me putea, yo le hago cosquillas, así va esto.

Tras un rato, y no sé cómo, consigue evadirse de mí.

—Para ya. Quiero saber todos los detalles. —Mi hermana, la cotilla, así es ella.

—Eres una puta cotilla. No te voy a contar nada porque no ha pasado nada.

—Ya… Claro… —No se lo cree.

—Es verdad, que más hubiera querido yo. Solo hemos dormido —le repito.

—¡Qué no cuela, Alba!

—Hemos dormido abrazados. Estuvimos a punto de… Pero, al final, nada.

—¿Por qué?

—Eso mismo me pregunto yo. Ahora, fuera, que me tengo que duchar y quiero desayunar con él —La empujo con mil y una quejas por su parte hasta que consigo echarla de la habitación. Cuando se pone en plan madre cotilla quisiera matarla.

—¡Voy a preguntarle a él! —grita ya fuera de la habitación.

—¡Ni se te ocurra! —grito de vuelta.

—¡Pues se lo cuento a Mireya! —vuelve a gritar.

Lo pesada que puede llegar a ser mi hermana, aunque sé que es porque me quiere, pero no deja de ser una cotilla.

Me doy una ducha rápida, me lavo el pelo a toda prisa, ni siquiera me detengo a secármelo. Me pongo un bikini y un vestido playero encima y bajo directa al restaurante en busca de Manu. ¡Si se cree que me besa, me dice que me quiere y lo voy a olvidar, lo lleva claro! Como si tengo que estar en la puerta de su casa día y noche hasta que acepte que me da igual la edad y todos los obstáculos que podamos tener y que lo único que me importa es él.

Capítulo 75

Alba

Cuando bajo al restaurante, me llevo una gran sorpresa y es que ver que Manu no ha vuelto a huir, sino que está sentado tan tranquilo desayunando con su hermana y la mía, lo que me sorprende y mucho.

Me acerco y haciendo alarde de otro de mis impulsos, le doy un rápido beso en la mejilla. Las novias del año nos miran y se ríen. No dicen nada, ¡menos mal! ¡Que todavía se lía por mis arrebatos! Afortunadamente, solo queda un hueco libre y es al lado de él. ¡Claro las novias no se pueden sentar lejos! Y a mí me viene genial para poder estar al lado de mi buenorro.

—Anoche… —empieza Mireya y ya sé que se va a liar.

—Anoche no os vimos —continúa mi hermana. Empiezan las indirectas.

—Estuvimos cenando aquí, es raro que no nos vierais —suelta mi buenorro.

¿Manu ha dicho, lo que creo que ha dicho?

—¿Solos? —pregunta Mireya con segundas.

—Con todo el restaurante cenando era difícil estar solos —responde Manu, haciendo ver que no le da importancia a la pregunta de su hermana.

—Ya, ya… —Esta vez es mi hermana.

Estas dos son tal para cual, ¡no se pueden estar calladitas!

Yo pido el desayuno y hago como que no estoy atenta.

—¿Por qué estás tan callada, Alba? —pregunta, de nuevo, mi hermana.

—Estoy recién levantada y tengo hambre —le contesto de mala gana, sé lo que pretende.

—Cuñadito, a mi hermana le tienes que llevar todos los días el desayuno a la cama, si no mira cómo se pone. —Eso más que una indirecta ha sido una flecha muy directa. Mi hermana callada no se puede estar.

Manu que aparentaba normalidad se atraganta con el zumo de naranja que bebe.

—¡Cállate! —Le doy un pellizco a mi hermana por debajo de la mesa.

—¡Vale, vale! —Ríe—. Hemos pensado ir a la playa

—Pues adiós y buenos días —le suelto porque veo a Manu cada vez más incómodo.

—Nos referimos al atardecer, nos han dicho que es precioso. ¿Os venís con nosotras? —pregunta ahora Mireya.

—Tengo cosas que hacer. —Menuda excusa más mala he soltado. Tengo que pensar antes de hablar.

—Claro, en la playa y de vacaciones tienes muchas cosas que hacer —comenta, irónicamente, mi hermana.

—Es que…

Y no, no se me ocurre otra excusa, porque seguro que la siguiente excusa va a ser peor que la anterior.

—¿Te vienes, hermanito? —le pregunta Mireya.

¡Que diga que sí, que diga que sí, por favor!

—Yo también tengo cosas que hacer —responde en versión robot.

—Si vais a mentir, que la excusa resulte creíble y si queréis follar, tenéis tiempo después. ¡Que más ganas que nosotras no tenéis! —suelta burrada tras burrada mi hermana. Está claro que la incontinencia verbal va en la sangre.

Mireya fulmina con la mirada a Adri. ¡Hasta ella sabe que se ha pasado! Pero claro mi hermana que pone sus ojos de corderito, se come a besos a Mireya, mientras Manu y yo nos miramos de reojo.

—Ya podéis parar que estamos en un sitio público —les dice Manu—. Voy a ir, pero solo por no escuchar los reproches de Mireya después.

—Odio que me llames Mireya.

—Por eso mismo lo hago. —Sonríe, sarcásticamente, Manu.

Estos dos son iguales que Adriana y yo, se pican y se quieren muchísimo, se les nota. ¡Menudos hermanos idénticos estamos hechos!

Manu termina de desayunar y se va alegando que quiere estar un rato lejos de tanta hormona femenina.

Yo reprendo la actitud de las novias, así las voy a llamar a partir de ahora y así de claro les informo. Además, les explico que dejen de tirarle esas pullitas a Manu porque lo poco que yo avanzo, ellas lo hacen retroceder.

Vamos juntas al spa, pero después de notar que estoy sujetando velas con esta parejita, las dejo que coman y se coman solas. Me insisten en que vaya esta tarde a la cita de la playa, pues Mireya asegura que, conociendo a su hermano, va a ir sin duda. Yo no estoy muy segura de ello, pero iré por si acaso. Por si acaso.

Capítulo 76

Manuel

¡Muy rápido me he dejado convencer por estas dos y, más, teniendo en cuenta que esto parece una cita de parejas!

Sobre las siete de la tarde han aparecido en mi habitación para traerme a rastras si hacía falta. No he tenido otra opción que hacerles caso. Si me niego, sé que me traen a rastras, literalmente. Son muy bestias.

Ahora, Alba y yo estamos sentados en la arena, el paisaje es precioso. Creo que no tengo palabras para describir tanta belleza, incluyéndola a ella.

Se comienza a poner el sol y sí, ellas tenían razón, ¡menudo atardecer! La temperatura es agradable. En realidad, hace calor para estar casi anocheciendo, pero yo no tengo intenciones de meterme en el agua.

Mientras tanto, las novias corren por la playa felices, sin dejar de besarse entre lanzamientos de arena con agua. La playa está llena de gente, pero ellas parecen estar solas con su amor.

Nosotros las miramos con una sonrisa, no articulamos ni una palabra, aunque sé que Alba está deseando hablar porque lleva mirándome de reojo un buen rato y, sabiendo cómo es ella, bastante ha aguantado sin hablar.

—Ojalá ser como ellas. —No lo dice a malas, sus palabras desprenden tristeza.

—No lo somos —digo yo también con tristeza.

—Porque tú no quieres. Si quisieras podríamos ser igual de felices.

Noto como ella me mira ya directamente y yo la evito. Si la miro, me derrumbo con su mirada. Opto por callar.

—¿No te gustaría vivir nuestro amor así? —insiste.

Habla de amor, vuelve a hablar de amor. Saber que está enamorada de mí, me hace todavía más daño. Va a sufrir el doble por mi culpa…

—Prefiero no responderte.

—Yo prefiero que me respondas —sigue insistiendo—. ¿Y lo de anoche?

—Lo de anoche fue bonito, pero será mejor que lo olvidemos —parezco un puto robot hablando. Sigo sin mirarla y solo miro la inmensidad del mar.

Capítulo 77

Alba

A veces me dan ganas de que no hable, aunque me encanta hasta su voz, pero me duele cada palabra que dice, aunque sé que no son verdad. Solo son una simple pose.

Decido callarme, que le vayan dando mucho por culo. Me levanto, me quito el vestido y voy corriendo a darme un chapuzón en el mar. Lo necesito para despejarme un poco. Nos está saliendo el plan para juntarnos como una gran mierda.

A los veinte minutos salgo del agua y claro, dado que está anocheciendo, hace fresquito. Por eso, voy corriendo a ponerme de nuevo el vestido porque las toallas se nos han olvidado. Lo que más me molesta de todo es que ahora resulta que sí me mira mientras me pongo el vestido. ¡De verdad que yo lo mataba, me saca de quicio!

—¡Ahora me miras! —bufo.

No dice nada, se muerde el labio y vuelve a mirar al frente.

Me enfado, doy una patada en el suelo, levantando un montón de arena y le lleno la cabeza. La he liado. ¡Encima yo me he hecho un poco de daño en el pie! Si es que soy una bruta.

—¡Joder! —Se levanta de un salto y comienza a sacudirse la cabeza y el pelo. Gesto que me recuerda al de un perro sacudiéndose el agua.

—No, ¡joder yo! —me quejo y me siento de golpe en la arena—. Me he hecho daño en el pie.

—¿Te duele mucho? —Se agacha, rápidamente, muy preocupado y coge mi pie con sumo cuidado.

—Bastante —me quejo de nuevo. Ya sé que está feo mentir, pero en el amor todo vale o eso dicen.

—Tranquila.

Parpadea varias veces con molestias en los ojos y comienza a masajearme el pie muy lentamente, como si fuera el mismísimo zapato de cristal de Cenicienta. Yo me dejo masajear encantada. Del gustito que me da el masaje, me da por soltar un mini gemido, a lo que Manu responde mirándome fijamente.

—No te duele nada —sentencia.

—Un poquito… —mentir se me da fatal, así como nuevo dato.

Suelta mi pie inmediatamente y se vuelve a sentar en la arena, sin mirarme. No dejo de cagarla yo solita.

Capítulo 78

Manuel

No tengo ni idea, no sé si voy a poder seguir alejado de Alba. En ciertas ocasiones, como la de anoche, se me va la cabeza y pasa lo que pasa. Se confunde ella y me confundo yo.

No me molesta todo lo que ella intenta hacer por acercarse a mí. Me gustaría que me molestase, pero no. Lo que intento es parecer un robot al que no le afecta nada de lo que ella hace. Necesito hacer que se distancie de mí, no le voy a traer nada bueno. Nada.

Cuando casi ya ha oscurecido totalmente, Adriana y mi hermana se acercan hasta nosotros, que seguimos sentados en la arena sin mirarnos, básicamente porque yo soy un imbécil.

—¿Os habéis vuelto a pelear? —pregunta mi hermana.

Ninguno de los dos responde.

—Sois tal para cual —remata diciendo Adriana.

Los dos la miramos con ojos inquisidores, dejándole claro que no nos gusta nada su comentario.

—¿No vais a hablar? —insiste mi hermana—. Si fuerais niños pequeños, os encadenaba.

—Soy tu hermano mayor —le recuerdo, que parece que se le olvida.

—¡Eso dices! —Se ríe.

—Aquí, de edad mental las mayores somos nosotras —dice Adriana. ¡Bonita forma de llamarnos infantiles!

Yo sigo con mi cara de seta para que se den cuenta que no me gustan nada sus comentarios.

—Ya lo habéis enfadado —se queja Alba—. Ahora va a estar enfadado toda la noche, como si de por sí no estuviera borde.

—¡Hey! —protesto—. Estoy aquí, no hables cómo si no estuviera.

—Mejor os dejamos solos para que arregléis vuestras cosas cómo queráis—propone mi hermana guiñando un ojo, agarra a su novia de la mano y caminan en dirección al hotel.

—¿De verdad me vais a dejar aquí? —grito mientras siguen andando a lo lejos.

Tengo la posibilidad de darme la vuelta, despedirme de Alba y huir cobardemente, lo que siempre hago. Aunque esta vez, cuando me doy la vuelta, es ella la que no está. En realidad, sí que está, se ha vuelto a meter en el agua. Me lo pone muy fácil para poder irme y evitar tentaciones innecesarias, pero mi corazón me dice que me quede por aquello de seguir siendo incoherente con lo que digo y lo que hago.

Vuelvo a sentarme en la arena, la miro nadando con aparente tranquilidad y descubro que ella también me está mirando. En este preciso momento, la acompañaría dentro del agua, aunque estuviera el mar a cinco grados me daría igual. Claro que la escasa razón que me queda me dice que bastantes tonterías he hecho ya en este viaje y es mejor que me esté quietecito.

Tras casi veinte minutos, sale del mar, recoge su vestido del suelo y sacude la arena que tiene. Se lo pone y ¡madre mía qué bien le queda! Al estar mojada, el vestido se le pega al cuerpo y tengo que dejar de mirarla. Obviamente, sé que no voy a tener una erección ni nada parecido, pero sí me están dando unas ganas, casi irrefrenables, de besarla.

—No te entiendo, creo que nunca te voy a entender —asegura antes de caminar también hacia el hotel.

Yo tampoco me entiendo. No entiendo por qué el corazón no le puede hacer caso a mi cabeza, con tan solo eso, todo sería más fácil para ella y para mí.

Recojo mis sandalias y camino detrás de ella, a unos cuantos pasos. Sabe que voy detrás, pues mira varias veces, pero no rechista, quizá se esté cansando de mí. Me dolería mucho, por supuesto, pero eso supondría lo mejor para que ella dejara de sufrir por algo condenado al fracaso.

Entramos en el vestíbulo del hotel, me observa de nuevo y sube a su habitación sin volver a decir nada.

—¿Se han peleado? —El recepcionista, diferente a la de ayer, resulta ser otro cotilla.

—¿Perdona? —le pregunto ante su osadía—. ¿La vida privada de los clientes es un asunto del hotel?

—No. Perdone, señor. Ha sido una metedura de pata por mi parte. Se les ve tan enamorados…

—No estamos peleados, tenemos una relación muy rara. Rarísima —respondo ahora a su pregunta—. ¿Quieres saber algo más?

—Pues la verdad es que sí. ¿Puedo?

Estoy alucinando con este chico, se lo había dicho con clara ironía y ahora quiere saberlo todo. ¡Vivo rodeado de cotillas!

—Adiós.

—Espere, ¿quiere qué le ayude a reconciliarse con ella?

—Hay cosas que es mejor que no se arreglen.

Me mira con incredulidad, pero es que paso de seguir con esta conversación absurda. Me despido con un movimiento de cabeza y subo a mi habitación.

Capítulo 79

Alba

Estoy cansada. No me refiero al cansancio físico, es otro tipo de cansancio, un cansancio emocional. Me siento derrotada y eso que ni siquiera me ha dado tiempo a luchar por él. También es verdad que no me hace ningún bien ponerme a reflexionar, siempre es lo mismo. Siempre que me acerco, parece que me deja y luego se echa para atrás. Siempre es así.

Bajo a cenar para despejarme un poco y porque las novias han insistido mucho. Sinceramente, espero que no sea ninguna encerrona. Esta noche, por increíble que parezca, no tengo ganas de ver al buenorro y menos con esa tensión tan rara que hemos tenido.

—Os dejamos solos para que hagáis lo que querías y no hacéis nada. ¡Sois increíbles! —se queja mi hermana.

—¿Y qué querías que hiciera? —Si tan lista es que me responda ella.

—Algo. No sé, besarlo, por ejemplo —propone.

—Adri, deja de decirme lo que tengo que hacer. Esta noche no estoy de humor para mierdas —Elevo un poco o quizá bastante el tono de voz y nos mira todo el restaurante.

—Tranquilas, por favor. Yo conozco a mi hermano y sé que necesita más tiempo. Creedme, tiene razones para hacer lo que hace —Mireya trata de poner paz.

—Lo siento, no quería ponerme así, pero estoy confundida con todo —me disculpo.

Mi hermana no dice nada, solo se levanta y me da un fuerte abrazo, que, a decir verdad, necesitaba con urgencia. Mireya se une al abrazo y, de nuevo, todo el restaurante nos mira. Tienen que estar pensando que menudas locas estamos hechas, yo también lo pensaría. Lo mismo nos estamos gritando, que nos abrazamos.

Terminamos la noche en una discoteca cercana al hotel. Yo bebo para olvidar, ellas solo se dedican a bailar y, claro está, a besarse. No me emborracho, solo me tomo alguna copita de más.

***

A la mañana siguiente, muy temprano, ponemos rumbo a Dogue de nuevo. Vamos en el mismo coche porque ya que estamos juntos no nos vamos a ir por libre. Estas dos como siempre tienen un plan preparado, me doy cuenta rápidamente. Adriana ocupa el lugar del copiloto y Manu, aunque piensa que no me doy cuenta, mira mal a Mireya. Él también se da cuenta de lo que pretenden, cosa normal porque se ven desde lejos sus planes. Total, que a nosotros nos tocan los asientos traseros porque sabemos de sobra que a las novias no las hacemos cambiar de opinión y, de antemano, evitamos discutir.

El viaje se hace largo y peor si tengo a Manu tan cerca y con la cara de seta, es que no despega la boca en ningún momento del trayecto y yo estoy muy harta ya. Harta de que se muestre unas veces cercano y otras me rechace. Harta de intentar luchar por algo que ni siquiera ha empezado. Me vuelve loca con esos cambios de actitud y lo peor es que sé que para él también es difícil todo esto.

Nos dejan en la puerta de nuestra casa, tengo que despegar a las novias porque a este paso las descubre Edgar antes de que ellas se decidan a contarlo. Antes de entrar en casa, miro una última vez al coche y Manu ni siquiera mira hacia donde estamos. Me parte el puto corazón.

—¿Buenas vacaciones? —pregunta Edgar, nada más entramos por la puerta.

—Sí, hemos disfrutado mucho —responde mi hermana dándole un abrazo.

No tengo ni fuerzas para disimular que algo me pasa. No digo nada, solo subo a mi habitación y sé que Edgar va a tardar poco en subir para hablar conmigo, pero es que ahora mismo todo me importa una mierda. Me siento abatida y puede parecer que soy muy dramática, pero es que estoy enamorada de Manu, no tengo dudas.

Capítulo 80

Manuel

Me siento como una mierda. Todo el camino la he ignorado y mira que me ha costado, pero siempre pienso en ella, en lo mejor para ella.

Mireya tarda medio segundo en hablar cuando dejamos a las chicas en su casa. Solo gira la calle y vuelve a aparcar.

—No puedes ser más idiota.

—Eres tú la que me hace encerronas en un hotel —le recrimino.

—Lo hemos hecho por ti.

—¡Pues no hagáis nada más por mí! Estoy cansado de ser un perdedor, ¿no te das cuenta? —no aguanto más aquí y me bajo del coche. Necesito respirar aire y pensar mucho.

—¿Te piensas quedar aquí? —grita Mireya desde la ventanilla de su coche.

No le contesto. Me conoce bien y sabe que, en este momento, necesito estar solo. No estoy enfadado con ella, estoy enfadado conmigo por ser un impotente que no sirve para satisfacer a una mujer.

Camino por estas calles sin rumbo fijo, solo quiero pasear y… Quizá… Sí, quizá lo mejor es irme, volver a huir.

***

Llego a mediodía, mi hermana tiene la comida servida y me está esperando. Me fijo bien y veo que ha preparado mi pizza preferida: la de jamón york.

—No dudes nunca lo mucho que te quiero, hermanito. —Se abalanza sobre mí y me da el achuchón que tanto necesitaba.

En momentos en los que me ataca de esta forma la tristeza y la inseguridad, lo único que me reconforta son los abrazos de Mireya.

—Ya puedes tener los refrescos preparados porque tengo mucha sed. —Cojo los platos de pizza y los llevo a la pequeña mesa que tenemos frente a la televisión—. Un día es un día, hoy comemos en el salón.

Mi hermana sonríe y ambos nos acomodamos en el sofá. Nos comemos la pizza en un abrir y cerrar de ojos.

—Hacemos las mejores pizzas del mundo.

—¿Cómo qué hacemos? ¡Nada de hacemos, mentiroso!

—Bueno, pero te ayudo a comértela. —Recojo los platos y los dejo en el fregador.

—Te toca fregar. —Me apunta con el dedo—. ¡No seas vago!

Tiene toda la razón, esta tarea me toca a mí.

Capítulo 81

Alba

Efectivamente, Edgar tarda en subir para hablar conmigo cinco minutos exactos y cuando digo exactos es que los he cronometrado. Ed es así, no falla, sabe que me pasa algo y tarda cinco minutos en venir a preguntarme. Siempre ha sido así, lo recuerdo desde pequeña cuando venía del colegio y me peleaba con alguna amiga, él venía, me consolaba, hablábamos y terminábamos riendo por cualquier cosa. Conste, que con mis otras hermanas era igual, él siempre nos ha querido de la misma forma.

—Ya sé que estás rara. No te voy a preguntar qué te pasa, bueno mi intención era preguntártelo, pero...

—¿Me puedes dar un abrazo? —lo interrumpo porque no necesito que siga hablando sé muy bien que se preocupa por mí como nadie lo hace.

—Por supuesto, Albi —Me abraza. Es un abrazo de esos que reconfortan y es justo lo que yo necesitaba. Adri está a su rollo, es una excelente hermana, pero ahora está más pendiente de Mireya y es normal.

—¡En ese abrazo falto yo! —Corre Adri y se une a nuestro abrazo. Solo nos falta Gisela que, por supuesto y como siempre, no está.

A todo esto, veo a Olivia, que nos observa desde la puerta sonriendo, la llamo con la mirada para que se acerque y ella me entiende de inmediato. Ed sabe que se acerca y hace algo que no esperaba: le acaricia el vientre. Si es lo que yo creo, me voy a volver loca.

—Este fin de semana, Olivia se ha hecho el test de embarazo... —Ed mira a Olivia completamente enamorado, más enamorado de lo que siempre ha estado.

—... y ha dado positivo —finaliza Olivia eufórica.

Adri y yo nos miramos, está todo dicho, nos conocemos tan bien que ya sabemos lo que va a hacer la otra sin mediar una sola palabra.

Nos abalanzamos a la vez sobre Olivia y le demostramos nuestra alegría en forma de abrazos y besos. Quizá se nos va de las manos tanta alegría, podemos ser muy agobiantes y, en este caso, lo estamos siendo.

Capítulo 82

Manuel

Hemos estado toda la tarde viendo películas, me encantan estos planes con ella. Yo todavía sigo acostado en el sofá, ella sale de su habitación con un recogido de pelo sencillo, un vestido verde precioso y unos taconazos a conjunto con el vestido.

—Recuerda que tienes novia —le recuerdo a carcajadas.

—Voy a cenar con mi novia.

—Pues… Mejor no lo digo.

—Si me vas a soltar alguna tontería, sé que no es de tu estilo. Se te ha tenido que pegar de Alba.

Se da cuenta de inmediato que no tenía que decir eso.

—Disfruta de tu cita y no vuelvas tarde.

—Pero…

—No te preocupes, no pasa nada, de verdad. —Le doy un fuerte abrazo y le abro la puerta para que se vaya ya, que a este paso llega tarde.

Hace tiempo que no voy a terapia, concretamente, un año. No voy desde que me fui a trabajar al pueblo. Iba al psicólogo por mi impotencia, la mayoría de los hombres impotentes tienen ese problema por motivos psicológicos, algún trauma o algo por el estilo. Solo Mireya sabía lo de la terapia, al igual que es la única que sabe de mi problema.

Tantos años yendo a terapia para nada. Nunca he podido mantener relaciones sexuales con ninguna mujer y mira que lo he intentado. Me avergüenza reconocer que fui de prostitutas intentando que con alguna de ellas pudiera superar mi problema, no lo conseguí. Me avergüenzo porque es un trabajo que, en la mayoría de los casos, es obligado. Tuve varias novias que me dejaron a los pocos meses porque tampoco teníamos sexo. Sí, también probé con las famosas viagras y tampoco surtieron efecto. Nada me ha servido y nada me va a servir, por eso, no quiero estar con Alba. No quiero que ella sufra al ver que yo me siento vacío. Definitivamente, no quiero eso para nosotros.

No tengo ganas ni de cenar después de la pizza que he comido, quizá me haga un vaso de leche y me acueste pronto.

Me dispongo a elegir la película entre todas las que hay disponibles en Netflix y suena el timbre. ¿Quién será? No creo que Mireya vuelva ya, tan solo han pasado quince minutos desde que se fue.

Abro la puerta y, para mi sorpresa, son Nacho y Borja los que están en la puerta, uno sonriendo y el otro con cara de enfado. Los invito a pasar con un leve gesto de mano. La verdad es que no entiendo su visita.

—Hemos venido para… —empieza Nacho, pero Borja no lo deja continuar.

—Yo no quería venir —advierte.

—Tampoco yo quería verte —le informo. Yo siempre he sido muy prudente y he medido mucho mis palabras, pero estoy harto de sus formas.

—Somos hermanos los tres, siempre hemos sido una piña y tenemos que seguir siéndola. —Nacho trata de poner paz y abre los brazos para que nos fundamos en un abrazo a tres. Se queda así, por lo menos, treinta segundos hasta que desiste—. ¿No vais a decir nada?

—Sí, que estoy hasta la polla de este imbécil y de que se crea el mejor. Va de superior y es un puto gay reprimido. ¡Sal de una puta vez del armario! —grita Borja sin control.

—Yo no soy gay, pero si lo fuera, estaría orgulloso de ello. —Me encaro con él. Estamos frente a frente y esto me da que va a terminar en pelea—. Estoy cansado de que te creas superior tú solo por ser un niño de papá y, sobre todo, de que trates a las mujeres como si fueran trozos de carne a los que follarte. ¿Te queda claro?

Cuando intento esquivar su puño, ya es tarde porque impacta en mi boca. No me puedo contener y le devuelvo el puñetazo. Nos miramos llenos de rabia y nos embestimos como si esto fuera una guerra, sabiendo que, en el fondo, para nosotros lo es.

Nuestra relación siempre ha sido medio buena hasta que yo exploté y no lo aguanté más. No estoy dispuesto a seguir siendo el mismo idiota que se callaba para que nadie se enfadase, ya no.

En el forcejeo, nos caemos al suelo entre una vorágine de golpes y patadas que ni siquiera de pequeños tuvimos. Nacho nos intenta separar sin conseguirlo. Creo que grita varias veces que paremos, pero, obviamente, no le hacemos caso.

No sé cómo, pero Borja consigue ponerse encima de mí y agarrar mi cuello con todas sus fuerzas, trato de quitármelo de encima y no puedo, me va a matar. Me falta el aire, necesito respirar. Intento hablar y decirle que pare. Veo en sus ojos que es capaz de matarme sin importarle que seamos hermanos. Una cosa es pelearnos y otra que sea capaz de asfixiarme vivo.

Y Nacho ha desaparecido, ¿va a dejar que Borja me mate? Porque estoy seguro de que, si nadie viene, Borja me mata. Me mata.

Capítulo 83

Manuel

Sí, he llegado a pensar que Nacho me iba a dejar morir. Por suerte, se había ido a pedir ayuda, pues llega con un vecino y entre los dos consiguen separar a Borja de mi cuello.

Toso muy fuerte, me sigue faltando el aire, aunque ya tengo el cuello liberado de las garras de ese animal que, por desgracia, lleva mi sangre. Borja está enfurecido, pero Nacho consigue convencerlo de que se vaya ahora mismo de aquí.

El vecino quiere llamar a la policía, Nacho se niega y consigue convencerlo de que todo se va a arreglar, que es una pelea de hermanos.

Yo quiero hablar y decir que sí, que llamen a la policía, que Borja ha estado a punto de matarme. Es horrible lo que acaba de pasar y todavía no me sale la voz.

Estoy sentado en el suelo, me duele el cuello o quizá lo que me duele es el alma. Es duro que mi propio hermano me quisiera matar, es duro que hayamos llegado a este extremo.

Nacho me ofrece un vaso de agua y su mano para ayudarme. Rechazo su ayuda, puedo levantarme solo, lo que sí me bebo es el vaso entero de agua, lo necesitaba.

—Manuel… —Noto en su tono de voz que también está asustado, no puede ni expresarse.

—Me quería matar. —Decirlo en voz alta suena mucho peor—. ¿Te das cuenta?

—Ha pasado todo muy rápido. ¿Estás bien? —Se acerca y me revisa el cuello—. Aparentemente, solo tienes sus dedos marcados. ¿Puedes respirar con normalidad?

—Sí o eso creo.

Camino hasta la cocina y me sirvo otro vaso de agua. Tengo el miedo recorriéndome el cuerpo, ahora estoy siendo verdaderamente consciente de que he estado a punto de morir por asfixia, pero lo que más miedo me da es que una persona que, supuestamente, me tiene que querer incondicionalmente, me quisiera matar. El vaso se resbala y cae al suelo haciendo un estrepitoso ruido, de esto soy consciente cuando Nacho se acerca y recoge los trozos de cristal.

—Será mejor que te sientes en el salón, yo recojo esto.

Como un autómata hago lo que me dice. Estoy aturdido y, joder, todavía siento las manos de Borja estrangulándome.

Nacho termina de recoger los cristales del suelo, los mete en la bolsa de basura y la deja en un rincón. Posteriormente, se sienta a mi lado y me abraza, sabe que no estoy bien después de lo que ha pasado.

—¿Sabes si Mireya va a volver pronto? —me pregunta.

—No sé, tenía una cita con su novia.

—¿Con su novia? ¿Por qué nadie me cuenta nada?

—Es cosa de Mireya, yo no soy nadie para contar nada de su vida.

—Lo sé, pero es que parece que no soy vuestro hermano y me jode. Me jode porque yo no soy Borja, nunca haría nada para perjudicaros —dice más con pena que con rabia—. Sé que tú también te traes alguna historia, pero que tampoco confías en mí.

—Agradezco que me hayas salvado la vida, pero hay cosas de las que no quiero hablar —Sé perfectamente que lo de Alba no lo entendería, él que siempre ha sido un hijo modelo y yo no.

—¿Piensas hacer algo con respecto a Borja?

—Denunciarlo. Comprende que no puedo dejar esto así. —Jamás pensé en que llegaría a denunciar a alguno de mis hermanos, pero esto no lo puedo dejar pasar.

—Sabes que cuando papá se entere no le va a gustar nada —me advierte.

—No me importa. Hace años que decidí dejar de ser un títere más de papá, ahora decido por mi propia voluntad y esto no lo voy a dejar pasar. —No pretendo enfrentarme a Nacho porque lo quiero y, al fin y al cabo, me ha salvado la vida, aunque no puedo evitar elevar la voz.

—Haz lo que quieras, lo único que no quiero es que te hagan daño porque sabes que son capaces de todo.

Recoge la bolsa de basura y se va pegando un portazo. Pocas veces lo he visto enfadado, muy pocas. Sé que intenta que no denuncie a Borja por mi bien, porque yo también sé que mi padre va a ir contra mí, pero no me voy a dejar amedrentar por él, eso lo tengo claro. Muy claro. Es evidente que si él no se ha rebelado contra ellos, es porque tiene miedo y, en el fondo, lo comprendo porque yo estuve así muchos años.

Por todo eso, no voy a dejar que me sigan infundiendo miedo, ya no soy el mismo de hace años y Borja ha intentado matarme, da igual si ha sido en un ataque de rabia o no, la cuestión es que lo ha intentado y es muy grave.

***

Escucho la puerta abrirse, pues sigo en el sofá del salón desde anoche. Creo que me quedé dormido esperando a mi hermana y aparece, ahora, ya de día. Trata de cerrar la puerta con cuidado, pero toso avisándole de que ya estoy despierto.

—¿Has dormido aquí? —pregunta sorprendida.

—Sí, estaba esperándote y me quedé dormido. —Miro el reloj—. ¡Menudas horas de venir, las seis y media de la mañana! Lo peor es que vienes a estas horas y no te dignas ni a traer unos churros con chocolate para tu hermano. Me parece fatal.

—¡Idiota! —Ríe—. Ha sido una noche increíble… —Todo va bien hasta que se fija en mi cuello, en las marcas de mi cuello—. ¿Qué ha pasado? ¿Por qué tienes el cuello así?

—Tranquila, no ha pasado nada. —Trato de calmarla, no quiero quitarle la felicidad que trae.

—Sí, sí ha pasado y tú me lo vas a contar.

—Vinieron Nacho y Borja, Borja me llamó gay reprimido y nos peleamos. Eso es todo.

—¿Y las marcas del cuello se han hecho solas?

—Joder, pareces del CSI. Me intentó asfixiar —esto último lo digo de la forma más suave posible.

—¿Qué? ¿Y Nacho qué hizo, se quedó mirando? —Resopla, llena de rabia.

—Intentó separarnos, pero no pudo. Entonces, llamó a un vecino para ayudarme —le explico e intento calmarla.

—¿Y después?

—Borja se fue y no pasó nada más.

—¿De verdad? ¿Seguro que no me ocultas más cosas? —pregunta, apuntándome con su dedo inquisidor.

—Te lo aseguro.

Parece que la convenzo porque deja de hacer preguntas. No me dice nada más, entra en su habitación y yo vuelvo a intentar dormirme en el sofá. Total, ya que estoy aquí, sigo durmiendo.

Sale unos minutos después, me abraza y me informa que va a hacer unas impresionantes tortitas para el desayuno.

Capítulo 84

Manuel

Al final, decidí denunciar a Borja contando con el apoyo de Mireya como siempre.

Fui a la comisaría solo, aunque mi hermana insistió miles de veces en acompañarme. No fue fácil denunciar a mi hermano, supongo que lo normal era sentirse así. Volví a narrar todo tal y cómo pasó, tenía las marcas de sus manos en mi cuello, no necesité presentar ninguna prueba más, era evidente. Mentí en algo. Me preguntaron si había testigos y dije que no. ¿Me equivoqué al mentir? Puede ser, pero no quería involucrar en todo esto ni a Nacho, ni mucho menos a mi vecino. Era y es un problema mío y yo como adulto lo tengo que solucionar.

Detuvieron a Borja el mismo día en que lo denuncié, me cuesta llamarlo hermano, ya no lo considero así. Él negó lo que yo denuncié, estaba claro que lo iba a hacer y encima estaba aconsejado por el escuadrón de abogados de mi padre. Yo ratifiqué todo enfrente de él, que me miraba con una expresión muy clara: volvería a intentar matarme. De todo esto, hace ya una semana.

Justo ahora me acaban de llamar para que me persone en la comisaría. El trato que han tenido con Borja ha sido irregular desde el primer momento. Ha permanecido en los calabozos de la comisaría toda la semana, cuando el procedimiento normal era solo estar setenta y dos horas. Estoy seguro de que mi padre ha movido todas sus influencias para que su niño no pise la cárcel todavía.

Entro en una de las salas de la comisaría y veo a Borja acompañado de mi padre. En cierto modo, me da envidia el apoyo incondicional que le da mi padre a Borja sin importarle lo que haga. Es un pensamiento que se diluye rápido, no me gustaría que nadie me apoyase de esa forma siendo un vil patán.

Me tengo que centrar en lo que importa, estoy aquí para saber qué va a pasar con mi denuncia.

—Señor Viana, hemos tomado la decisión, tras la denuncia y pruebas aportadas por ambas partes, de dejar en libertad al señor Borja Viana. —Se dirige el comisario a mí.

—¿Qué? No creo que usted pueda tomar ese tipo de decisiones. Según sé, es el juez el que tiene que dictaminar esa decisión. —Rebato las palabras del comisario—. Este proceso ha estado lleno de irregularidades por las influencias de este señor. —Señalo a mi padre.

—¡Deja de decir tonterías y cállate de una vez! Siempre has sido un perdedor, no te debería de sorprender. —Se acerca mi padre y posa su mano sobre mi hombro en señal de victoria, ha vuelto a ganar.

—No me toques. —Me desplazo hacia atrás.

—Siempre has sido un desagradecido y siempre me has tenido envidia —tardaba mucho en hablar Borja.

—¿Envidia de qué?

—De ser el favorito de papá, de tener a todas las mujeres a mis pies, de ser más guapo… De todo lo que tú no tienes.

—De lo único que no tengo envidia es de que cada día seas más tonto. —Sonrío forzosamente.

De verdad que no se puede ser más soberbio y prepotente que él. Cinco hijos de los mismos padres y que seamos todos tan diferentes es casi un milagro, pero para milagro lo de no parecerme a Borja. Sinceramente, si fuera como Borja, quizá, no me aguantaría ni yo mismo.

—Les recuerdo a todos que estamos en la comisaría y que si no se comportan van a pasar una noche en el calabozo para que reflexionen. —El comisario interrumpe la discusión que estaba empezando a tomar un tono cada vez más agresivo.

—No te preocupes, amigo. Ya nos vamos. —Mi padre le estrecha la mano al comisario, señal inequívoca de que se conocen. Sé, perfectamente, que lo hace para demostrarme una vez más que el poder lo tiene él.

Antes de salir, mi padre me mira y muestra una sonrisa maquiavélica. Aprieto los puños con toda la rabia que tengo. Tengo que hacer un esfuerzo inmenso por controlarme. Borja se limita a guiñarme el ojo, es muy consciente de que ahora mismo estoy muy irascible e intenta provocarme. No lo consigue, tengo que ser más astuto.

Me froto la cara y salgo de allí. No quiero verle la cara de hipócrita y corrupto al comisario, bastante ha hecho ya.

Capítulo 85

Alba

Adriana se va a volver loca como lo estoy yo. Ha dado mil vueltas en la cama y ahora no quiere ni desayunar. No es que esté nerviosa, es que está atacada y yo que también estoy nerviosa… ¡menuda combinación! Estamos sentados todos para desayunar, incluso Gisela que se suele levantar a mediodía.

—Vas a marear la leche —se queja Edgar al ver a Adriana mover su vaso de leche.

—Estoy nerviosa y me estás poniendo peor. —Resopla Adri.

—¡No te he dicho nada! —Ríe Edgar.

—¿Es necesario estar presente en la cena de esta noche? No me apetece nada —pregunta Gisela, que intenta escaquearse de los compromisos familiares como siempre. Nada nuevo.

—Deberías —responde seco mi hermano.

—No me hace ninguna ilusión —refunfuña Gisela.

—A mí tampoco porque para verte la cara de seta… —Lo mismo si pienso un poco antes de hablar casi que mejor.

—Alba, joder —me reprende mi hermano.

—¡Chicas, hoy es un día muy importante para Adri! Vamos a intentar que haya calma. —intenta mediar Olivia, porque a este paso terminamos peleándonos como pasa casi siempre.

—Si es ella que me odia —explica Gisela.

—Lo que tú digas. —Me cruzo de brazos.

No la odio, de verdad. Es mi hermana y, aunque no nos llevemos como uña y carne, la quiero. Siempre ha sido ella la que ha hecho su vida por su lado. Ni siquiera en la infancia la recuerdo jugando con nosotras, no compartía ni sus juguetes y eso que teníamos muy pocos.

Adriana sigue moviendo su vaso de leche, ni se ha inmutado. Está tan nerviosa que no se entera de lo que pasa a su alrededor.

218

Gisela se termina el desayuno muy rápido y se va a los ensayos de la primera obra de teatro que va a hacer, ha conseguido su sueño y yo me alegro, de hecho, le di la enhorabuena y no fue capaz ni de darme las gracias.

—Más vale que te comportes cuando venga el novio de Adri y su familia —me advierte Ed.

Pongo los ojos en blanco y asiento, pero ha sido mencionar Ed al ``novio'' de Adri y ella se ha puesto a mover la leche más rápido. Parece que le ha cambiado hasta el color de la cara. Joder, mi hermano no sospecha nada de nada, tan listo que es para unas cosas y esto ni lo imagina.

Miro a mi hermana y le hago un gesto que entiende muy rápido, sabe que es hora de irnos a la universidad y, de paso, hablar por el camino.

Pone un solo pie en la calle y da el suspiro más largo de su vida, yo le agarro la mano y le sonrío. Hoy, más que nunca, necesita fuerzas. Estoy segura que no es nada fácil el paso que está a punto de dar esta noche y admiro mucho, muchísimo, su valentía.

—Hoy es día de hermanas y noche de amor —se me ha ocurrido una idea genial.

—¿Qué planeas? —me mira con desconcierto, sabe que algo tramo.

—Nos vamos de compras.

***

¿Veinte vestidos? Pues más o menos. Sí, somos exageradas, pero, por lo menos, ese ha sido el número de vestidos que nos hemos probado cada una. Lo mejor de todo es que hemos terminado comprándonos el mismo, ella en *beige* y yo en verde claro. Que conste que he intentado convencerla de no ir a clase, pero ella, que es más responsable que yo, me ha convencido a mí de ir y, luego, venir al centro comercial. Me dejo convencer muy fácil, va a ser eso.

Después, como buena hermana que soy, la invito a un refresco. Estoy segura de que con los nervios no ha comido nada y así toma algo de azúcar, no se vaya a quedar medio muerta en la cena.

—Menos mal que el refresco no tiene cuchara porque ya estaba pensando que lo ibas a marear igual que la leche. —Solo intento hacerla reír y que se relaje.

—¿Qué dices?

—Nada. —No sé cómo tranquilizarla un poco—. Si sigues así, te voy a tener que drogar.

—Lo que quieras.

—¡Adri! —Agito mis manos ante sus ojos.

—Me gustan tus uñas.

—¿Qué me estás contando?

—No lo sé, estoy muy nerviosa. —Se frota las manos que no le pueden sudar más.

—Si no estás preparada... —Intento hacerle saber que voy a apoyarla en todo lo que decida, aunque lo sabe, me gusta recordárselo.

—Lo estoy, pero no puedo evitar estos nervios. —Bebe de su refresco.

—Por el color de tu cara tenía miedo de que te diera un bajón de tensión, de azúcar o de las dos cosas. Pídete algo de comer.

—No, no. No me entra nada de comida, mejor me bebo esto —vuelve a beber.

—Estoy convencida que Ed va a estar feliz por ti —le acaricio la mano, necesito transmitirle seguridad.

—Puede ser... —Lo ve imposible, se le nota en el tono de voz—. Tú también lo vas a ver.

No necesita ni decir su nombre, sé a quién se refiere y no me había parado a pensarlo. Lo voy a ver. Con los nervios de mi hermana y mis intentos por hacer que se tranquilice, no se me había pasado por la cabeza que hoy nos vamos a ver. No he vuelto a saber nada de él y, claro está, tampoco lo he visto. Mejor así. Me propuse darle tiempo y eso he hecho. Vale que dos semanas no sean un tiempo excesivo, no lo es, lo tengo claro, pero algo es algo. Ya me costó mucho estar alejada un mes cuando no iba al gimnasio y no quería verme. Sinceramente, para mí, mantenerme dos semanas alejada de él ha sido una tortura y más con esta incertidumbre. Incertidumbre por no saber qué es eso que le pasa, el porqué de no poder estar juntos cuando está muy claro que no es por la diferencia de edad. Es muy lógico que Manu venga a la cena, su hermana es la novia de la mía, pero yo no lo había pensado, porque pensar cosas lógicas se aleja de mí.

—¿Estás pensando en él? —Me saca de mi ensimismamiento.

—Sí, es inevitable no hacerlo. Estoy enamorada y no verlo me duele.

—Mireya dijo que le dieras tiempo.

—Eso estoy haciendo, pero pensar que hoy lo voy a volver a ver me pone de los nervios.

—¿Y si nos pedimos una tila doble? —propone.

—O triple.

Capítulo 86

Manuel

Mi hermana está nerviosa por lo que está a punto de pasar, yo estoy nervioso por volver a ver su sonrisa, la sonrisa de Alba.

Tocamos el timbre de la casa de los Mínguez y, en cuanto se abre la puerta, a pesar de estar mentalizándome de esto dos semanas, suspiro muy fuerte. Es Alba la que abre la puerta, verla otra vez me hace ser el hombre más feliz del mundo. Se queda estática, no sabe qué hacer y yo tampoco. Mire la saluda con dos besos, pero yo estoy inmóvil. Entonces, cuando al parecer me va a saludar a mí de la misma forma, aparece su hermano en el vestíbulo y nos invita a pasar.

Nos saludamos todos ante la atenta mirada de Edgar y Olivia que no entienden nada. Conozco a Edgar y sé que está haciendo un esfuerzo inmenso por no preguntar si esto es una broma, la verdad es que lo parece. Una chica entra también al vestíbulo, supongo que es su otra hermana y no tardo nada en salir de dudas, Edgar me presenta a la única hermana que me faltaba conocer: Gisela. Es guapa, eso es innegable, hay cosas que son evidentes, tiene los ojos claros como todos en esta familia y, sin embargo, la belleza de Gisela es muy distinta a la de Alba o quizá sea yo el que la vea diferente.

Gisela me saluda con los dos besos característicos y sonríe mucho sin dejar de mirarme.

—Tú eres el famoso Manuel Viana, amigo de mi hermano y ligue de mi hermana.

—¿Qué? No entiendo lo que me quieres decir. —Intento hacer como si no supiera nada de lo que me dice porque si ha dicho lo que creo que ha dicho, lo que hemos tenido ya no va a ser secreto y, sinceramente, me preocupa perder la amistad de Edgar.

—Sí que lo entiendes. ¿Mi hermano lo sabe? Porque yo creo que no. —Se acerca demasiado a mí y yo retrocedo un poco.

—No hace falta que sepa nada.

—Quizá podríamos hablarlo tú y yo después de cenar en tu casa —propone, volviendo a acercarse a mí.

Cuando estoy a punto de decirle que jamás tendría nada con ella, Edgar nos insta a pasar al salón para cenar. Al desviar la mirada, la veo, es Alba y, por su forma de mirarnos, sé que ha visto la cercanía de su hermana conmigo. Lo único que me falta es una Alba celosa.

Seguidamente, nos sentamos a la mesa entre miradas de desconcierto mientras Edgar sirve la cena. Estando ya todos sentados, nadie se atreve a dar el primer bocado, parece que esperamos que la bomba explote.

—¿Cenamos o hablas, Manuel? —Rompe la tensión Edgar o quizá la aumenta más.

—Yo no tengo nada que decir.

No me puedo creer que esté pensando lo que creo. Piensa que Adriana y yo estamos juntos. No es tan descabellado porque, en realidad, sí que me interesa una de sus hermanas, pero es Alba.

—¿Adriana, tú tampoco? —insiste Edgar.

—Yo sí. —Inspira—. Mireya y yo estamos enamoradas y somos novias.

—Y yo estoy enamorada de Manu —La confesión en palabras de Alba me pilla totalmente desprevenido. No esperaba que esta noche se destapasen tantos secretos, tantos amores…

Sabía que Alba sentía algo muy fuerte por mí, pero escuchar que está enamorada de mí de su boca me hace el hombre más feliz del mundo y me sorprende a partes iguales.

Hay un silencio casi sepulcral. Edgar debe de estar procesando tanta información en su mente, normal que lo haga.

—Edgar, sé que esto es lo que menos esperabas, pero quiero a tu hermana, estoy profundamente enamorada de ella y haré lo que sea para hacerla feliz. Esto es lo más sincero que te puedo decir. —Mireya intenta hacerle ver a Edgar que lo que tiene con Adriana va en serio.

—Ahora mismo no puedo entender tanta mentira. —Entiendo que se sienta engañado, lo entiendo y sé que tengo parte de culpa.

—Amor, trata de entenderlos —le pide Olivia.

No sé si esto es una broma o una pesadilla. En ningún momento, pensé que lo nuestro también se sabría esta noche. Si algo no esperaba era su confesión. No es que me moleste, al contrario, la admiro por tener la valentía de confesar sus sentimientos delante de todos, pero es que esto no nos va a llevar a ningún lado.

—Yo pensaba que en esta familia teníamos confianza. Lo pensaba, en pasado. —Edgar está muy decepcionado. No lo culpo, es normal que se sienta decepcionado.

—Ed, te lo quería contar, pero no encontraba la forma. Es muy difícil para mí. —Intenta explicarse Adriana casi sollozando.

Mi hermana, sin dudarlo ni un segundo, se levanta para abrazar a su chica y Alba me mira fijamente. Lo que veo en sus ojos me punza el corazón. Está llena de decepción y sus lágrimas lo confirman.

Sin esperarlo, se levanta y sube corriendo las escaleras. Huye al ver que yo soy un cobarde, un completo cobarde que no es capaz de decir ni una sola palabra. Eso es lo que soy.

—Una hermana bollera y la otra detrás de un chico mayor que ella. —El comentario de Gisela está muy fuera de lugar.

—¡Cállate! —grita Edgar—. Creo que te he enseñado a respetar a las personas y, en especial, a tus hermanas.

—Era solo un comentario —se excusa Gisela y desvía su mirada a mí—. Entiendo a mis hermanas, por lo menos, han demostrado ser listas. Acercarse a los Viana demuestra una gran inteligencia.

—¡Que te quede claro que yo no estoy con Mireya por su apellido! Estoy con ella porque la quiero —aclara Adriana, aunque no había necesidad de esa aclaración porque ni mi hermana ni yo pensaríamos eso jamás.

—Os voy a pedir, por favor, que os marchéis ahora y mañana hablamos. —Edgar se dirige a nosotros y asentimos. Yo sigo sin articular palabra, estoy atontado, no me salen las palabras.

Mire se despide de su novia con un beso en la mejilla, yo no me atrevo ni a darle un apretón de manos a Edgar, no está ahora mismo la situación para esas formalidades.

Antes de salir de la casa, hecho un último vistazo a las escaleras y pienso en lo mucho que me gustaría subir tan solo para decirle que, aunque sea un cobarde, puede que yo también esté enamorado de ella y cada vez soy más consciente. No lo hago, porque, como ya he dicho, soy un cobarde.

Capítulo 87

Alba

Soy de no pensar las cosas, los que me conocen lo saben. Hoy, claramente, no iba a comenzar a pensar antes de hablar. Sentía que mi hermana se había quedado indefensa con su confesión y no lo he pensado ni un momento. Sabiendo que es de hermanas compartir, ahora también compartimos el día en el que confesamos nuestro amor por los Viana.

Me he quitado un peso de encima y, como una ilusa que soy, esperaba otra reacción de Manu. ¿Cómo esperaba otra reacción? Esa es la pregunta que me ronda ahora, tras la confesión.

Siempre es lo mismo con él. El esperar otra cosa es solo cosa mía, porque ya me ha demostrado que le puede más el miedo a algo que desconozco. Darle tiempo no ha servido de nada.

Pese a tener el corazón destrozado, no me arrepiento de haber confesado mis sentimientos, que Manu sepa que lo que siento por él ni es un capricho, ni es pasajero.

Después de subir a mi habitación, no he escuchado nada, lo que quiere decir que no ha habido gritos, ni peleas, aunque mi hermano debe de estar alucinando con nosotras.

Si he huido de esa cena, en la que, curiosamente, no ha cenado nadie, ha sido porque tenía ganas de llorar y notaba mis ojos empapados de lágrimas, no podía dejar que él siguiera viendo el dolor que me provoca.

He llorado mucho, tengo el corazón partido, sí como la canción de Alejandro Sanz, así lo tengo. Esperaba una reacción de Manu, aunque fuese mala, pero nada, no ha sido capaz de nada.

Entonces, Adri entra, de repente, llorando también y se tumba boca arriba en su cama. Me acerco a ella con la intención de preguntarle qué ha pasado, ya que parecía que todo iba más o menos bien.

—¿Edgar no se lo ha tomado bien? —pregunto, tratando de averiguar el porqué de su llanto desconsolado.

—Lo que no me tomo bien es la desconfianza —contesta mi hermano desde la puerta—. ¿Puedo pasar?

Asiento y tiemblo llena de miedo. Esta conversación puede ser fundamental para mi hermana y, no nos vamos a engañar, para mí también. Se sienta en el borde de la cama de Adri y ella trata de limpiarse las lágrimas que vuelven a caer, que conste que yo me he propuesto no seguir llorando, pero me lo están poniendo muy difícil.

—Te lo quería contar antes, pero tenía miedo —descifro entre los sollozos de Adri.

—¿Miedo de mi reacción? ¿Miedo de que fuera un homófobo de mierda? ¿De verdad piensas eso de mí? —Edgar está más triste que enfadado.

—Sí... —responde Adri, que no deja de llorar.

—Pues deja de llorar y mírame. Te quiero. No, no te quiero. Os quiero, a las dos. —Me señala a mí también—. Y os quiero felices. Me da igual si sois felices con un chico, con una chica, con un perro o con un gato, solo os quiero felices. —Abre sus brazos para acogernos a las dos como siempre lo ha hecho.

Voy a perder hoy todo el líquido del cuerpo porque arranco a llorar de nuevo. Necesitaba mucho escuchar las palabras de mi hermano, por mi hermana más que por mí.

El miedo que tenía Adri por la reacción de nuestro hermano no la dejaba ser lo feliz que quería y, aunque nunca se lo he dicho, yo sufría por verla tan preocupada. Es cierto que le he dicho en muchas ocasiones que estaba segura que Ed la apoyaría, pero, en el fondo, también tenía esa incertidumbre y miedo de que no lo hiciera. Ahora puedo afirmar que mi hermano nunca defrauda.

—¿Por qué lloras? ¡Qué a ti también te apoyo con Manuel! —Trata de tranquilizarme todavía abrazados.

—No tienes nada que apoyar. —Salgo del abrazo como puedo y me pongo en pie. Mi hermano me mira pidiendo una explicación—. Yo estoy enamorada de Manu, pero él me ha rechazado en muchas ocasiones.

—No entiendo nada. ¿Y el viaje que hicisteis? Supongo que os fuisteis los cuatro juntos. —Edgar deduce cosas muy rápido.

—Fuimos juntas y nos encontramos con ellos en Valencia —aclara Adri, que poco a poco va dejando de llorar.

—Estaba todo planeado por nosotras, Manu no sabía nada. —Agacho la cabeza porque me cuesta recordar aquella encerrona que resultó un plan fallido—. Lo he perseguido en numerosas ocasiones y, aunque no me arrepiento, sé que ha estado muy mal todo lo que he hecho.

—¿Desde cuándo conoces a Manuel? ¿Y a Adriana?

No me apetece nada recordar todo esto, por lo que hago un resumen lo más breve posible.

—Desde antes de que Manu te ofreciera lo de la clínica veterinaria. Nos conocimos un poco antes.

Mi hermano nos mira sin saber si es mejor seguir preguntando o irse.

—Yo también conocí a Mireya antes —añade Adri—. Ya estábamos enamoradas en ese momento.

—Claro, por eso, esa actitud rara en aquella cena —Edgar habla más para sí mismo que otra cosa. Ahora mismo tiene que estar montándose su propio puzle en la cabeza.

—No es por interrumpir, pero quiero dormir y, por cierto, muy bonita la obra de teatro de esta noche.

Interrumpe, claro que interrumpe. Gisela siempre interrumpe los momentos especiales o importantes, pero esta vez casi que se lo agradezco. De seguir así, Edgar seguiría con su particular interrogatorio y esta noche creo que ya he dado muchas explicaciones. Esta vez Gisela ha interrumpido en el momento adecuado.

—Gisela, tú también eres parte de esta familia, de esta conversación —le informa Edgar que la quiere hacer partícipe de todo, pero a ella nunca le ha interesado nada de lo que pase o sintamos.

—No lo parece.

Está enfadada de la exclusión que ella misma se hace, nunca he entendido cómo nos puede querer tan poquito.

Ed nos da un beso de buenas noches a todas, a Gisela también, porque él nos quiere a todas por igual, al contrario de lo que pueda pensar mi hermana.

No tarda ni medio segundo en meterse en la cama y como la conozco muy bien la insto a que hable.

—Suelta lo que tengas que decir.

—Tu novio tiene un buen polvo y tu novia mucho dinero. Realmente, los dos tienen mucho dinero. —Ahora mismo mis ganas de cogerla de los pelos son infinitas.

Me intento controlar, lo intento, pero no soy de controlarme. Suerte que Adri me conoce tan bien, que es capaz de frenarme en el momento justo. Si me deja, le arranco los pelos uno a uno, sin exagerar. Gisela se mantiene impasible y solo se limita a sonreír. Es que como se le ocurra acercarse a mi buenorro, no respondo de lo que le pueda hacer y esto lo digo muy en serio, es lo más serio que he dicho en mi vida.

Es evidente que, tras mis gruñidos, mi hermano vuelve a la habitación para saber porqué nos peleamos esta vez. Gisela se excusa en que estoy muy susceptible por mi declaración de amor frustrada y yo decido hacer como si no la escuchase.

Cojo un cojín de mi cama, una manta finita y bajo a dormir al sofá del salón. A dormir es mucho decir, bajo porque no me apetece nada estar en la misma habitación que Gisela. Sé de sobra que aquí no voy a dormir, no por nada, sino porque todo lo de esta noche me tiene con los nervios de punta y no puedo dejar de pensar en él y en que va a resultar que no, no le gusto.

Capítulo 88

Manuel

Me paso todo el trayecto hacia el apartamento en el que vivimos en silencio, conduzco y callo. Mireya está igual que yo, no dice nada. Ni siquiera pongo música porque ya es la situación lo bastante tensa y la música no apetece en un momento así.

Ella está preocupada por la reacción de Edgar, no sabe en qué sentido tomársela. La verdad es que a mí también me desconcierta. Eso de pedirnos que nos fuéramos ha sido raro, aunque supongo que tendría que asimilar tantas revelaciones.

Yo trataría de decirle algo así como que todo va a estar bien, pero no lo sé y, en este momento, lo que menos me apetece es hacerle falsas ilusiones. Lo que sí hago es instalar para que llame o, por lo menos, mande un mensaje a Adriana, duda, pero, finalmente, se lo manda. La veo temblar esperando la respuesta. Sé que no ha entendido que por mucho que Edgar se opusiera, Adriana la elegiría a ella porque la ama y se aman.

Llegamos al piso y todavía no ha recibido respuesta. La incertidumbre la mata y a mí también, no nos vamos a engañar. Lo mío con Alba nunca va a poder ser, lo tengo claro, pero quiero que mi hermana sea feliz y me mata tener que esperar una respuesta que puede o no llegar. Le aconsejo que se duche para relajarse, no quiere, aunque, ante mi insistencia, termina cediendo.

Es meterse tan solo cinco minutos en el baño y suena la señal de que acaba de recibir un mensaje. Sale a toda velocidad con el albornoz puesto y los pies mojados, con el correspondiente patinaje por el suelo. La sostengo porque está a punto de matarse. Abre el mensaje y grita, grita muy fuerte. Esa es la señal de que todo va bien. Acto seguido, me abraza y grita de felicidad. No son horas para gritar, pero qué más da, la felicidad hay que expresarla.

—Vuelve a la ducha, que tengo que fregar la piscina que acabas de hacer en el salón. —Sonrío sin mucha gana, porque es verdad que estoy feliz por Mireya, pero no puedo evitar pensar en Alba y en su enorme decepción.

—Manuel, ¿quieres que le pregunte por Alba?

—No puedo responderte. Tú has visto tan bien como yo la cara de decepción ante mi silencio. Lo que merezco es no saber nada más de ella por mucho que me duela. No la merezco.

—Mereces ser feliz y arriesgarte.

Sé que, aunque no le haya dado una respuesta, le pregunta a su novia por Alba. Sabe que no me voy a tranquilizar con eso, pero me ayuda en algo a calmar mi ansia.

Adriana le responde, de inmediato, confesándole que Alba ha discutido con Gisela y se ha ido a dormir al salón. Respecto a mí, le confiesa que está triste o, al menos, esa es la sensación que le da porque no ha querido tocar el tema, que ya la noche ha sido bastante movidita.

Mireya vuelve a la ducha mientras friego el estropicio de agua que ha creado.

Finalmente, me tumbo en la cama. Ni siquiera me molesto en quitarme la chaqueta o en ponerme el pijama. Me da igual todo. Miento, todo no. Alba no me da igual, al contrario, me importa mucho.

Lo máximo que estoy solo son quince minutos, justo el tiempo que ha tardado mi hermana en ducharse, porque entra sin pedir permiso, costumbre que tiene, y se acuesta a mi lado.

—¡No pensarías qué ibas a dormir solo!

—Teniendo en cuenta que llevo durmiendo solo desde que éramos pequeños, sí, lo pensaba. —Recuerdo las noches en las que mi hermana, que tendría unos cinco años, dormía conmigo porque tenía miedo a la oscuridad o a cualquier otra cosa. No quería dormir con Nacho, que también se ofrecía, solo quería dormir conmigo. Siempre decía que le daba más seguridad. Yo le contaba los típicos cuentos y ella se quedaba dormida tan tranquila, como si el miedo no existiera.

—Pues es hora de recordar buenos y viejos tiempos. —Me da un beso en la mejilla, tal y como hacía en aquellos tiempos—. Y ponte el pijama.

—No me apetece.

—Haz lo que quieras, pero esta noche duermo contigo. ¿Qué cuento vas a elegir?

—¿Perdona? —Enciendo la luz de la lámpara que tengo en la mesilla y la miro sorprendido—. Será broma.

—¿No te acuerdas de ninguno?

Vale, sí qué lo está diciendo en serio. Mi hermana no deja de sorprenderme, lo de querer que le cuente un cuento teniendo veinticinco años ella, me deja sin palabras. En cierto modo, me hace reír al recordar nuestra infancia. No me queda otro remedio que hacer memoria para narrarle su cuento preferido, el cuento de *Blancanieves y los siete enanitos*.

Capítulo 89

Manuel

No he conseguido dormir nada de nada, pero tener a mi hermana durmiendo a mi lado, ha calmado un poco mis nervios.

Ella ya está más relajada, es normal porque sabe que Edgar ha aceptado su relación con Adriana y que la conversación que tenemos pendiente hoy es algo amistoso. Yo estoy en otra situación muy distinta, no necesito que Edgar me acepte porque tampoco puedo estar con su hermana. Lo único que pido es que no se rompa esta amistad de años al creerse engañado.

Conforme vamos llegando a la clínica, más nervios tengo, incluso le he pedido a Mireya que conduzca ella.

Llegamos media hora antes del horario habitual para abrir la clínica veterinaria y Edgar ya está esperando en la puerta. Quizá tenga un miedo excesivo, pero lo tengo y no lo puedo evitar.

Bajamos del coche y, para mi sorpresa, Edgar nos saluda con una sonrisa y nos propone hablar en una cafetería, sentados y tranquilos. Tranquilidad no voy a tener ni aquí, ni en una cafetería.

Me froto las manos varias veces hasta que traen los cafés y comienzo a removerlo sin darle ni un sorbo.

—Anoche estuve hablando con mis hermanas y me resumieron todo lo que había pasado. Cuñada, eres bienvenida a la familia Mínguez. —Sonríe—. Todo esto me cogió por sorpresa y no supe bien cómo reaccionar.

—Sinceramente, tanto Adriana como yo teníamos miedo de una mala reacción por tu parte. Es algo muy nuevo para las dos. Como te dije anoche, estoy enamorada de ella y la quiero para todo lo serio que te puedas imaginar.

Ambos sonríen y yo no digo ni una sola palabra, pues los nervios me tienen desesperado. Sé que es el turno de hablar de lo que pasa con Alba y conmigo, lo sé porque Edgar me mira fijamente, seguramente esperando que yo inicie la conversación.

Como me conoce, decide que o habla él o yo no voy a poder.

—Manuel, mi hermana me ha hablado de lo enamorada que está de ti y la entiendo. Entiendo que uno no elige de quien se enamora, pero lo que no entiendo es que todos me hayáis mentido, empezando por ti, que se supone que eres mi amigo.

—Y yo entiendo que te sientas así. Sé, perfectamente, que no tendríamos que haberte ocultado lo que estaba pasando. No es excusa, porque no lo es, pero a nuestras hermanas les daba miedo tu reacción y yo… —Respiro e intento seguir—: Yo tenía miedo de perder tu amistad, de que creyeses que me he estado aprovechando de Alba, porque no es así, de verdad.

—Manuel, amigo, no te preocupes. Mi hermana me lo ha explicado todo, inclusive que el sentimiento no es recíproco. Por eso, creo que entiendo ciertas reacciones tuyas. Alba la mayoría del tiempo puede ser muy agobiante, la quiero igual, pero entiendo que tú no sepas cómo manejar esa situación. Entiendo que te hayas sentido agobiado por ella. Creo que nunca se había enamorado de alguien y tampoco ha sabido cómo manejarlo, no es que la esté justificando, pero…

—Yo también estoy enamorado de ella —corto sus palabras con las mías casi sin pensarlo. Necesitaba decirlo en voz alta, necesitaba expresarlo de una vez por todas y, por primera vez, no me lo he pensado antes de decirlo. Me parecería muy miserable por mi parte dejar a Alba casi como una acosadora, cuando no lo ha sido nunca. Es la primera vez que reconozco que estoy enamorado de ella y han sido una confesión totalmente espontánea—. No me he sentido agobiado por ella, jamás.

—¿Entonces? —pregunta desconcertado.

—Nada. A veces, el amor no es suficiente porque hay otras cosas que nos separan. —El nudo en mi garganta comienza a crecer cada vez más. Me cuesta tanto hablar de lo que siento por Alba, no porque me de vergüenza, sino porque sé que es algo sin solución.

—Si lo dices por la pequeña diferencia de edad o por temor a que se rompa nuestra amistad, no te preocupes porque eso no va a pasar. Yo os quiero juntos y felices —esboza una sonrisa

234

intentado tranquilizarme porque sabe que esto me está costando mucho, que es una situación que me sobrepasa—. Es cierto que no me gusta vivir ignorando todo lo que pasa a mí alrededor y menos si se trata de mis hermanas. Me hubiera gustado saberlo antes, pero acepto que el amor no se elige y no se puede controlar.

—No es por nada de eso. Es por todo. Es difícil de explicar... No podemos estar juntos. Y te agradezco infinitamente tus palabras, pero hay cosas que no se pueden —suelto todo el aire de golpe y consigo darle un trago al café que ya está frío.

—¿Por qué? No entiendo que los dos os améis y no estéis juntos, es que no lo entiendo.

Quisiera decirle que yo tampoco lo entiendo, que no entiendo por qué soy impotente. Me gustaría poder confesárselo, pero es algo que solo sabe mi hermana y que, por el momento, va a seguir siendo un secreto. Confío en Edgar, claro que confío, y, aunque no tenga ninguna lógica, no soy capaz de contarle mis verdaderos motivos para no poder estar con Alba. No puedo, es algo que me supera y me duele.

—Le cuesta mucho todo esto. Trata de entenderlo y no hacer preguntas, son cosas demasiado personales —trata de ayudarme mi hermana y se lo agradezco mucho, no sé si voy a ser capaz de seguir hablando.

—Yo soy tu amigo, puedes confiar en mí. No te voy a hacer más preguntas. Aquí estoy para todo, ¿lo sabes?

—Lo sé, amigo —respondo casi en un susurro y, sin poder evitarlo más, una lágrima resbala por mi rostro.

Si alguien estuviera en mi lugar, se daría cuenta de lo difícil que es vivir sintiendo que no puedo ser la felicidad de ninguna mujer, pero, sobre todo, la felicidad de Alba.

La mañana en la clínica veterinaria no es tensa después de todos los secretos que han salido a la luz. Edgar se encarga de mantener la normalidad en todo, me hace saber que nada va a cambiar esté o no con su hermana y se lo agradezco casi en mil idiomas. Eso sí, le doy la tarde libre porque tiene la primera ecografía del embarazo de su mujer y le hace mucha ilusión acompañarla. Me imagino que tiene que ser uno de los momentos más importantes y felices de su vida. Cuando me lo dijo hace unas semanas, lo abracé tan fuerte que me dijo que lo iba a asfixiar, me hizo mucha ilusión saber que va a ser padre, cosa que yo nunca podré. No soy capaz de tener una erección, menos voy a poder tener hijos.

Capítulo 90

Alba

He ido a la universidad de mala gana y porque Adri me ha llevado casi a rastras. Mi plan para hoy era quedarme toda la mañana en el sofá y compadecerme de mí misma, pero mi señora hermana no me ha dejado. En las clases de hoy he estado medio zombi entre que no he dormido nada y que estoy pensando en él, en que no le importo nada de nada.

Lo único bueno de hoy es que Olivia tiene la primera ecografía del embarazo. Conste que yo la quería acompañar, Adri también quería, pero no podíamos ir todos, más que nada porque no podíamos entrar todos y el que más derecho tiene es Edgar, que es el padre. Al final, decidimos quedarnos en casa y esperar con ansias las fotos de la ecografía para enmarcarlas, porque las vamos a enmarcar. Va a ser el primer bebé de la familia y tenemos que plasmar cada pequeño recuerdo para que cuando crezca vea lo mucho que lo esperábamos.

Hace, aproximadamente, dos horas que se fueron y no han vuelto. Me estoy temiendo que algo vaya mal, aunque Adri me dice que hay que ser positiva, que para negativa ya está ella. Solo respiro aliviada cuando aparecen por la puerta con una sonrisa de oreja a oreja, lo que quiere decir que todo va genial. Nos enseñan las diferentes ecografías y, aunque no se ve mucho, se distingue un puntito. Ese puntito es mi sobrino o sobrina y, en este momento, es lo único que me hace sonreír un poquito.

Todo va bien hasta que Edgar me dice que le gustaría hablar conmigo a solas, asegurándome que es importante, pero no grave. Salimos al jardín, que se ha convertido ya en nuestro lugar de reunión y charlas fraternales.

—No os había dicho nada, pero hoy he tenido una pequeña charla con Manuel y Mireya.

—¿Para qué? —sinceramente, no entiendo la finalidad de esa conversación, más que nada porque con Manu no hay nada de lo que hablar.

—Sois mis hermanas, me preocupo por vosotras y creo que es algo normal querer hablar con las personas de las que estáis enamoradas.

—No lo creía necesario, sobre todo, en mi caso.

—En tu caso, precisamente, es más necesario.

—No lo creo. Ya te dije que la que está enamorada de Manu soy yo, no él de mí. Él me ha rechazado en tantas ocasiones que he perdido la cuenta y, quizá, es hora de que me haga a la idea —me cuesta un gran esfuerzo expresar en palabras lo que llevo pensando varios días y lo reafirmé anoche. Tengo que renunciar a Manu, no me quiere y no me va a querer por mucho que insista.

—Te equivocas —afirma. Con esa simple afirmación, mi corazón no late, galopa. Ante mi cara de desconcierto, sigue hablando—. He estado hablando seriamente con él y, aunque creo que no debería decirte nada, soy tu hermano y quiero verte feliz. Muy feliz. No sé el motivo, no sé nada. Lo que sí sé es que Manuel está enamorado de ti.

Mi mente no procesa la información y mi corazón corre a miles de kilómetros por segundo.

—Ed, eso no es así. No lo es porque...

—Sí lo es, él me lo ha dicho tal cual te lo estoy diciendo yo a ti —me interrumpe con esta nueva afirmación y yo trato de ser racional, pero no lo consigo.

Me levanto tan rápido y con tal velocidad, que dejo a mi hermano muy desconcertado. Sé que me grita algo que no escucho porque entro en la casa, cojo las llaves del coche, que están encima del mueble del recibidor, y salgo sin ni siquiera cerrar la puerta de casa.

En apenas quince minutos estoy tocando con insistencia la puerta del apartamento de Manuel y Mireya. Son casi las ocho de la tarde, quizá Manu todavía no haya cerrado la clínica veterinaria, pero me equivoco porque es él, el que abre la puerta y yo, sin pensarlo, como siempre, me abalanzo sobre él y lo abrazo fuerte. Lo amo.

Capítulo 91

Manuel

A quien menos esperaba al abrir la puerta era a Alba, pero aquí la tengo, abrazada a mí. Por un momento, siento una felicidad inmensa hasta que recuerdo que no puedo seguir con este abrazo porque significa seguir ilusionándola con un amor que es imposible. Me alejo con lentitud de ella y ya empieza a destrozarme el desconcierto de su mirada.

—¿Por qué? —pregunta con dolor—. ¿Por qué te sigues alejando?

—Porque esto nos hace daño a los dos y no quiero verte sufrir —suspiro, no sé ya cómo alejarla de mí.

—Sé que estás enamorado de mí, lo sé —afirma con seguridad.

—¿Quién te lo ha dicho? —no puedo seguir negando lo que es tan evidente, estoy muy enamorado de ella, de su sonrisa, de sus ojos, de sus locuras… De lo que es y de lo que me hace sentir.

—Mi hermano —respondo—. Lo sé porque me ha contado que has hablado con él. Ya no lo puedes seguir negando.

—¿Y qué más da si estoy enamorado de ti o no? ¿Qué más da? Todo eso da igual —No puedo más con todo lo que me carcome este secreto. Alzo la voz más de lo esperado y hasta yo me sorprendo.

—¿De verdad crees que da igual? —Contiene las lágrimas—. ¿Tienes idea lo feliz que me hace saber que tú también me quieres?

—Te lo he dicho muchas veces, no podemos estar juntos —el nudo en mi garganta me impide seguir hablando y me giro para evitar seguir mirándola.

—¿Por qué? ¿Por la diferencia de edad? ¿Es por eso? ¡Joder, necesito una explicación porque no te entiendo! —grita con una mezcla de lágrimas y desesperación.

—¿Y no te vale con saber que lo nuestro no puede ser?

—¡No, no me vale! —Se vuelve a acercar a mí, pero esta vez me coge el brazo y me obliga a girarme para que la mire a los ojos. Sabe que mirándola a los ojos voy a decirle la verdad y lo sabe porque me va conociendo a la perfección.

Me duele hacerla sufrir, aunque sea de forma involuntaria, porque la amo, mi amor por ella es tan grande y fuerte que prefiero verla feliz, a pesar de que no sea conmigo. Me mira fijamente y trato de evitar su mirada, pero ella enmarca mi rostro con sus manos y me obliga a mirarla. Sus preciosos ojos están enrojecidos y llenos de lágrimas, su mirada verdiazul me atraviesa de tal forma, que, aun a riesgo de arrepentirme, confieso mi secreto, el secreto que tanto he guardado. Sé que es ahora o nunca.

—Soy impotente —una lágrima rueda también por mi rostro—. Estoy enamorado de ti, mucho más de lo que puedas pensar, pero no soy hombre para ti, ni para nadie.

—¿Es por eso? Tú has decidido por los dos. ¿Por qué? —Ahora todo lo que vuelvo a ver en su mirada es desconcierto y duda.

—Porque no te puedo dar placer, porque no podemos hacer el amor. No puedo, soy un impotente de mierda. ¿No te das cuenta? —Doy vueltas por el salón sin saber qué más decir.

Me he liberado de este secreto, sin embargo, solo siento más dolor. Ya no hay vuelta atrás, no podemos ser nada, aunque nunca lo hayamos sido. Al confesarle la verdad sé que es el punto y final de esta corta historia.

—Sabes muy bien que hay muchas formas de disfrutar, de disfrutar los dos. Tú has preferido decidir por mí y has decidido que no soy lo suficientemente madura para aceptar tu problema. —Se limpia las lágrimas que derrama sin cesar—. ¿Qué sabes tú de lo que yo quiero? No sabes nada porque no has tenido la confianza en mí para contármelo y eso es lo que más me duele.

—Eres demasiado joven como para saber que una relación sin sexo no funcionaría —Entiendo que esto no lo comprenda, pero es que es así. Una relación sin sexo no funciona por mucho que lo intentes.

—Otra vez con la puta edad —grita—. Te amo y me importa una mierda tu impotencia, estoy enamorada de ti como persona, pero me has tratado como si fuera una idiota que no puede afrontar los problemas. No puedo seguir insistiendo, ya no puedo. —Veo tanto dolor en ella que no puedo decir nada más.

No sé si dar las gracias a mi hermana ahora o decirle que no puede ser más inoportuna y es que, en este momento, no sé nada. Solo sé que aparece por la puerta, que todo este tiempo ha estado abierta.

—¿Qué pasa? Los gritos se escuchan desde la puerta. —Mireya nos mira sin tener ni idea de lo que pasa—. Alba, ¿estás bien?

Alba ni le contesta, sale corriendo del apartamento llorando y yo hago el intento de ir tras ella, pero mi hermana me frena, no sabe qué pasa y cuando se lo cuento de forma resumida para poder seguir a Alba, me explica que es mejor que la deje sola.

Capítulo 92

Alba

Salgo del edificio y no sé qué hacer, ahora mismo me cuesta pensar en algo o alguien que no sea Manu. Mi móvil suena insistentemente, ni siquiera me atrevo a mirar quién me llama porque, sea quien sea, no me interesa.

Noto las miradas de la gente por la calle y no culpo que me miren porque tal y cómo voy es normal. No puedo contener las lágrimas, lo intento, de verdad que lo intento, pero no puedo. Duele mucho esta verdad, duele demasiado.

Se hace de noche dando vueltas y vueltas, decido coger el autobús para llegar a mi casa porque estoy relativamente lejos. Varias personas, al ver que no dejo de llorar, me preguntan si estoy bien o si pueden ayudarme, pero yo les contesto que el mal de amores ellos no lo pueden arreglar. Quizá, mi respuesta es un poco dramática, pero es que así me siento.

Manu, mi buenorro, es impotente, todo este tiempo me lo ha estado ocultando como si fuera una niñata incapaz de comprender lo que su problema conlleva. No soy una experta en el tema, pero sé todo lo que implica la impotencia y lo asumo tal cual. Sinceramente, me da igual que Manu no pueda tener una erección o mantener relaciones sexuales plenas, a ver no es que me de igual, no es eso. Lo que yo quiero decir es que entiendo su problema y hay soluciones. Entiendo su miedo y su vergüenza, aunque no debería de ser así, pero lo entiendo. Lo que no entiendo es su falta de confianza, el que no se crea un hombre para mí cuando, por el contrario, lo es todo. Sé que he llegado a un punto de no retorno, que dejar de insistir es lo que tengo que hacer.

Entro en mi casa como una bala y subo las escaleras igual, ahora solo quiero encerrarme en mi habitación y estar un rato sola. Se me había olvidado decir que en esta casa es imposible estar sola y lo digo porque Ed y Adri entran en la habitación al instante. Me abrazan fuerte y eso sí que lo agradezco.

—¿Por qué estás así? ¿Es por Manu? Porque si es por él, voy a tener una conversación muy seria. —Sé que mi hermano está preocupado, lo sé, pero no tengo ganas de hablar.

—No quiero hablar de él. —Ganas de hablar no tengo, pero de llorar sí y mi llanto vuelve con más fuerza.

—Joder, Ed, que poco tacto tienes —regaña Adriana a nuestro hermano.

—Alba, estamos aquí para todo, ya lo sabes —Mi hermano me vuelve a abrazar y me propone un plan al que no puedo decir que no—: Vamos a ver una película de esas de comedia, de las que tanto te gustan. Te esperamos en el salón.

Ed sale de la habitación para dejarme a solas con Adri, cree que, quizá, ella sí que puede sonsacarme lo que me pasa y conste que no lo digo a malas, sé que me preguntan porque están preocupados y no entienden nada.

—No voy a hacerte preguntas, aunque me estoy muriendo de la curiosidad —lo dice para sacarme una sonrisa y lo consigue.

—Vamos a ver la película. —Me seco las lágrimas, me peino un poco el pelo y me levanto de la cama descalza. A mi hermano no le gusta nada que ande descalza, así que, me pongo unas zapatillas de estar por casa.

—¿No me lo quieres contar? —insiste, mezcla de curiosidad y preocupación.

—Ahora mismo solo quiero ver la película. —Hago un puchero y es suficiente para que deje de preguntar.

Sé que está preocupada, pero es que recordar todo lo que ha pasado esta tarde no me apetece nada.

***

Mi hermano siempre sabe alegrarme y, poniendo la película *Ocho apellidos vascos*, lo consigue. Es mi película favorita desde que la vi en el cine y siempre que estoy triste o de bajón la pongo para sonreír un poco y olvidarme de todo aproximadamente una hora y media, que es lo que dura la película. Además, hacen mis palomitas favoritas, las de caramelo rosa y es un plan muy bueno porque tengo a mis hermanos y mi cuñada Olivia rodeándome. Tengo una familia de oro, una unión indestructible.

Tras la película, ponen otra y yo prefiero acostarme ya porque mañana tengo que ir a la universidad, aunque me apetezca menos que hoy. Mi hermana me conoce tan bien que sabe que esta noche lo que más me apetece es dormir abrazada a ella y una buena ración de helado de chocolate, por eso, nos despedimos, pasamos por la nevera y subimos a la habitación.

Decidimos que hoy vamos a dormir con uno de los pijamas que tenemos iguales, me recuerda a cuando éramos niñas, siempre iguales. La verdad que es el pijama de flamencos es el más bonito y a mí me encanta.

—No quiero ser pesada…

—Lo eres, pero yo te quiero siendo pesada y todo. —Abro el helado y me como la primera cucharada.

—Me preocupas, no te quiero ver así de triste y menos sin poder ayudarte. —Carga una cucharada de helado—. Y si soy una pesada, te aguantas que para eso somos hermanas.

No puedo tener mejor hermana que Adri, eso es algo que tengo claro desde que éramos pequeñas. Hemos sido siempre tal para cual y cuando digo siempre es siempre.

—Hay veces que… No sé, es que… —Resoplo, no me salen ni las palabras—. He tenido una fuerte discusión con Manu.

—¿Por qué?

—Porque le ha dicho a Ed que sí está enamorado de mí.

—Me estoy perdiendo. Si ya sabes que te quiere igual que tú a él, ¿por qué os peleáis? —Me mira con desconcierto y se come otra cucharada.

—Es muy difícil de explicar, pero yo me doy por vencida con él.

—Sois una pareja muy rara.

—No somos nada —la corrijo.

Por mucho que me duela, la verdad es que no somos nada, ni lo vamos a ser. Es impotente. Es la primera vez que lo pienso desde que me lo dijo y me sigue asombrando igual porque no entiendo cómo ha podido ocultarlo durante tanto tiempo.

Un mensaje suena en mi móvil, no quiero ni mirar porque ahora mismo no me interesa nada de nada. Vuelve a sonar la señal de otro mensaje y mi hermana insiste en que mire porque como estén toda la noche mandando mensajitos me mata, que ya la conozco yo. No me lo espero, es él.

Chat

Manu (buenorro): «Sé que no te debería mandar este mensaje y con esto no quiero hacerte más daño. Solo necesito saber que estás bien porque me importas. No llores por mí, no merezco tus lágrimas, de verdad»

Manu (buenorro): «Lo siento»

Capítulo 93

Manuel

Me arrepiento al instante de enviar el mensaje, lo primero porque no quiero que siga sufriendo por mí y lo segundo porque no son horas, casi es medianoche. Tarda en leer los mensajes, pero los lee y no me contesta. No puedo decir que me sorprenda, porque es lo normal, no me contesta porque no lo merezco.

Hoy, sin duda, ha sido un día difícil. Ya no quedan secretos que descubrir, está todo dicho. Le he hecho mucho daño y si todavía no me odia, lo hará dentro de muy poco.

Llevo toda la tarde encerrado en mi habitación, mi hermana ha insistido una y otra vez en que tenía que cenar, yo la he ignorado. No me apetece ni cenar, ni hablar, ni nada. Solo quiero estar así, en la oscuridad y encerrado. No quiero ser borde con Mire, ni mucho menos pagar mis problemas y frustraciones con ella, me ha ayudado mucho, pero hoy solo quiero estar solo. Solo eso y espero que lo entienda.

Si alguien me hubiera dicho hace unos meses que me iba a enamorar, no me lo hubiera creído. Pero el destino, la mayoría de las veces, puede ser muy cruel y hacer que te tragues todo lo que piensas y yo que pensaba que el amor no existía y menos para alguien como yo, un impotente. Me equivocaba. El amor existe cuando conoces a alguien como Alba, que te mira y te sonríe, y encima lucha por lo que quiere o, mejor dicho, ella luchaba por mí. Ya me ha dejado claro que no puede seguir luchando por esto y sé que es lo mejor, lo sé, pero lo mejor también duele.

Y lo estoy pensando, le doy mil vueltas y si me voy, todo será más fácil. Ella se olvidará más rápido de mí y yo de ella. Todo esto lo generé yo volviendo a Dogue y reencontrándome con ella. Si todo hubiera quedado en el pueblo, ahora ella tendría una sonrisa en la cara y no estaría derramando lágrimas por mí.

Capítulo 94

Alba

Hoy, más que nunca, quiero quedarme en casa. No me apetece fingir que no pasa nada, que todo está bien porque no lo está. Yo no estoy bien. Quizá soy demasiado dramática, pero, para mí, es un drama. Sí un drama con todas sus letras. Es un drama saber que el hombre del que estás enamorada no confía en ti y prefiere alejarse antes de intentar solucionar juntos su problema. Y duele más saber que me ama, pero su miedo gana al amor. Sin contar que lo voy a tener que ver toda mi vida porque lo de nuestras hermanas va muy en serio, están tan enamoradas que parece, y eso espero, que es para toda la vida. Y yo feliz por ellas, pero muy infeliz por mí. Joder, este sentimiento no lo había tenido por nadie y llegó Manu, me conquistó sin proponérselo y ahora estamos sufriendo los dos.

Me visto, me preparo y bajo a desayunar porque Adri me ha sacado, casi a rastras, de la cama, que conste. Gisela aparece justo ahora, hace lo que le da la gana. No viene a dormir, vuelve a la mañana siguiente y todo lo justifica con su trabajo de actriz. Siendo sincera mejor, lo bien que dormimos sin ella no tiene precio.

—Buenos días, familia querida. —Gisela no tiene otro lugar en el que sentarse que justo a mi lado, mal empezamos.

—No me gusta que vuelvas a estas horas, te lo he dicho muchas veces —le riñe mi hermano.

—Te avisé —se excusa comiéndose una magdalena gigante.

Yo resoplo porque estoy harta de que se dedique a vacilarnos a todos. Olivia y Adriana me miran y me piden que me relaje. Yo lo intento, pero es que teniendo a Gisela soltando tonterías no puedo.

—Nos tienes preocupados cuando no vienes a dormir. Entiende a tu hermano —le pide Olivia, intercediendo como siempre y tratando de dar un poco de calma a la situación.

—No me hagas reír, no eres mi madre, no eres nadie —le contesta borde.

—Eres idiota —susurro. Era un pensamiento, de verdad que lo era, pero se me ha escapado.

—Por lo menos yo no estoy detrás de un hombre que no me quiere, arrastrada.

Dejo la tostada en el plato, me limpio las manos con una servilleta para no ensuciarle el pelo a Gisela y tiro de él con todas mis fuerzas. Llevaba desde que era pequeña esperando esta oportunidad. Ella intenta arañarme, pero no puede porque yo le tiro tan fuerte que del dolor solo grita. Mis hermanos nos separan inmediatamente y yo, aunque suene mal, me quedo con la satisfacción de haberme desahogado, que bien que ella de pequeña me maltrataba y me pegaba para robarme cualquier muñeca. Quizá, en otro momento, me hubiera dado igual que me llame arrastrada, pero hoy, justamente hoy, tengo un mal día.

Mi hermano nos da su particular charla sobre que somos hermanas y no podemos ni debemos pelearnos. Gisela se queja y dice que ella no ha empezado esta vez y yo paso de hablar, solo asiento con la cabeza porque ya me he desahogado bastante y reconozco que un poco de culpa

sí que he tenido.

Subo a mi habitación, cojo la mochila y me voy a la universidad con Adri, que ya me está esperando en la puerta. Nada más salir me sorprende con sus palabras.

—Me alegro de que le hayas dado su merecido a Gisela. Es como un grano en el culo constante.

—Hoy no era el día para que me llamase arrastrada.

—Ni hoy ni nunca, no eres ninguna arrastrada —me corrige.

—Gracias por estar siempre a mi lado, Adri.

—Ya que estás dame las gracias también por ser tu hermana. —Ríe y yo le doy un abrazo porque estoy más sensible de lo normal y porque me apetece.

Sé que el día se me va a hacer muy cuesta arriba cada vez que piense en Manu y lo sé porque no dejo de pensar ni un segundo en él y en cómo se sentirá.

Capítulo 95

Manuel

No quiero ir a trabajar y sé que eso puede parecer de inmaduro, de irresponsable o de las dos cosas. Lo último que me apetece es ver a Edgar, que sí es mi amigo, lo sé, pero antes que mi amigo es el hermano de Alba y, después de hacer sufrir a su hermana, no creo que esté muy amigable y lo entiendo.

Mi hermana insiste en que es mi obligación ir a trabajar, entiende que esté triste, pero no puedo pasarme toda la vida escondido y yo le respondo que iré a trabajar más tarde. Es mentira, no voy, pero ella sí que tenía que ir a trabajar. Edgar tiene las llaves de la clínica veterinaria, puede abrir él solo perfectamente.

Pensar que Alba ya lo sabe todo... Sabe que soy impotente y lo que más le molestó fue que no se lo dijera antes. La subestimé demasiado, ella es más madura de lo que yo pensaba y puede que sí que aceptase mi impotencia un tiempo, solo un tiempo. Es imposible mantener una relación seria y duradera sin sexo, aunque ella no lo entienda y a mí me duela mucho. Tengo que aprender, de una vez por todas, a ser un hombre maduro. Aprender a pensar con la cabeza y alejarme de Alba, por mucho que mi corazón sufra.

***

Sobre las seis de la tarde, mi hermana vuelve de trabajar y me saca de la cama a escobazos. Cuando digo a escobazos es con escoba en mano, aunque parezca surrealista.

—¿No me habías dicho que ibas a trabajar? —Me apunta con la escoba cuando consigue llevarme al salón.

—Te mentí —me atrevo a decirle con miedo. Ya me ha dado un escobazo y tengo suficiente.

Suena el timbre y consigo librarme de la escoba mientras que abre.

—Lo de recibir a tu cuñado con una escoba en la mano, no creo que sea lo mejor —bromea Edgar.

—Estaba barriendo. —Mireya me señala a mí.

—Me estabas pegando porque el que yo sea el hermano mayor no impone autoridad —me quejo.

Edgar ríe, le da dos besos a Mireya y le agradece que me pegue con la escoba. Mireya le pide que me haga entrar en razón porque tengo que ir a trabajar y no seguir aquí deprimido, esto lo dice ella, no yo. Aquí estoy mejor que en la clínica con el temor de que Alba pueda ir en cualquier momento. Dentro de la inquietud, me siento más tranquilo aquí. Ellos parece que no lo entienden.

—¿Por qué no has ido a trabajar? —Edgar no se anda con rodeos, va directo.

—Creo que ya lo sabes. —Agacho la cabeza con vergüenza. Sabe mi secreto y a mí me inunda la vergüenza, aunque sé que no es algo de lo que avergonzarse, que yo lo sé, pero no lo puedo evitar. Me provoca pánico que ya no sea mi secreto.

Mi hermana se percata de mis nervios y me pide con un simple gesto de manos que me tranquilice. ¡Como si fuera fácil!

—Solo sé que mi hermana está irreconocible, llegó llorando y no nos quiere decir qué le pasa.

Respiro aliviado con sus palabras porque eso quiere decir que Alba no le ha contado nada de mi impotencia. Me siento una basura desconfiando de Alba, ella me ha demostrado muchas veces que es mucho mejor que yo, por eso se merece ser feliz con alguien que de verdad sea un hombre. Sin darme cuenta, noto una lágrima deslizarse por mi rostro, me la limpio intentado aparentar que no pasa nada.

—Si no me lo quieres contar, lo entiendo. Solo he venido a ofrecerte mi renuncia.

—¿Qué? ¿Por qué? —No entiendo a qué viene esto.

—Es obvio que si no has ido a trabajar es por mí. Somos amigos, sí, pero soy, al fin y al cabo, el hermano de Alba.

—No me puedo creer lo que estás diciendo.

—No te quiero hacer sentir incómodo. Además, la clínica es tuya —vuelve a insistir con el tema de la renuncia.

—¿No fuiste tú el que dijo que íbamos a seguir siendo amigos? —le pregunto porque al parecer ya no se acuerda.

—Sí... Y lo sigo diciendo, pero eres tú el que está raro y es mi hermana la que está sufriendo. Es mi pequeña. —Está lleno de dolor por el sufrimiento de su hermana y yo soy el causante de todo esto.

—No quería que esto afectase a nuestra amistad, pero lo está haciendo.

—Creo que es mejor que os deje solos —nos interrumpe mi hermana que ha estado todo el tiempo callada.

—Eres parte de la familia, no hace falta que te vayas —le pide Edgar y mi hermana asiente en silencio.

—Si quieres hacer algo por mí, Edgar, no renuncies. Te lo pido como un gran favor. —Si hace falta, soy capaz de suplicarle porque bastante tengo ya con alejarme de Alba como para también perder a mi mejor amigo.

—¿Estás seguro? No quiero seguir trabajando contigo porque creas que tienes un compromiso o algo por el estilo.

—Necesito que nuestra amistad se quede ajena a lo que pasé con tu hermana. Eras mi amigo mucho antes de conocerla a ella. Además, no voy a verla más, no quiero hacerla sufrir. Bastante daño le he hecho ya. —Se me llenan los ojos de lágrimas e intento retenerlas. Demasiada tensión acumulada.

—Tengo muy claro que hay algo que escondéis y voy a intentar mantenerme al margen, aunque me cueste.

—¿Eso quiere decir que no renuncias? —pregunto esperando un «sí» como respuesta.

—Me quedo, amigo. —Me ofrece la mano para sellar el trato y yo le doy un fuerte abrazo. No podría soportar que él también se alejase.

Me despido de él asegurándole que mañana iré a trabajar, sabiendo que me va a costar mucho.

Capítulo 96

Manuel

—En esto no te puedo apoyar —dice mi hermana, visiblemente enfadada.

Ha pasado una semana y no, no he visto a Alba tal y como me lo propuse. ¿Doler? Duele y mucho. Me voy ya y solo mi hermana lo sabe. Me voy porque necesito unos días solo y lejos para pensar en todo lo que ha pasado. No sé si volveré o no. Me llevo toda mi ropa en tan solo tres maletas junto con mi guitarra acústica para los momentos de soledad y melancolía. El teclado y la guitarra eléctrica ya me los llevaré cuando sepa que voy a hacer con mi vida. Ahora mismo se puede decir que estoy huyendo, claro que sí porque, de una forma u otra, eso es lo que estoy haciendo. No lo niego, huyo de Alba porque tenerla cerca es mi particular tortura. Y tengo claro que Mireya trata de entender todo lo que sufro, pero eso es algo que solo se conoce a la perfección cuando eres tú la persona del problema. Se pueden poner en tus zapatos muchas veces, pero es imposible sentir los mismos nervios o esa ansia que siento yo.

—Cuida mucho a tu novia y si puedes a Alba también. —Intento esbozar una sonrisa que se queda en un gesto torcido de boca.

—Parece que te estás despidiendo para siempre. —Retiene las lágrimas.

—No sé si es para siempre o no.

—No te vayas, te lo vuelvo a pedir. —Ahora sí derrama unas lágrimas que a mí me duelen porque no quiero hacer sufrir a nadie y estoy consiguiendo todo lo contrario—. Por favor.

—Te quiero. Ya te llamaré. —Le doy un último abrazo y me despido de ella sin tener ni idea de cuando la volveré a ver.

Me subo al coche, arranco y me pongo en marcha. No tengo rumbo ni tampoco quiero tenerlo.

Capítulo 97

Alba

He estado, durante toda esta semana, miles de veces a punto de llamar a Manu. No le he hecho, pero me ha costado lágrimas llenas de frustración y tristeza. Joder, es que no es fácil saber, por fin, el motivo por el que Manu no puede estar conmigo y no poder hacer nada para solucionarlo. Tengo el corazón muy herido por su desconfianza, por creerme una inmadura incapaz de comprender lo que le pasa. Sé que puedo estar muy loca, mucho y todo lo que quieras, pero, por encima de todo, estoy enamorada de él.

La tensión entre Gisela y yo es constante y si no le he vuelto a arrancar el pelo ha sido porque pasa menos tiempo en casa del que acostumbraba y eso que ya era poco, pues ahora es mucho menos. Edgar está preocupado por ella, no sabe en qué se puede estar metiendo y, aunque entiendo su preocupación, yo prefiero ver a Gisela lo menos posible.

Yo desearía que lo de Manu no me doliese tanto, pero me es imposible. Además, me ha dado por escuchar *Ni la hora* de Ana Guerra en bucle para sentirme un poco más feliz sola y no está dando resultados. Yo diría que hace efecto rebote, es escucharla y acordarme más del buenorro. ¿Dramática? Mucho. ¿Masoquista? Quizá sí, pero a mí me gusta la canción y regocijarme en mi pena. Claro que también he descubierto *Ya no quiero ná* de Lola Indigo y lo mismo estoy bailando, que estoy compadeciéndome de no poder estar con él. Lo único que queda claro aquí son dos cosas: me encantan los cantantes de Operación Triunfo y tengo a Manu presente las veinticuatro horas del día. Sufrir pensando en él es lo que mejor sé hacer.

Capítulo 98

Manuel

Está anocheciendo. Sigo sin rumbo, llevo conduciendo alrededor de cinco horas, he parado para descansar en unas cuantas gasolineras. Debería saber dónde voy, pero solo me dejo llevar. Quizá llegue a alguna playa o acampe debajo de cualquier árbol. La verdad es que me da igual todo.

Soy el tipo de persona que cuando una canción le gusta, la repite hasta la saciedad. Suena a tope *A partir de hoy* de David Bisbal y Sebastián Yatra, curiosamente, no hay canción más acertada en este momento.

Todo me recuerda a ella. Si hasta miro el asiento del copiloto y la veo a ella. Me va a hacer tanta falta, pero tanta que solo ahora, estando lejos, me doy cuenta de que no voy a poder vivir sin tenerla cerca. Estaba acostumbrado a verla casi a diario, echo de menos su sonrisa y sus locuras.

Paro en la siguiente área de descanso que encuentro, noto unas lágrimas recorrer mi rostro y me agobio. Me agobio porque necesito hablar con mi hermana, me acabo de ir y necesito volver ya, aunque suene a locura. La llamo con rapidez porque cuando tengo un problema ella es la mejor consejera.

—Mire, tengo que volver —le digo nada más descuelga.

—¿Por qué? ¿Te ha pasado algo? No me asustes —me pregunta muy preocupada.

—No, es solo que me he dado cuenta de que prefiero ver a Alba y saber que está cerca, aunque nunca seamos nada.

—Entonces, ¿a qué esperas para volver?

—A aclararme.

—Cuando te pegue una colleja, verás que rápido te aclaras—me dice en broma, pero sé que, si me tiene que dar la colleja me la da, no se corta ni un pelo.

—Es que estoy empezando a volverme loco...

—... de amor por ella —completa mi hermana y tiene toda la razón—. Por una vez, hazle caso a tu corazón —cuelga sin

255

darme tiempo a decir nada más. Estoy seguro de que lo ha hecho para que haga lo que ha dicho y no lo siga pensando más.

Arranco de nuevo el coche, enciendo la radio y cierro los ojos. Pienso en todo lo que puedo seguir sufriendo si vuelvo, aunque, pensándolo bien, también voy a sufrir si no vuelvo. Y tomo la decisión que me dicta el corazón cuando en la radio suena *Quédate* de Tutto Durán. Sé que tengo que volver, aunque me acabe de ir. Sé que luchar por ella es lo que mi corazón quiere y no lo voy a seguir negando. Además, lo que necesito está en el maletero y mi rumbo esta vez sí tiene destino. Mi rumbo y mi destino es Alba desde el momento en que la conocí y mi corazón esta noche lo sabe y lo reconoce.

Capítulo 99

Manuel

Sé la hora que es, lo sé. Son las dos de la madrugada y me he hecho otras casi cinco horas de vuelta para estar, de nuevo, en Dogue. Hago cosas estúpidas a veces, sí. Lo sé y lo reconozco.

Sé también que no es el momento de cantar y que lo mismo me echan de aquí con agua o, peor, los vecinos pueden llamar a la policía, pero es que si lo pienso más, me voy a arrepentir y no voy a hacer lo que tengo en mente. Por eso, antes de que me arrepienta, bajo del coche, abro el maletero y cojo mi guitarra.

Me encuentro con el primer obstáculo, no lo había pensado. La casa de los Mínguez está vallada y no va a ser fácil saltarla y menos con la guitarra también. Eso sí, no hay nada imposible y para alguien enamorado menos. Trepo como puedo con la guitarra colgada en en la espalda, que está dentro de la funda. Resbalo unas cuantas veces y pienso que en vez de una sorpresa romántica va a terminar siendo un intento patético. No sé ni cómo consigo trepar y adentrarme, por fin, y tras varios intentos, en el jardín de los Mínguez.

Me sitúo justo debajo de la ventana de Alba, sé que es su ventana por aquella noche en la que nos reencontramos aquí y la vi asomarse cuando peleamos tras bailar. Recuerdo cada instante con ella porque es algo tan importante, que se ha convertido en imborrable.

Hace un año que no toco nada, justo desde que me fui al pueblo a vivir. Allí no me apetecía nada, solo trabajaba y trabajaba. Mi vida era monótona hasta el día que conocí a Alba en la taberna. Ese día cambió todo, más bien, ella lo cambió todo. Puede que se me haya olvidado hasta cómo coger la guitarra y que haga el ridículo, más de lo acostumbro.

Desenfundo la guitarra que, por suerte, recuerdo cómo se cogía y comienzo a tocar los primeros acordes. No suena tan mal como yo pensaba. De hecho, suena bastante decente.

—¡Alba, esta canción te la dedico a ti! ¡Me quedo! —grito antes de comenzar a cantar.

No canto bien, lo sé de sobra, pero dicen que la intención es lo que cuenta… Elijo cantar *Quédate*, al escucharla es cuando me he dado cuenta de que tenía que volver y eso es lo que le pido con esta canción. Quiero que se quede, que se quede conmigo. A mi lado. Quiero quedarme con ella, he vuelto por y para ella. Canto mal, sí, vale, lo sé, pero cuando estás enamorado esa persona lo hace todo bien, al menos, para ti. La intención siempre es lo que cuenta. Veo la luz de su habitación, la ha encendido y eso quiere decir que sabe que estoy aquí, cantándole. Veo a su hermana asomándose y el gesto que hace para llamarla. Entonces, la veo, es Alba y me mira con la ventana abierta porque ya casi es verano y hace calor. Sonrío y sigo cantando.

Ella se muestra impasible como si no le provocase ni una pizca de emoción que esté aquí, a los pies de su ventana, cantándole con el corazón.

Termino la canción y ella sigue ahí, no se mueve. Me mira fijamente y yo necesito que me diga algo o que me eche, pero necesito ver una reacción de su parte.

Me quedo quieto, no sé qué hacer ahora. No sé si lo mejor es irme, quedarme o decirle algo. No sé nada y ella tampoco dice nada, solo me mira. Me mira y desaparece. Apaga la luz de su habitación, ya no la veo. Le da igual la serenata y, lo peor, es que me lo tengo merecido. No tengo ningún derecho de pedirle nada más, pensará que la quiero volver loca o que es una broma. No, seguro que piensa que soy un idiota y que no quiere estar con un idiota como yo y es lo normal. Sé que estoy a punto de llorar porque noto la acumulación de lágrimas en mis ojos y sí, me lo merezco. Merezco que ella ya se haya cansado de mí.

Capítulo 100

Alba

Lo amo, y aunque otra chica en mi caso se haría la dura, yo no puedo, ya me he derretido con la canción, con su voz, con su forma de tocar la guitarra, con él. Me derrito con el hecho de que sea capaz de cantar para mí y venir aquí. Si espero a que termine de cantar es porque quiero guardar este momento para siempre en mi cabeza, pero, sobre todo, en mi corazón. Necesito que este recuerdo y este momento dure toda la vida. Lo miro desde la ventana y, sin pensarlo más, salgo corriendo escaleras abajo, abro la puerta del jardín y lo veo recogiendo, cabizbajo.

—Mi buenorro, mi amor. —Salto encima de él y no lo espera porque casi nos caemos. Enredo mis piernas en su cintura y me quedo como si fuera un koala en un árbol.

Está sorprendido y solo se atreve a mirarme con una sonrisa enorme y unas lágrimas recorriendo sus mejillas. No sé si es que no se atreve a besarme o es que está sorprendido, porque solo me mira y llora. Decido ser yo la que acerco mis labios a los suyos, siento el sabor de sus lágrimas y, ahora, también de las mías. Lo beso, es un beso suave, pero lleno de amor. Es un beso de los que sabes que son el principio de algo maravilloso porque ahora es nuestro momento.

—¡Bravo! —Escuchamos unos aplausos que provienen del interior de mi casa, miramos y descubrimos que son Ed, Olivia y Adri. Los tres están mirándonos desde la puerta del jardín.

—¿Es de verdad? —pregunta sin dejar de sonreír y separa su boca de la mía lo justo para poder hablar.

—¿El qué?

—Todo esto. Tenerte aquí, que me hayas perdonado, que nos estemos besando…

—Somos reales. —Le doy un piquito—. Somos amor del bonito.

—¿Y lo demás? —pregunta con miedo. Sé que se refiere a lo de su impotencia, pero es que a mí eso me da igual, yo lo que quiero es estar con él.

—Lo demás es secundario. Siempre vamos a estar nosotros primero, siempre.

—Pero…

—Ya lo hablaremos —le vuelvo a dar otro beso que me corresponde encantado.

—No os entiendo, pero quiero recordaros que estamos en una casa familiar y que está su hermano, es decir, yo, delante. —Mi hermano carraspea y nos hace reír con su comentario.

Seguimos ajenos al mundo, parece que en este jardín solo estamos los dos. Les hago un gesto con la mano pidiendo que nos dejen solos un ratito, mi hermano se muestra un poco reticente alegando que no son horas y que ya ha dado Manu bastante el espectáculo con sus berridos, pero Olivia le da un empujón y consigue que se vaya.

—Yo solo digo que no es forma de estar. ¿La has visto? Parece un koala trepado en un árbol. —Se escucha a Edgar mientras se queja.

—Así hemos estado nosotros muchas veces —le recuerda Olivia.

—Me vuelvo a dormir, no quiero seguir escuchando esto —dice Adri.

—Seguro que tu novia también te coge así —dice entre risas Olivia a Adri.

Y es que claro se dejan abierta la puerta que comunica la casa con el jardín y se escucha todo. Nos miramos y, sin poder evitarlo, nos reímos a carcajadas por la situación y porque estamos juntos.

—Necesito un abrazo fuerte que me haga saber que estás aquí —le pido.

—Te voy a abrazar toda la vida. —Me abraza fuerte y entierro mi cara en el hueco que hay entre su cuello y su hombro derecho.

—¿Toda la vida?

—Sí.

—¿Y a besar?

—Sí.

—¿Y a amar?

—Lo que más. —Me besa el pelo.

—¿A cantar también?

—No, no, no —repite rápidamente.

—¿Por qué? —lo miro ahora a los ojos y sonrío.

—Porque canto fatal. Una cosa es hacer el ridículo una vez y otra cosa es reincidir en un delito sonoro.

—A mí me has llegado al corazón. —Le doy otro beso y bajo al suelo, lo tengo que tener agotado.

Me aparta el pelo con suma delicadeza, sonríe y apoya su frente en la mía. Sé que quiere hablar de lo que ya sé de sobra, pero lo evito dándole otro beso. Bastantes besos nos hemos perdido ya todo este tiempo.

—Va a ser mejor que me vaya ya.

—Si mi hermano no fuera tan carcamal, podrías quedarte a dormir conmigo.

—Seguro que a la mañana siguiente estaba muerto. —Ríe. Esta noche no deja de reír y me hace tanto bien verlo feliz y más porque es conmigo.

—La verdad es que sí, no lo había pensado. —Le doy otro piquito—. A todo esto, ¿por qué has dicho que te quedas? ¿Te ibas?

—Es complicado. —Suspira—. Ya me había ido, he dado la vuelta porque me he dado cuenta de que este amor es más fuerte que todo lo demás.

—¿Te ibas por mí y has vuelto por mí?

—Sí, porque sé que si me quedaba íbamos a seguir viéndonos y saber que estás cerca, pero lejos, duele.

—Pues quédate conmigo para siempre. Quédate. —Agarro su mano y sigo sonriendo.

—Me quedo, Alba. —Se despide de mí con un beso inesperado en el hombro—. Mañana nos vemos —susurra.

Lo acompaño hasta la puerta de la valla y la abro porque es capaz de volver a saltar y escalabrarse. Supongo que no es nada fácil saltar una valla cargado con una guitarra y él lo ha hecho por mí. Se sube en el coche, arranca y se despide lanzándome un beso.

Cuando entro en casa, Edgar está esperándome en el salón y tiene a Olivia apoyada en su hombro, que duerme plácidamente, es normal porque dicen que a las embarazadas les da mucho sueño. Se levanta con cuidado, coge a Olivia en brazos, para no despertarla, me mira y susurra.

—Estáis demasiado locos. Buenas noches.

Se refiere a Manu y a mí, está claro, y la verdad es que tiene un poco de razón. Sí, estamos locos de amor y mucho. Lo que él no sabe es que todas nuestras idas y venidas son por el problema de Manu, por el problema que le voy a ayudar a superar.

Una noche muy feliz, ese es el resumen de esta noche. Una noche demasiado feliz para ser verdad, pero parece que sí lo es.

Entro en mi habitación, Adri está despierta, me espera para hablar y, por suerte, Gisela esta noche tampoco duerme en casa. Me tumbo en su cama y suelto una risa por toda la felicidad contenida.

—Tengo ganas de gritar que soy muy feliz.

—Por fin. Por fin estás con él —me abraza y comparte toda la felicidad que siento en este momento.

—Supongo… —digo no muy convencida.

—¿Supones?

—Oficialmente no somos nada.

—Te ha traído serenata. Mejor dicho, te ha cantado. Yo creo que con eso te lo ha dicho todo.

Tiene razón. Además, solo hemos estado juntos unos minutos y no hemos podido casi ni hablar. Ya tendremos tiempo de aclararlo todo. Toda la vida tenemos. De hecho, no lo he dejado ni hablar, solo quería besarlo.

Capítulo 101

Manuel

Mi hermana me espera en el piso con una sonrisa de oreja a oreja y, por su cara, sé que Adriana ya se lo ha contado todo.

—Estoy muy orgullosa de ti. —Me abraza con efusividad y, acto seguido, me pega una colleja.

—¿Por qué me pegas? —me quejo.

—Por hacerme sufrir a lo tonto. Menos mal que has terminado haciéndome caso.

—Adriana, ¿verdad?

—Somos una pareja muy comunicativa. —Me enseña su móvil y reproduce un video en el que salgo yo cantando—. Me lo ha enviado mi novia.

—No me lo puedo creer. Ya podéis borrar eso. —Rio porque escucharme cantar tan mal causa hasta risa.

—Ni lo sueñes. —Me arrebata el móvil de las manos, evitando que pueda borrar el video.

Saca la lengua y sale corriendo, se encierra en su habitación, yo insisto en que lo borre, pero hace caso omiso porque a mi hermana no hay quien le gane a cabezota.

Me doy una ducha y me acuesto, por fin, a descansar. Ha sido un día duro al principio y precioso al final. Un día que voy a recordar siempre. Ni yo mismo creo lo que he sido capaz de hacer, jamás me imaginé que pudiera cantar en público y menos que fuera por amor. Cosas de la vida, supongo. Voy a dejarme llevar más por el corazón o lo voy a intentar, por eso, cojo el móvil y le mando un simple mensaje a Alba.

Chat

Yo: «Alba, quiero desearte buenas noches. Solo eso, pero me apetecía que lo supieras»

Alba: «Buenas noches a las cinco de la madrugada, jajaja»

Yo: «¿Estabas durmiendo ya?»

Alba: «No, no puedo dormir»

Yo: «Ni yo»

Alba: «No todos los días me traen serenata»

Yo: «Solo quería que fuera algo especial y, con lo mal que canto, lo ha sido»

Alba: «Me da igual si cantas bien o mal, lo importante es el detalle»

Yo: «¿Mañana tienes clases?»

Alba: «Sí, ¿por?»

Yo: «Porque no quiero seguir interrumpiendo tus horas de sueño»

Alba: «Pues yo lo que querría es que estuvieras aquí, a mi lado, abrazándome. Buenas noches, buenorro»

Yo: «Me encanta y eso que antes odiaba que me llamases así. Buenas noches, Alba»

Me quedo con una sonrisa en la cara, aunque sé que nuestra relación no va a ser un camino de rosas, pero ya habrá tiempo para hablar. Nuestra relación acaba de empezar y nos queda mucho que hablar.

***

El desayuno se resume en Mireya reproduciendo el video de mi serenata una y otra vez. Me intento enfadar para que deje de recordarme el ridículo que hice cantando, pero es tal la felicidad que me invade, que solo sonrío y me termino riendo de mí mismo. Anoche hice el ridículo, sí, porque canto de pena, pero conseguí que Alba me perdonase.

Salgo del piso y, antes de subirme al coche, cojo el móvil para mandarle un mensaje a Alba. Nunca he sido yo muy de mensajes, pero me apetece tanto desearle buenos días... Y si la llamo, quizá la moleste, por eso, creo que la mejor opción es un mensaje.

Chat

Yo: «Buenos días. Estudia mucho y sonríe más»

Alba: «Buenos días, buenorro de mi vida. Ya voy de camino a clase. ¿Nos vemos hoy?»

Yo: «Quizá…»

Alba: «No te quiero agobiar, solo era una pregunta, de verdad»

Yo: «No me agobias, yo también quiero verte. Yo te busco»

Alba: «¿Seguro que no te agobio?»

Yo: «Segurísimo. Nunca pienses eso y no me intentes chafar las sorpresas»

Ya no vuelve a escribir, seguro que su cabeza ahora estará pensando miles de cosas sobre la sorpresa. Es eso, quiero sorprenderla, pero hace tantas preguntas que, si insiste, se va a acabar enterando y ya va a dejar de ser sorpresa.

Me subo al coche, arranco y en quince minutos estoy en la clínica veterinaria. Está abierta, lo que quiere decir que Edgar ha llegado ya, entro con un poco de nervios y lo veo atendiendo a un perro que supongo acaban de traer.

—Buenos días, Edgar. ¿Qué le pasa? —saludo y acaricio al perro.

—Buenos días, cuñadito —dice con guasa—. Todavía no lo sé, a simple vista y por los síntomas que me ha contado la dueña, parece que se ha tragado algún objeto.

—¿Le vas a hacer la radiografía?

—Sí, yo se la hago —me responde escueto.

Algo le pasa, es más que obvio y me gustaría preguntárselo, pero creo que es mejor que me lo diga él cuando quiera. Quizá está enfadado por todo lo de anoche y hasta lo entiendo.

Pasamos toda la mañana trabajando sin hablar más que lo necesario. Hay mucho trabajo, hoy la clínica está a tope. Estoy muy contento porque cada vez tenemos más trabajo y eso es muy bueno. He estado pensado en poner un servicio de urgencias, aunque supondría una inversión de dinero que, en este momento, no tengo. Es más bien un proyecto a largo plazo, pues ahora estamos bien así, atendiendo en horario laboral por la mañana y por la tarde.

Siendo sincero, cuando puse la clínica no confiaba nada, pensaba que la tendría que cerrar en poco tiempo, pero ahora no me puedo quejar, trabajo en mi propia clínica con mi mejor amigo. Ni en mis mejores sueños, hubiera pensado algo así.

Me encantan los animales, pero mi hermana no llevaba bien lo de tener mascotas en el piso y, como vivo con ella, tengo que acatar sus normas.

A la hora de comer, Edgar me informa que ya ha terminado y que mañana operará al perro para extraerle el objeto que tiene dentro. Yo estoy terminando de curar la patita de un gato que fue atropellado hace una semana y, por suerte, consiguió sobrevivir.

—Manuel, quiero hablar contigo.

—Claro, dame un segundo —cojo al gatito, lo dejo en su jaula y me quito los guantes—. Te escucho.

—¿Vamos a comer? —propone.

—Tenía otros planes.

—¿Con mi hermana?

—Sí —respondo con brevedad.

—No me ha dicho nada.

—Es que no lo sabe —trato de explicarle.

—No te entiendo.

—Quiero darle una sorpresa. Voy a ir a la universidad a buscarla y la invito a comer —titubeo un poco, ahora mismo no sé descifrar si la expresión de su cara es para bien o para mal.

—Mi hermana hoy tiene clase por la tarde.

—Vaya… —digo un poco desilusionado.

—Vamos, comemos y hablamos —pasa su brazo por mi hombro como antaño cuando salíamos de fiesta juntos.

No me puedo negar a su invitación a comer, los planes con su hermana se me han arruinado porque claro tendría que haberle preguntado si tenía clase por la tarde, no dar por hecho que solo tenía por la mañana. Además, Edgar y yo tenemos una conversación pendiente. Tengo que aclararle un poco toda la situación con su hermana, porque sé que todo lo de anoche debe de parecerle una broma.

Vamos al bar más cercano a la clínica, se come muy bien y es tranquilo, por lo que vamos a poder hablar largo y tendido. El silencio se hace un poco incómodo hasta que el camarero viene a tomarnos nota.

—Supongo que quieres hablar sobre tu hermana —inicio yo la conversación porque él no parece estar por la labor.

—Supones bien.

—Como ya te dije, estoy enamorado de tu hermana y vamos a intentarlo.

—Eso me quedó claro. —Suspira—. Me cuesta ponerme serio contigo, me cuesta mucho, pero entiende que es mi hermana y sufre. Sufre por ti y eso no me gusta una mierda. Un día me dices que estás enamorado de ella, pero luego mi hermana vuelve llorando y está triste todos los días. Sin embargo, anoche le cantas y todo se arregla. ¿Cómo sé yo que mañana no te va a dar otro arrebato y la vuelves a hacer sufrir?

—Comprendo tu miedo, pero es complicado todo lo que tenemos tu hermana y yo. Solo te puedo decir que mi intención nunca ha sido hacerla sufrir.

—Pero la realidad es que sufre.

—Lo siento. —Bajo la cabeza y no sé qué más decir.

—Te voy a dar otra oportunidad más, solo una más —me advierte y lo dice muy serio, tanto que me da un poco de miedo, porque sé que por su hermana haría cualquier cosa y ya me lo demostró cuando intentó renunciar a su trabajo.

—Lo que más quiero es que sea feliz, créeme. —Si le contase cual es de verdad el problema, quizá, entendería por qué todas estas idas y venidas. Contarlo supondría, para mí, seguir desvelado una parte de mi vida muy dolorosa. Es mi mejor amigo, sí, pero no quiero que sienta pena por mí o algo parecido. Tengo miedo de que piense que no soy lo que su hermana merece.

—No pongas esa cara, tampoco te quiero asustar. Es solo una advertencia.

Me levanto para ir al baño, me refresco la cara con un poco de agua, suspiro y vuelvo a sentarme con Edgar para comer. Estoy incómodo y muy serio, creo que Edgar lo nota porque no vuelve a decir nada más hasta que pedimos el postre.

—Ahora me siento mal, creo que te he asustado y esa no era mi intención. Seguimos siendo amigos y quiero que seas feliz con mi hermana, os quiero mucho a los dos. —Se levanta solo para darme un abrazo—. Solo quiero que seáis felices.

Intento sonreír, pero tengo la tensión a flor de piel. Lo único que me sale es una sonrisa forzada. Estoy tan nervioso que se me cae todo el postre de chocolate en la camiseta blanca y cuando limpio la mancha, lo único que hago es esparcirla más. Es mi amigo, pero antes que eso es el hermano de Alba y yo no puedo prometer ni asegurar que la haré feliz, aunque lo intentaré con todas mis fuerzas. ¿Qué pasará si no logro superar mi problema? Ella volverá a sufrir y la perderé, perderé su amor y la amistad de Edgar. Entonces, me sentiré un ser miserable por haberlo perdido todo.

Tras esto, volvemos a la clínica y terminamos de hacer las curas que nos faltan a los animales. Todavía falta media hora para cerrar, pero yo a las siete y media de la tarde estoy más nervioso que nunca. Lo que voy a tener hoy con Alba es algo así como nuestra primera cita oficial y esas cosas siempre ponen nervioso, eso es así desde que el mundo es mundo. Es cierto que hemos salido otras veces, pero no éramos nada. A decir verdad, ahora tampoco somos nada, por eso, esta noche le voy a pedir que sea mi novia, aunque quizá esté algo anticuado, a mí me hace ilusión pedírselo.

—¿Has visto la hora? —pregunta Edgar, interrumpiendo mis pensamientos.

—Las siete y media.

—Vete ya, yo cierro.

—Pero...

—Ibas a sorprender a mi hermana, pues hazlo. Ah y le encanta la pizza de cuatro quesos —ordena, me guiña un ojo y hasta me pone la chaqueta—. Te he dicho que no estaba enfadado, solo quiero que te vayas ya.

Respiro aliviado, le doy un abrazo y es que me acaba de quitar un gran peso de encima. No, no está enfadado o no tanto como yo pensaba y eso me alivia de sobremanera. Le doy las gracias por ofrecerse a cerrar y salgo corriendo de la clínica. Eso sí, al volante voy con precaución, nada de correr. Tengo tiempo de sobra para llegar justo cuando Alba salga de clase.

Capítulo 102

Alba

Salimos todos juntos de clase, andamos por el campus mientras discutimos el lugar al que vamos a ir a tomarnos las cervezas. Unos quieren ir primero de tapeo y luego de fiesta, yo ya les he dicho que a las tapas voy, pero lo de la fiesta no me apetece. Prefiero llegar a casa y chatear un rato con Manu. En otra ocasión, hubiera elegido la fiesta sin dudarlo, pero, quizá, ahora esté madurando.

Mis planes son esos hasta que veo, a lo lejos, un coche que me resulta conocido. Me empiezo a hacer ilusiones y no debería, pero sí, cuando estamos a escasos metros veo que es él. Es mi Manu, que está apoyado en su coche, y, cuando me ve, esboza una sonrisa enorme. Me contengo para no abalanzarme como una loca sobre él y les pido perdón a mis compañeros por cambiar de planes, pero les explico que prefiero estar con ese chico guapo que me espera en el coche, ríen y me desean que lo pase bien.

Los veo marcharse y corro hacia mi buenorro para abrazarlo con todas las ganas. Hace tan solo unas horas que no nos vemos, pero ha pasado el tiempo suficiente para que lo eche mucho de menos.

—¿Qué haces aquí? —le pregunto muy sorprendida.

—Quería darte una sorpresa —sonríe—. También un beso —se acerca con tanta delicadeza y me da un beso bastante casto, pero que me encanta.

—Me encanta cuando sonríes —digo y le acaricio la comisura de los labios, rodeados de barba, que a diferencia de lo que se pueda pensar, es bastante suave. Ahora que lo pienso es la primera vez que lo acaricio así y que me deja acariciarlo más de cinco segundos.

—Es hora de irnos. —Abre la puerta del copiloto como todo un caballero y vuelve a sonreír.

—¿Dónde?

—Es una sorpresa, ¿recuerdas?

Le guiño un ojo, le doy un beso y subo al coche sin rechistar. Sea donde sea que me lleve, estoy segura de que me va a encantar, solo con ver su cara de ilusión, lo sé.

Me deja poner la música que yo quiero en el coche, quería vendarme los ojos, pero me he negado en rotundo porque soy de las que se marean si no ven la carretera, cosas raras mías. El trayecto no es muy largo, lo suficiente como para poner tres canciones de las que lleva en el reproductor y cantar a pleno pulmón. Él no canta porque insiste en que anoche ya hizo bastante el ridículo y yo le vuelvo a recordar que es lo más bonito que han hecho por mí en la vida.

Tras, aproximadamente, quince minutos, llegamos a nuestro destino: el mirador de, lo que yo considero, nuestras primeras citas. Bajo del coche al instante y sonrío al ver la inmensidad de la ciudad a nuestros pies.

—¡Me encanta! —grito, llena de felicidad.

—¿De verdad? —pregunta, con algo de inseguridad—. Ya sé que no es nada especial porque hemos estado otras veces aquí, pero me parece un sitio ideal para estar solos.

—Te he dicho que me encanta —repito y rodeo, con mis brazos, su cuello—. Todo lo que haces es especial.

—¿Aunque cante fatal? —bromea.

—Aunque cantes un poquito mal.

Sonríe, va al coche y saca una caja de pizza enorme. Al abrirla, me doy cuenta de que es mi pizza favorita, la pizza de cuatro quesos, que resulta que también es su favorita. Parece que tenemos muchas más cosas en común de lo que pensábamos al principio. De beber trae unos refrescos porque el vino me gusta demasiado y no quiere que mañana vaya a clase con una resaca insufrible.

Me subo al capó y, aunque me mira un poco mal, sube él también. Ponemos la caja de pizza en medio y cogemos el primer trozo.

—Está buenísima, casi tanto como tú. —Lo miro de reojo y es que me encanta ver su reacción cuando suelto algún comentario de este tipo.

—No estoy muy acostumbrado a los piropos. ¿Se dice gracias?

—No, puedes decir que yo también estoy buena y equilibramos la balanza.

—Ya lo sabes, no necesitas que yo te lo diga. —Da un mordisco a su segundo trozo de pizza.

—Me encantaría que me lo dijeras. —Sonrío, intentando convencerlo.

—Te voy a decir algo mejor. —Da un salto y baja del capó. Me mira fijamente y sonríe. Nunca lo había visto sonreír tanto, antes su sonrisa era como a medias—. Sé que te va a parecer antiguo o lo que sea, pero me gustaría que fueras mi novia. Decirlo formalmente me parece más bonito.

Por el tono de su voz sé que está muy nervioso. No sé si se puede ser más adorable o romántico en este mundo, pero yo diría que no. Mi Manu es todo lo que puedo y quiero pedir.

—Date la vuelta —le pido.

—¿Para qué?

—Hazme caso, date la vuelta.

Lo convenzo, se gira y queda de frente contemplando las vistas de la ciudad. Dejo el trozo de pizza, que tengo en la mano, en la caja y salto sobre su espalda.

—Siempre he querido ser tu novia. Siempre —le susurro al oído mientras me sostiene con fuerza para que no me caiga.

Camina, conmigo subida en su espalda, se acerca un poco más al filo del mirador y no dice nada, pero sé, porque lo sé, que está sonriendo. Yo lo estrecho un poco más fuerte y sonrío también. Esta noche es memorable y sé que la recordaré siempre como una de las noches más felices de mi vida. No hay otra cosa que me haga más feliz que estar aquí, junto a él, sintiendo que me quiere y que ahora, por fin, lo sé. No ha sido fácil que me confesase todo lo que guardaba en su corazón, ahora eso da igual. Sacudo la cabeza e intento no volver a pensar en los problemas, esta noche es para disfrutar. Solo para disfrutar.

—Perdóname —dice de repente—. De verdad, perdóname.

Bajo de su espalda y me pongo delante para poder mirarlo a los ojos.

—¿Por qué?

—Por hacerte sufrir, por no haber confiado en ti, por tantas vueltas… —le cuesta hablar y contiene las lágrimas.

—No me tienes que pedir perdón —acaricio su cara—. Te entiendo, entiendo todos tus miedos y te quiero a ti, entero.

—Eres tan buena… —cierra los ojos y acaricia mi mano que, a la vez, se pasea por su cara.

—Y loca —añado.

—Me gustas tal cual eres.

—¿Con locuras y todo?

—Sí, con todo —ríe, puedo asegurar que su risa es lo más bonito que he escuchado desde hace mucho tiempo.

Lo beso, vuelvo a sentarme en el capó mientras sigo comiendo pizza, que está riquísima. Él no se mueve, se queda estático mirándome y lo insto a que se acerque.

—¿Cómo sabías que está es mi pizza favorita?

—Lo he adivinado. ¿No te he dicho que soy vidente? —coge otro trozo de pizza.

—Claro, claro.

—¿Eso es que no me crees?

—No sé, ¿me lo demuestras?

—Un momento. —Se toca ambos lados de la sien y hace como si se estuviera concentrando—. Mis poderes me dicen que me vas a besar en unos segundos.

—¿Y si te digo que te has equivocado?

—Entonces, te beso yo. —Se acerca más hasta besarme lento. Profundiza un poco el beso y me da la sensación de que tiene miedo.

Me encantaría transmitirle seguridad, pero me resulta casi imposible porque no sé cómo. Tampoco quiero arruinar este momento poniéndome a hablar de su impotencia, tengo claro que a él le cuesta mucho hablar del tema.

—¿No me piensas decir cómo sabes lo de la pizza? —la verdad es que me ha creado cierta curiosidad.

—Tu hermano.

—¿Mi hermano sabe que estamos aquí? —La sorpresa se dibuja en mi cara.

—Sí. Yo pensaba buscarte para comer, pero me ha dicho que tenías clase por la tarde y que tu pizza favorita es la de cuatro quesos.

—Me resulta raro que mi hermano te aconseje.

—Aconsejarme, bueno… —lo dice con un tono irónico que me hace sospechar que algo oculta.

—¿Bueno?

—Nada —trata de evadirme cogiendo otro trozo de pizza.

—Habíamos quedado en tenernos confianza —le recuerdo, haciendo que me mire.

—Edgar me ha advertido que si te vuelvo a hacer sufrir, voy a tener problemas con él. Eso es todo —parece no darle importancia, pero sé que para él la tiene, aunque no lo reconozca.

Conozco a Edgar y es la persona más buena del mundo hasta que se trata de alguna de nosotras, sus hermanas, y estoy segura de que el tono que ha usado para hablar con Manu es, cuanto menos, amenazante.

—Voy a hablar con él —digo muy segura y Manu niega con la cabeza.

—No, te digo que todo está bien. No te preocupes por cosas insignificantes. —Sigue quitándole importancia, pero es que lo conozco ya lo suficiente como para ver que lo que su cara refleja es todo lo contrario.

—Lo hago por ti, pero no me hace ninguna gracia que mi hermano te amenace.

—No me ha amenazado, era tan solo una advertencia —hace una pausa—. Además, yo lo entiendo. Entiendo que no vea normal que un día estemos bien y al otro mal, lo entiendo.

—Eso es porque él no sabe lo que te pasa.

No quería recordarlo, de verdad que no. Se siente incómodo porque evita mirarme, se baja del capó y se aleja unos pocos metros. Soy idiota, eso es lo que soy. He jodido un momento bonito por hablar de más y sin pensar. ¿Aprenderé algún día a callarme? Joder.

No sé si lo mejor es acercarme o darle su espacio. Como no sé qué hacer, me dejo guiar por el corazón, por eso, me levanto y me acerco despacio, muy despacio.

—No quería hacerte sentir mal. —Camino poco a poco hasta estar delante.

—No lo has hecho. Es solo que… —Suspira y no se atreve ni a terminar de hablar.

—¿Qué?

—Puede que nunca podamos tener sexo. —Tensa la mandíbula, sé que le está costando mucho hablar de su problema.

—Lo solucionaremos.

No tengo ni idea cómo, pero sé que así será. Voy a estar a su lado siempre que él quiera, aunque tengamos que ir a miles de especialistas o intentarlo una y otra vez.

—¿Y si no? —pregunta temeroso.

—La respuesta es amarnos siempre. —Lo vuelvo a besar y él sonríe.

—Es tan bonito lo que has dicho. —Me sorprende con un cálido beso en el hombro y apoya su cabeza en el mismo lugar. Siento que es como si quisiera refugiarse en mí.

La pizza, lógicamente, está fría, aunque nos la terminamos igual. El resto de la noche parece más relajado y eso me alegra de sobremanera, pues lo último que quiero es verlo mal o inseguro. Me gustaría que me contase más sobre su impotencia, pero me muerdo la lengua, no quiero agobiarlo más con preguntas que ahora mismo no van a solucionar nada. Supongo que ya habrá tiempo.

Le vuelvo a pedir que me suba a su espalda, me ha gustado la sensación de estar a tantos metros y con las preciosas vistas de fondo. Me lo como a besos cada vez que me sonríe, ya se lo he advertido, sabe que no me puedo resistir a esa sonrisa.

Luego, insiste en dejarme en la puerta de mi casa y hasta que no entro, no se va. Despedirme con un beso es lo mejor de todo, estoy segura de que esta noche voy a soñar con él.

Mi hermana me espera despierta, algo que ya me imaginaba. No hay quien le gane a cotilla. Me pide un resumen de toda la noche, lo sintetizo lo máximo posible porque el sueño me gana y lo único que quiero es darme una ducha para dormir.

Capítulo 103

Alba

Los días pasan y pasan, soy muy feliz con Manu, mucho. De verdad que lo soy, pero… Siempre hay un «pero». Joder, es que llevamos un mes siendo novios y cada vez que he intentado meter la mano por debajo de su camiseta, me frena. Es automático, intento algo más y me detiene, no le digo nada porque intento tener empatía y comprender que tiene miedo. Me frustra que no sea capaz ni de intentarlo. Intento darle su espacio y no atosigarlo. No le pregunto sobre su impotencia, estoy esperando a que sea él, el que se sincere conmigo. Yo espero y no sé si es que desconfía de mí o que no le doy la suficiente confianza. No lo sé.

Hoy, justamente hoy, cumplimos un mes de novios y hemos quedado para cenar juntos.

Manu me recoge en casa, son las nueve de la noche y no sabe ni dónde vamos. Hoy quiero sorprenderlo yo. Hablando de la hora, esa es una de las mayores virtudes de Manu: la puntualidad. Es tan puntual, que si llego tarde cuando quedamos, me lo encuentro siempre mirando el reloj. Pequeñas cosas que voy descubriendo de él.

Le indico el camino y llegamos a un bar, que yo he elegido porque quiero enseñarle algo de mi mundo. Cenamos unas hamburguesas buenísimas mientras nos contamos lo que hemos hecho durante el día, pues se ha convertido ya en una especie de costumbre. Los días que no nos podemos ver, nos llamamos solo por hablar un ratito y contarnos nuestro día. Son pequeños detalles que, quizá, para otras parejas no sean importantes, pero a nosotros nos encantan.

Discutimos porque él quiere invitarme y yo me niego. No lo hace por machismo o porque crea que es el hombre el que siempre tiene que pagar, no. Lo hace porque sabe que estoy estudiando y el poco dinero que tengo lo necesitamos en mi casa. A él le va muy bien en la clínica e insiste en que guarde mi dinero para otra cosa. Con lo que no cuenta es que a cabezota no me gana y termina claudicando. La cena no es muy cara y yo tengo algún ahorro que otro.

Salimos del bar, agarrados de la mano, y un gesto tan común, se convierte, para mí, en algo hermoso. Damos un pequeño paseo, pues el coche está a unas cuantas calles.

—Hace unos meses me parecía impensable pasear contigo —expreso mis pensamientos.

—A mí también —suspira.

—Pero la culpa ha sido siempre tuya.

—Vale, en eso tienes razón. —Me da un repentino beso en la mejilla.

—¿Qué ha sido eso?

—Un beso.

—Estos me gustan más.

Me acerco y lo beso con muchas ganas, con demasiadas ganas creo yo. Es un beso bastante apasionado, y sé que estamos en la calle. Eso lo sé.

—Estamos en la calle. —Se intenta separar un poco, pero lo evito.

—Me da igual. —Lo sigo besando—. Vamos a tu casa.

—Es mejor que te lleve a la tuya.

—No va a pasar nada. Solo quiero dormir contigo.

Miento. Es mentira, sí. No me siento orgullosa de ello, que conste. Conociéndolo, no tenía otra forma de convencerlo. Quiero estar con él en todos los sentidos, aunque tengo muy claro que no va a ser fácil. Mi intención es intentar hacer el amor, sí. Claro que también contemplo la posibilidad de que no pase nada, aunque con tan solo dormir, ya me conformaría. Si lo único que quiero es estar cerca de él y apoyarlo en todo.

Capítulo 104

Manuel

Acepto que pasemos la noche juntos. Acepto, sabiendo que Alba no solo quiere dormir. La conozco cada día más y sé que esta noche lo quiere intentar.

Llevo todo este mes evitando pasar a mayores por miedo. Por el miedo que siempre he tenido y que se va acrecentando. Esta vez es distinta a las otras, es distinta en el sentido de que somos novios y es algo formal, no pasajero. Con las otras chicas que lo he intentado ha sido diferente, no temía decepcionarlas o, al menos, no tanto. Con Alba es algo diferente, muy difícil de explicar.

Cuando llegamos al piso y cierro la puerta, mis nervios se cuadriplican. Alba me mira y sonríe, ya imagino lo que está pensando.

—Yo puedo dormir aquí —señalo el sofá— y tú en mi habitación.

—¿De verdad?

—Sí. Seguro que mi hermana tiene algún pijama que pueda prestarte.

—Tu hermana no está y nosotros hemos dormido juntos varias veces, no es nada nuevo.

—¿Cómo sabes qué no está mi hermana? —Tengo la sensación de que me estoy perdiendo algo.

—Lo he adivinado. —Me guiña un ojo, haciéndose la interesante.

—Ya, claro…

—He hablado con tu hermana y nos hemos puesto de acuerdo para que esta noche sea solo nuestra. —Alza las cejas con un gesto que me parece muy tierno y pícaro.

—Sois tal para cual.

—¡Cállate ya! —ordena y no me deja decir nada más, pues, de un salto, enrosca sus piernas en mi cintura y me besa.

El momento de relajación de la conversación ya no existe, vuelvo a sentir pánico. Disfruto de los besos, no lo voy a negar, pero este miedo me paraliza bastante.

Alba pone los pies en el suelo y, sin dejar de besarme, tira de mi camiseta. Entramos en mi habitación y nos tumbamos en mi cama. El miedo sigue, no se va. Sigue. Sigue. Intento no pensar en nada más, solo en Alba. Lo intento.

Desliza sus manos por debajo de mi camiseta, acaricia mi espalda y siento una especie de escalofrío, que me resulta muy agradable.

Está nerviosa, aunque yo diría que yo lo estoy más.

Sube lentamente mi camiseta hasta llegar a quitármela, creo que lo hace tan lentamente por si la freno. Dejamos de besarnos tan solo un segundo para mirarnos.

Continuo yo con el beso, saboreo bien sus labios, recorro cada espacio de su boca y ella hace lo mismo. Respira agitada y yo sé que a estas alturas ya tendría que tener una erección, pero no aparece. Sigo besando su cuello e intento no pensar en la inexistente erección. Ella guía mis manos por su abdomen hasta llegar a sus pechos, los acaricio por encima del sujetador y la ayudo a deshacerse de la camiseta.

Ahora estamos casi en las mismas condiciones, solo que ella todavía tiene el sujetador puesto y a mí me encantaría quitárselo, pero puede que vaya demasiado rápido y tampoco quiero hacerla sentir incómoda. La indecisión me controla a menudo.

Nos devoramos la boca, me detengo y me recreo en besar su cuello, es suave y huele a ella, a rosas. Desciendo y beso su canalillo, ella sonríe y me acaricia el pelo, sus caricias son tan seguras y mágicas. Gime de vez en cuando y, sin esperarlo, me agarra el culo para después comenzar a introducir sus manos por dentro de mi pantalón. En ese momento, me tenso y comienzo a sentir una especie de ansiedad que me agobia demasiado.

—¡No puedo! —Me alejo repentinamente.

—¿Otra vez? ¿Me vas a dejar otra vez a medias?

—Lo siento, pero no puedo. —Me levanto de la cama, lleno de frustración.

Salgo al salón conteniendo las lágrimas, me siento en el sofá y me tapo la cara con las manos. Sé que Alba me mira desde la puerta de la habitación y no sabe qué hacer. Finalmente, decide acercarse, se sienta a mi lado y me abraza, me abraza muy fuerte.

—No quería hacerte sentir mal. —Esta vez es ella la que besa mi hombro desnudo. Es un gesto que me reconforta.

—No lo has hecho, es solo que no puedo.

—Tranquilo, buenorro. Tenemos todo el tiempo del mundo. No quiero que te sientas obligado a nada —vuelve a besar mi hombro.

—¿Y si no puedo nunca?

—Te dije y te repito que la respuesta es amarnos siempre, ¿lo recuerdas?

La abrazo, otra vez, muy fuerte porque necesito sentirla cerca de mi corazón. Muy cerca.

Me coge de la mano para entrar a la habitación y yo me vuelvo a tensar. Ella se da cuenta porque tiene un sexto sentido o algo parecido.

—Esta vez sí que vamos a dormir. —Ríe para destensar el ambiente—. No pongas esa cara.

Intento sonreír, pero no me sale. Sé que no va a intentar nada para no hacerme sentir incómodo, aunque se muera de ganas por hacer el amor conmigo. Alba puede ser muy insistente, pero también muy comprensiva. Es como una mezcla peculiar que me hace sentir tanto que es complicado llegar a definirlo con simples palabras.

Se sienta en la cama, vuelve a coger mi mano para que me tumbe a su lado y eso hago.

—Sigue en pie la oferta del pijama —le recuerdo, porque no creo que con esos pantalones ajustados y el sujetador duerma bien.

—¿Te puedo robar mejor una camiseta?

—Puedes.

Corre a rebuscar en mi armario, después de mirar y mirar camisetas, escoge una roja de manga corta. Ni se lo piensa para quitarse los pantalones que lleva, se desabrocha el sujetador y es, ahí, cuando me pierdo. Una cosa es que no tenga erecciones y otra que no me encante ver su espalda al desnudo y su precioso cuerpo. No se ve mucho porque la luz de la lámpara de noche alumbra la estancia lo justo, pero se ve lo suficiente como para que piense y afirme que Alba es perfecta. Carraspeo, casi sin darme cuenta y ella se termina de poner la camiseta. Su agilidad es alucinante porque se acuesta, de nuevo, a mi lado de un salto.

***

Miro el reloj, marca las cinco de la madrugada y no puedo dormir. Alba está a unos pocos centímetros de mí y sé que tampoco está durmiendo, pero ninguno de los dos se atreve a decir nada. Me resulta incómodo no ser capaz de hablar.

—¿Vamos a estar así toda la noche? —parece leerme el pensamiento.

—¿Cómo?

—Sin dormir y sin hablar —lo dicho, me lee el pensamiento.

—No tengo nada que decir. Creo que está bastante claro que soy impotente y que no puedo… —me cuesta continuar hablando.

—Lo vamos a intentar las veces que sean necesarias. Una o mil, da igual. —Acerca su mano izquierda y acaricia lentamente mi barba—. ¿Te puedo abrazar?

—¿Me vas a preguntar siempre?

—No sé si te incomoda o no —dice con un hilo de voz casi imperceptible.

—Somos novios, se supone que nos podemos abrazar y besar a todas horas.

—¿Eso es un sí? —insiste.

—Por supuesto.

Reduce el pequeño espacio que hay entre nosotros, se aferra a mi cuerpo y deja un beso en mi pecho. Estoy demasiado sensible, me doy cuenta cuando comienzo a llorar y un sollozo se me escapa. No es que me de vergüenza que me vea llorar, por supuesto que no. Lo que no quiero es que vea que todo esto me afecta tanto.

—¿Por qué lloras?

Me muerdo el labio con fuerza. Lloro por un cúmulo de circunstancias que me sobrepasan. He intentado hacerme el fuerte todo este mes que llevamos siendo novios, pero no lo soy. Claro que no lo soy. Me come el miedo a que se canse de mí, de mi impotencia. Sé que ella no me ha dado motivos para que piense eso, al contrario, me apoya y comprende en todo. Decido sincerarme, aunque solo sea un poco porque no la puedo agobiar con todas mis inseguridades.

—Porque no he sido capaz ni de desnudarte y ya me ha dado pánico —resoplo y lloro, estoy cansado de no poder llegar a más. Cansado.

—Deja de pensar en lo de esta noche, por favor. Habrá muchas más oportunidades. —Ella se incorpora un poco para poder mirarme a los ojos—. ¿Eres feliz conmigo?

—Soy el hombre más feliz.

—Pues con eso basta. —Se queda como pensativa—. ¿Desde cuándo no puedes mantener relaciones sexuales?

Me sorprende su pregunta, no esperaba esa pregunta justo ahora. Me cuesta mucho hablar del tema, no es nada agradable, pero merece una explicación.

—Es bastante larga la historia.

—Espera aquí un momento.

¿Dónde se supone que va? Es demasiado imprevisible. Sale de la habitación, la escucho abrir el frigorífico, después el congelador y vuelve con una tarrina de helado en las manos.

—¿Helado a estas horas?

—Sí, necesito escucharte comiendo helado porque no te puedo comer a ti —dice para relajar el ambiente.

—Tuve una infancia complicada, lo tenía todo, pero no era feliz. Mi padre me menospreciaba siempre y mi madre no era capaz de defenderme. Se casaron porque mi abuelo obligó a mi padre, todo porque mi madre se quedó embarazada de mí. Mi padre siempre me repitió que él era infeliz por mi culpa. ¿Qué culpa tenía yo? —pregunto derrotado.

—Ninguna —contesta, acariciando mi mano y me reconforta, aunque sea un poquito.

—Siguió pasando el tiempo y yo sabía que algo pasaba. Todos mis amigos me contaban lo bueno que era follar y yo tenía ganas de probar claro. Tuve varios líos y varias novias, pero cuando intentábamos tener sexo, no podía con ninguna. Me dejaron todas. La falta de sexo la aguantaron un tiempo, pero se terminaron cansando como es lógico. Esto es algo que muy pocas veces he contado —trago saliva y prosigo—: Mi padre siempre ha pensado que duraba tan poco con las chicas porque era gay. Se dedicaba a repetírmelo una y otra vez. Dolía y sigue doliendo.

Alba me mira y espera a que acabe para hablar ella.

—¿Nadie de tu familia sabe de tu problema?

—Solo lo sabe Mireya. Es la única que me ha apoyado siempre, en todo. —El nudo de mi garganta se hace cada vez más y más grande—. No me molesta que piensen que soy gay, lo que me molesta es que no me apoyen en nada.

—Eres una gran persona, un gran hombre. —Limpia las lágrimas que caen por sus propias mejillas —. ¿Has ido a algún especialista?

—A muchos. Ninguno me ha servido, por eso, tengo miedo, un miedo atroz de que tú también te canses —confieso. He ido a miles de especialistas y también a psicólogos. Nadie me ha servido de nada, sigo siendo el mismo impotente de siempre. Y ahora todo es diferente porque antes no me había enamorado y me daba igual que las chicas se alejaran de mí.

—No me voy a cansar nunca. Estoy enamorada de ti, ¿no lo entiendes? —posa sus manos en mi cara y me obliga a mirarla a los ojos. Los dos estamos llorando.

—Eso no lo puedes asegurar, aunque me duela sé que es muy posible que dentro de poco no sea así —las lágrimas brotan de mis ojos sin descanso. Me duele mucho estar diciendo esto en voz alta. Me dolería mucho perderla, pero sé que es una posibilidad real. Ella se va a hartar de mí tarde o temprano.

Me abraza muy fuerte y sus brazos parecen mi refugio, más cálidos que nunca. Tendré que aprovechar estos momentos, no sé cuánto tiempo van a durar. No sé cuándo se va a cansar.

—Te puedo asegurar que mi amor por ti es más fuerte que cualquier otra cosa. Te lo aseguro. —Besa mi pelo y me aferro, aún más, a ella.

***

No sé ni cómo nos dormimos. Nos venció el sueño, supongo. Fue una noche de emociones fuertes. Volver a recordar algo tan doloroso, hace que sienta un vacío desolador en el alma. La triste realidad es que a mis padres no les importo y tampoco me quieren.

Alba está abrazada a mí con la cabeza apoyada en mi pecho, yo acaricio con sumo cuidado su pelo y el brazo que tiene apoyado sobre mí. Podría estar así toda mi vida y siento que no me cansaría. Es increíble la sensación de paz que da amanecer con la persona amada, con el amor de tu vida.

No quiero despertarla, por eso, me levanto lo más despacio que puedo. Se revuelve un poco, pero sigue durmiendo plácidamente. Suspiro aliviado, no quiero que se despierte todavía porque tengo algo que hacer primero.

Me visto en silencio con algo muy básico: una camiseta blanca, una chaqueta de cuero negra y unos pantalones negros. El toque final es una gorra, de las muchas que tengo, puesta hacia atrás.

Consigo ir y volver en tiempo récord, una media hora, y eso que la floristería no está cerca. Por suerte, ya son casi las once de la mañana y estaba abierta.

Entro en el piso, miro por si ya se ha levantado o por si mi hermana ha vuelto, pero veo que no. Cuando entro en mi habitación, veo que sigue durmiendo y parece que tiene frío porque está tapada con el edredón blanco. Está tan tapada que apenas se le ve la cara y me parece una imagen muy, pero que muy tierna. Dejo el ramo de rosas con lentitud a su lado y sonrío. No puedo evitar sonreír porque me parece casi un sueño que esté durmiendo en mi cama. Bueno, me parece un sueño toda ella, entera.

No pasan ni cinco minutos cuando empieza a desperezarse. Abre los ojos y me ve mirándola, los vuelve a cerrar y a abrir unas cuantas veces. Sonrío porque solo ella puede despertar así, siendo tan graciosa.

Capítulo 105

Alba

Creo que estoy soñando porque cuando abro los ojos está, ahí, de pie, mirándome. Los abro y cierro varias veces para cerciorarme de que no estoy teniendo un sueño maravilloso que en cualquier momento se puede evaporar, pero no, es la realidad.

Manu me mira sonriente. Ver su sonrisa llena de amor nada más levantarme convierte este despertar en el más bonito de mi vida. Giro la cabeza y veo el enorme ramo de rosas, me quedo con la boca abierta ante la bonita sorpresa. No me lo esperaba para nada, pero él es capaz de sorprenderme cuando menos me lo espero y eso me encanta.

—Buenos días —dice sonriendo, pero esta vez es una sonrisa tímida.

—Pensaba que era un sueño. —Cojo el ramo de rosas y me lo acerco a la nariz—. Buenos días, buenorro. —Me pongo de pie en la cama y me acerco para darle un suave beso de buenos días.

—Quiero que vivas un sueño real. —Frota su nariz con la mía—. ¿Sabes que los gatos se besan así?

—No tenía ni idea, pero me parece muy bonito y muy cursi. —Vuelvo a frotar mi nariz con la suya.

—¿Y yo te parezco cursi? —Me rodea con sus brazos la cintura y me baja cuidadosamente al suelo.

—Tú me pareces perfecto. —Le doy otro beso.

Yo tengo hambre y quiero hacer el desayuno, pero él no me deja. Dice que estamos en su piso y que le toca a él hacerme el desayuno. Se mueve como pez en el agua en la cocina, saca unos vasos, abre el frigorífico, saca el exprimidor, enciende el microondas… El resultado es un increíble desayuno que me sorprende porque yo no tenía ni idea de que esté hombre fuera tan habilidoso cocinando, aunque solo sean unas tortitas de chocolate. Hace también café y zumo de naranja. Y mi mente solo piensa en lo bueno que estaría con un poco de chocolate por el cuerpo y yo lamiéndolo… Paro, paro que me pierdo y no puede ser.

Las tortitas tienen una pinta excelente, solo eso. La verdad es que están espantosas y yo no quiero decirle nada porque ya que me lo prepara no voy a estar poniendo pegas. Intento que mi cara no refleje lo malas que están, pero creo que no lo consigo.

—¿Qué tal? —pregunta ansioso por el veredicto.

—Bien —miento.

—Mientes fatal. —Ríe y coge el plato para llevárselo.

—Eh… —definitivamente miento fatal.

Besa mi mejilla y se deshace de las horrorosas tortitas.

—¿Te apetecen unas tostadas? —pregunta, enseñando el paquete de pan molde.

—¿Quemadas? —bromeo.

—Intentaré qué no se quemen. —Ríe y saca unas cuantas rebanadas, que mete en la tostadora. Creo que nunca lo he visto sonreír tanto.

Afortunadamente, no se queman y lo agradezco porque a este paso más que desayunar vamos a comer dada la hora que es. Le pido que vuelva a sacar la crema de cacao y avellanas porque a mí las tostadas me gustan con chocolate, aunque a él le sorprenda bastante. El café sí que le sale bien y el zumo de naranja está un poco agrio, pero nada que el azúcar no pueda solucionar.

Estamos todavía desayunando cuando Mireya entra por la puerta.

—¿Puedo pasar o vuelvo después? —pregunta con cautela por si interrumpe.

—Pasa —responde Manu—. Me pides permiso para pasar, pero no para hablar con esta señorita a mis espaldas. —Me señala—.

—Me lo pidió ella —me acusa Mireya.

—Se lo pedí yo, pero porque quería estar sola contigo —me excuso.

—Solo por eso merece la pena —se acerca para abrazarme por detrás y me sorprende porque es la primera vez que tiene esta muestra de amor en público. A ver con público me refiero a que no estamos solos.

—Mi noche también ha merecido la pena —comenta distraída.

—No quiero saberlo, gracias —digo rápidamente y bajo del taburete para entrar en la habitación y cambiarme.

Cuando ya estoy lista para volver a mi casa, me despido de Manu con un beso ligero. Insiste en llevarme a mi casa y yo me niego porque si mi hermano me ve llegando con él casi a mediodía, lo mismo hasta lo mata y no es el mejor plan.

***

Cojo un taxi y en poco tiempo estoy en la puerta de casa, al llegar me encuentro a Adri.

—¿Qué haces aquí? —le pregunto, ya que no deja de dar vueltas por la puerta de la valla.

—Estaba esperándote. No pensarás que iba a entrar yo sola ahí. —Señala el interior de la casa.

—Estaba tan feliz que no había pensado en que Ed tiene que estar echando humo.

—¿No le avisaste?

—Se me olvidó —respondo e inmediatamente saco el móvil del bolso y me encuentro con casi quince llamadas y otros quince mensajes, todos son de mi hermano.

—Madre mía, ¡te va a matar!

—Gracias por los ánimos —digo con ironía.

—Es la verdad —se excusa—. Yo le avisé y me respondió cortante, pues imagínate tú.

—Entra primero. —La empujo para que entre al jardín.

—Has sido tú la que la has cagado, no yo —se queja.

—Pero soy mayor que tú y tengo el poder.

Entra a regañadientes, no le convence nada que sea ella la primera en entrar. Edgar nos espera en la cocina que está justo al lado del recibidor. Ya me lo imaginaba yo, por lo que parece está haciendo la comida y es normal porque son casi las dos de la tarde.

—Mis hermanas pequeñas se dignan a aparecer ahora —espeta con sarcasmo.

—Ed, tranquilízate, que tampoco es para tanto —digo, intentando quitarle hierro al asunto.

—¡No, claro qué no! No sé nada de ti desde ayer por la mañana que te fuiste a la universidad, pero no es para tanto.

A ver, sé que tiene razón y entiendo que la he cagado, pero también entiendo que tengo veintidós años y soy mayor para tener libertad.

—Estaba con Manu —le digo como si eso fuera excusa suficiente y lo fuera a tranquilizar, cosa que no ocurre.

—Ya, ya lo sé. Lo sé porque me lo dijo él.

—Y yo te avisé —interviene Adri.

—Aquí hacéis todas lo que os da la gana. —Clava su mirada en la comida.

—Pues ya está. Punto final —zanjo.

Subo muy ofuscada a mi habitación y cierro de un portazo. A Gisela no le suelta los mismos discursitos que a nosotras. Si ella puede hacer lo que le da la gana, ¿por qué yo no? Además, ¿preocupado de qué? Sabía perfectamente que estaba con Manu, a salvo de todos los peligros.

Adri entra poco después y se tumba en su cama sin decir nada. Me mira y cuando la miro yo, desvía la mirada. Está deseando preguntar por Manu y nuestra noche, es que es muy predecible. Tarda medio segundo en aguantar callada, me bombardea a preguntas, demasiadas preguntas. Le hago un resumen más o menos y le miento, le miento porque le digo que sí, que, por fin, hemos follado y que ha sido maravilloso. Si le dijera todo lo que realmente pasó anoche, tendría que dar muchas explicaciones y el secreto de Manu es algo tan privado que no se lo puedo contar ni a ella, ni a nadie.

Luego, el interrogatorio es del revés, ella me cuenta que su noche ha sido perfecta, Mireya y ella fueron a un hotel con jacuzzi y todo. Y claro está que follaron. También le agradezco infinitamente que Mireya y ella aceptasen dejar el piso a solas para nosotros dos, aunque finalmente no hiciéramos nada, la intención es lo que cuenta y ellas me ayudaron en todo. Por lo menos, la noche me ha servido para conocer, en profundidad, el problema de Manu.

Suena un mensaje y lo abro inmediatamente al ver que es de Manu.

Chat

Manu (buenorro): «¿Has llegado ya? Te iba a llamar, pero no quiero molestar»

Yo: «Sí, ya estoy en mi casa y nunca molestas»

Manu (buenorro): «¿Edgar te ha echado la bronca?»

Yo: «Un poco. Bastante»

Manu (buenorro): «Tenía más de diez llamadas de él»

Yo: «Yo más de lo mismo. Es un histérico y un dramático»

Manu (buenorro): «¿Quieres que hable con él?»

Yo: «No. Me corresponde a mí»

Manu (buenorro): «¿Segura?»

Yo: «Sí, no te preocupes»

Manu (buenorro): «Eso es imposible. Eres la persona más importante de mi vida»

Yo: «Eres tan bonito… Luego hablamos»

Me encanta, me encanta. Es tan bonito y tierno, se preocupa por mí, me cuida… Es mi príncipe azul, aunque suene cursi a más no poder, lo es.

***

Después de mucho darle vueltas, me doy cuenta de que me he pasado con Edgar, él solo estaba preocupado y yo he sido demasiado borde. Si yo estuviera en su lugar, quizá hubiera llamado al FBI, así de exagerada soy. Parece que el drama lo llevamos en la sangre.

Bajo al salón, pero no encuentro a Edgar. A decir verdad, no encuentro a nadie. ¿Se habrán ido todos y ni siquiera han avisado?

Sigo buscando por toda la casa hasta que se me ocurre mirar en el jardín y, efectivamente, solo encuentro a mi hermano sentado en una de las sillas del jardín. Le doy un beso en la mejilla antes de sentarme a su lado.

—¿Oli y Adri? —así rompo yo la tensión.

—Se han ido de compras.

—Lo siento, sé que estabas preocupado —pido perdón, porque seguir con mi actitud chulesca no me va a llevar a buen puerto.

—No te costaba nada llamarme —por su tono de voz sé que ya no está enfadado o, al menos, no tanto.

—Estaba tan feliz qué no lo pensé.

—Me alegra. —Sonríe y sé que es una sonrisa verdadera, que realmente es feliz por mí—. Se lo he preguntado a Adri y me toca preguntártelo a ti. ¿Eres feliz con Manu?

—Muchísimo —respondo con rotundidad. No me tengo que pensar la respuesta ni un segundo.

—¿A pesar de ser tan raros? Porque vuestra relación normal no es.

—Lo normal aburre. —Rio, intentando hacer ver que no pasa nada. Si él supiera que el verdadero motivo es otro, lo entendería todo de otra forma.

—Ya le advertí a Manu que si te vuelve a hacer sufrir, vamos a tener serios problemas —advierte más serio.

—Lo asustaste y no me gusta que asustes a mi novio.

—Y a mí no me gusta que él te haga sufrir —me rebate.

—No me hace sufrir, de verdad. —Es lo único que se me ocurre para que no se preocupe tanto por mí, aunque realmente sí sufra. No es que sufra por su culpa, Manu no tiene la culpa de ser impotente y de que ese sea el motivo de todos nuestros problemas, de todas nuestras idas y venidas.

Voy a superar lo que sea con Manu, estamos destinados a estar juntos, eso lo tengo claro desde el día que nos conocimos. Vale que no nos acostamos, pero la noche fue pura magia. Una magia que jamás había vivido ni sentido.

Capítulo 106

Alba

Otro mes pasa, prácticamente, volando. He terminado la carrera tras cuatros años de duro sacrificio y estudio.

No ha sido un camino fácil, como en todas las carreras, no todo es color de rosas. He hecho buenos amigos y amigas, no me puedo quejar. Tenemos un grupito muy variado y unido, sí. No es que salgamos juntos siempre, pero de vez en cuando quedamos para hablar y esas cosas. Sé que no he terminado totalmente, todavía me queda mucho que estudiar para las oposiciones. Ya habrá tiempo para pensar en eso. Esta noche es una noche especial. Una noche que voy a recordar siempre.

Estoy aquí, en el escenario, a punto de graduarme y sonrío. Sonrío al verlos sentados. Mi familia está aquí, acompañándome en este momento tan importante para mí. Han venido Edgar, Olivia, Adriana, Mireya y, por supuesto, mi buenorro. Gisela se ha excusado con que tenía otras cosas más importantes que hacer y la verdad es que me da igual. Si no ha venido, nos evitamos discusiones.

La ceremonia de graduación es muy emotiva, al fin y al cabo, nos despedimos de una etapa muy importante en nuestras vidas. Decidimos que este día es mejor disfrutarlo con la familia y que el viernes saldremos de fiesta. Quizá sea una celebración atípica, pero somos así.

Al terminar, todos bajamos del escenario y yo voy directa hacia Manu, le doy un beso corto en los labios y se sonroja un poco. Todavía no lleva bien lo de besarnos con mi hermano presente y a mí eso me hace gracia. Sin embargo, él me felicita con un tierno beso en el hombro, beso que se ha vuelto costumbre y que me enamora cada vez más.

Al llegar a casa, vamos directamente al jardín, pues lo vamos a celebrar aquí. A mí, este plan tan sencillo, me parece maravilloso. No hay nada mejor que celebrar cualquier cosa en familia y el hombre de tu vida.

Compramos un montón de pizzas para cenar, saben que es mi comida favorita y me complacen en todo porque es mi noche. También ponemos música, no muy alta porque les puede molestar a los vecinos. Y claro les da por recordar la serenata que me dio Manu, alegan que si no nos denunciaron por semejante terrorismo acústico, dudan que se quejen por música decente. Manu nos mira serio, aunque no aguanta mucho tiempo y termina riendo a carcajadas. Es de las primeras veces que lo veo tan relajado y me alegra de sobremanera, apoyo la cabeza en su hombro y sonrío.

Terminamos de cenar, saco a Manu a bailar, se niega, pero consigo convencerlo. Parece un palo hasta que lo abrazo y se relaja un poco. Tengo algo preparado que espero que no olvide nunca. Le hago una señal a mi hermana, indicándole que ya puede cambiar la música. Todos se sorprenden por el repentino cambio y Manu me mira, sabiendo que algo tramo, lo que no se imagina es el qué.

—¿Qué tramas? —pregunta.

—Una locura. —Sonrío.

—Como siempre —murmura y ríe.

No digo nada más hasta que me subo encima de la mesa, mi hermano me mira con mirada reprobatoria y Manu con la boca abierta, sabe que estoy loca, pero no hasta que punto. Suena *Caminar de tu mano* de Río Roma y Fonseca y sonrío. Estoy nerviosa, muy nerviosa. Una cosa es que esté loca y otra que no sienta nervios. Lo que voy a hacer es algo que me puede salir muy bien o muy mal, sin término medio.

—Sé que posiblemente penséis que estoy loca, seguro qué sí. —Alzo la voz para que se me escuche bien y rio. No pensaba yo que esto me iba a costar tanto—. Esta canción dice mucho. Dice que quiero caminar contigo de la mano para siempre. —Señalo a Manu y sigo—. Sé que esto no es lo típico, pero sabes muy bien que nosotros somos peculiares. Te lo tengo que preguntar, desde que te vi siempre he deseado esto. ¿Quieres casarte conmigo?

Me mira fijamente, supongo que ahora es el momento de bajar de la mesa y acercarme para que me responda. Eso es lo que hago. Me acerco con lentitud por el miedo a que me responda que no. Es algo de lo que había tratado de mentalizarme y no parece que lo haya conseguido.

Me sigue mirando sin decir ni una sola palabra, casi no pestañea y yo estoy a nada de salir corriendo.

—Sabes que eres el amor de mi vida. Sabes que si te digo que no, me arrepentiría toda la vida. Te digo que sí, sí para toda la vida. —Una lágrima cae por su mejilla y yo, rápidamente, la seco.

—¡Te amo, te amo, te amo! —grito de felicidad y lo abrazo como si me fuera la vida en ello.

Le da vergüenza, ya lo sé, pero es que nuestro compromiso lo tenemos que sellar con un beso sí o sí.

—Estáis locos, definitivamente, estáis locos. Pero yo quiero ser el padrino, tengo el derecho —reclama mi hermano.

Nos reímos por respuesta y el resto se abalanza sobre nosotros para felicitarnos. Se alegran por nosotros, por nuestro amor.

—No me habéis respondido. ¿Puedo ser el padrino? —insiste Edgar y nos echamos a reír otra vez.

—¡Qué sí, pesado! —respondemos al unísono. Hasta en eso estamos conectados.

—Después de este momento fanático, vamos a lo importante. ¿Cuándo os casáis? ¿Dónde vais a vivir? Te recuerdo que mi hermana ha terminado la carrera, pero quiere opositar. —Señala a Manu.

—¡Frena el carro! —pido.

—Son preguntas fundamentales —repite mi hermano.

—La fecha de la boda la tendremos que hablar. ¿Vivir? En nuestro propio hogar. Y tu hermana puede seguir estudiando o haciendo lo que ella quiera. Estamos en el siglo XXI, me voy a casar con ella, no a utilizarla como una esclava.

Con esa respuesta, solo con esa respuesta, que a muchos les puede parecer insignificante, hace que lo admire mucho más. No solo no es machista, ya lo sabía, sino que tiene un corazón enorme y me quiere por encima de todo, siempre lo he visto en sus ojos.

Capítulo 107

Manuel

Si algo no esperaba esta noche era que Alba fuese capaz de pedirme matrimonio justamente en un día tan importante para ella, pero lo ha hecho. Ella no teme al rechazo. Ella es valiente y la admiro muchísimo.

Casarme puede ser una locura, claro qué sí, pero también puede no serlo. Puede ser simplemente un acto precioso de unión entre dos personas que se aman profundamente. Nuestra boda. Nuestra felicidad.

Alba me ha enseñado que en la vida hay que arriesgarse, pero en el amor más si cabe.

Me despido de ella hasta mañana, me cuesta horrores separarme y más con todas las emociones vividas esta noche.

Cuando mi hermana y yo llegamos al piso, ella se sirve un vaso de leche y yo alucino viendo que, a estas horas y después de tomar champán, es capaz de beber leche.

—¡No te haces una idea de lo feliz que soy! ¡Parece que me haya comprometido yo! —grita de alegría.

—Yo todavía no lo termino de asimilar —confieso, porque, de un momento a otro, estoy comprometido con Alba y claro, impacta.

—¿No te estarás arrepintiendo?

—¡Claro qué no! ¡Eso jamás! Es solo que no lo esperaba. Alba es tan imprevisible…

—Y eso te encanta. —Me lee el pensamiento.

—Me fascina —confirmo.

—Hablando de la boda, antes de saber la fecha, tienes que apuntarme como madrina, testigo o lo que sea.

—¿Lo dudas? —Sonrío.

—¡La verdad es que no! —Ríe—. Me alegra muchísimo que hayas superado tu problema.

—No lo he superado, es solo que con Alba espero conseguirlo.

—Me refiero a que has superado tu miedo y eso me hace sentir muy orgullosa. —Deja el vaso de leche en el fregadero y me abraza.

—Gracias, sobre todo, por aguantar todas mis idioteces y apoyarme incondicionalmente. —La vuelvo a abrazar.

Me guiña un ojo y corre a la ducha. Siempre consigue distraerme para ganarme el sitio. Desde siempre lo hace.

Espero sentado en el salón a que salga del baño. Veo la televisión, pero tampoco le hago mucho caso, la felicidad que me invade es abismal y no me puedo concentrar en nada.

—He estado reflexionando en la ducha. ¿Le vas a comprar anillo de compromiso a Alba? —Aparece en el salón, ya con el pijama puesto, y me sorprende con su pregunta.

—No sé, no lo había pensado. ¿Eso se sigue llevando?

—Yo creo que sí, además, seguro que le hace ilusión.

Sinceramente, ha sido todo tan rápido que no me ha dado tiempo a pensar, ni se me ha pasado por la cabeza. Supongo que es buena idea, un anillo como símbolo de compromiso. Ella ha tenido la valentía de pedirme matrimonio sabiendo cómo soy y que podía haberle dicho que no. Está feo que lo diga, pero me conozco y, quizá, por pánico le hubiera podido decir que no.

El caso es que este día se va a quedar marcado en mi corazón toda la vida por haber estado presente en la graduación de Alba, en un día trascendental para su vida. Un día en el que la he visto sonreír más que nunca. Sobre todo lo recordaré por ser el día en el que nuestras vidas comienzan a tomar el mismo rumbo, a entrelazarse.

Capítulo 108

Alba

Quedamos en el mirador de siempre. Me ha dicho que necesitaba verme urgentemente y, en realidad, me ha dado un poco de miedo. Espero que no haya cambiado de opinión respecto a lo de anoche.

Cuando llego, él me espera. Aparezco unos minutos después porque vengo directa de la universidad. Ha insistido en que me podía recoger, pero no sabía a la hora exacta que iba a salir y tampoco le quería hacer perder el tiempo.

Aparco mi coche junto al suyo. Él está sentado en el capó y baja cuando me ve.

—Te estaba esperando. —Me da un corto beso en los labios y me coge de la mano.

—¿Por qué tenías tanta prisa en verme? —Fuerzo una sonrisa a causa de los nervios que tengo. No puede haber cambiado de respuesta a la propuesta de casarnos o eso espero.

—Tengo algo que me está quemando y necesitaba…

—¡No! Por favor, no —corto sus palabras porque ya me lo estoy viendo venir y no lo quiero escuchar.

—¿No qué? —pregunta como si no entendiera nada.

—No quiero que me lo digas.

—¿Que te diga el qué?

—Ya lo sabes.

—No, no sé de qué me hablas. —Sonríe y me pone más de los nervios.

—De… Ya sabes… —Me cuesta mucho decirlo—. De que te has arrepentido de casarte conmigo —suelto de golpe.

—¿Qué? —Ríe y me están dando ganas de pegarle.

¿Por qué se ríe? No tiene ninguna gracia. Me estoy enfadando.

—Ya me has escuchado —digo muy molesta.

Doy media vuelta y me dispongo a subir al coche para irme. No soporto que se ría, no lo creía capaz de jugar así con mis sentimientos.

—¡Espera, espera! —Me alcanza y se arrodilla delante de mí. ¿Qué hace?—. Solo quería darte esto. —Abre una cajita pequeña y veo un precioso anillo—. Supongo que es lo normal, aunque nosotros no lo seamos. Tú me pediste matrimonio y yo te regalo el anillo que simboliza nuestro compromiso.

Soy idiota, pensaba que ya no quería casarse conmigo y es todo lo contrario. Me regala un anillo, ¡un anillo de compromiso! Yo no soy de llorar o sí, ya no lo sé.

—No hacía falta y seguro que te ha costado un pastizal. No quiero que gastes tanto dinero en mí. —Lloro, pero no de tristeza. Lloro de emoción, de alegría. Me ama tanto como yo a él y es increíble, nunca pensé que conseguiría que me correspondiese.

—¿Te gusta?

—¡Claro qué sí! —Grito.

—Pues ya está. Da igual el dinero, los que importamos somos nosotros. ¿No es eso lo que tú dices? —pregunta, todavía arrodillado.

—Sí, pero…

—¡Te amo! —Coge el anillo, me lo coloca lentamente en el dedo anular de la mano izquierda y lo besa.

—Eres maravilloso, buenorro. —Me arrodillo junto a él y coloco mis manos en ambos lados de su cara.

—Hacía mucho que no me llamabas así —dice antes de besarme con ganas.

Sé que es un simple beso, pero es un beso que sella nuestro compromiso. Este beso es una mezcla de tanto que no sé ni cómo definirlo.

—Mi Manu, mi amor, mi buenorro, mi todo —susurro entre beso y beso y derramo unas cuantas lágrimas más.

—Pero no llores. —Me lame las lágrimas, literalmente. No me parece un gesto sucio o algo así. Me parece algo tan íntimo y tierno… Algo bonito—. Están saladitas.

—Claro, son lágrimas —digo como si no fuera evidente.

Llevamos ya un rato apoyados en su coche, él me abraza por detrás y yo apoyo mi espalda en su pecho. No hablamos porque no hace falta. Estamos demasiado bien para romper el silencio con palabras.

Rodea con sus brazos mi cintura y entrelazamos las manos. Acaricia con pequeños movimientos mis nudillos. Me hace sentir tan bien, que casi floto. Suspiro de gustito, porque me siento en una nube, en un precioso y perfecto sueño.

Finalmente, rompe el silencio comentándome lo que le preocupa con respecto a la boda. Por un momento, me vuelvo a tensar pensando que es algo sobre nosotros, pero me tranquiliza diciéndome que no es así. Duda en invitar a su familia. Bueno a su familia entera no, solo a su madre, Nacho y Leticia, pues me relata lo que pasó hace algún tiempo con su hermano Borja. Se pelearon y la pelea llegó a tal extremo que Borja casi lo asfixia. Es escucharlo tan afectado y ver todo lo que le duele que me lleno de furia. Si ahora mismo tuviera a ese imbécil de Borja delante, le partiría la cara en mil pedazos. No tenía ni idea de lo que había pasado, claro yo en ese momento estaba distanciada de Manu.

Cuando sigue contándome lo mezquino y corrupto que es su padre, me enfurezco todavía más, pero termina tranquilizándome con unos cuantos abrazos, alega que eso ya forma parte del pasado. No me quedo muy conforme, pero bueno no quiero seguir hablando de un tema que le hace daño.

—Si tú sientes que tienes que invitarlos, hazlo. —Creo que es el mejor consejo que le puedo dar.

—No sé, con Nacho no es que me pelease, pero tampoco estamos bien —dice dudoso.

—Es tu hermano y a mí me pareció que no es como Borja, pero haz lo que creas conveniente.

—Tampoco sé si Leticia va a poder venir, el que manda es mi padre.

Sé que esto le afecta mucho, se supone que en el día de tu boda tiene que estar toda tu familia y aquí es todo lo contrario, pero lo voy a apoyar siempre, en todo, y así se lo hago saber.

—Por intentarlo no pierdes nada. —Sonrío para infundirle un poco de ánimo.

Capítulo 109

Manuel

Acordamos casarnos en dos meses, a finales de verano. Realmente, a mí lo único que me importa es casarme y que sea con ella, me da igual cuando. Nos queremos casar antes, pero por temas de papeleo no puede ser.

Nos ponemos a organizarlo todo lo antes posible, porque luego los días vuelan y no da tiempo a nada. Hay que pensar miles de cosas y cuando digo miles, son miles.

Decidimos casarnos por la Iglesia, soy creyente, pero no practicante y Alba igual. Nos hace ilusión y solo el hecho de pensar en ella entrando vestida de blanco por la puerta, me genera una sonrisa tonta. Una sonrisa de esas de enamorado. No es que crea que es mejor ni peor casarse por la Iglesia, solo es que lo hemos decidido así.

No va a ser una boda muy grande, ni con muchos invitados. Hemos pensado en algo sencillo, unos cuantos adornos, unas cuantas flores y comer en algún restaurante solo la familia más cercana.

La luna de miel la planeo en secreto, aunque creo que Alba sospecha donde vamos, es muy lista. Para mí es fundamental pasar unos días, por pocos que sean, juntos y lejos de los demás.

Buscamos piso cerca de donde vivo o, mejor dicho, vivía.

Ella no esperaba que nos fuéramos a vivir a otro lugar, pero casado, casa quiere y eso es así. Tenemos que empezar de cero y juntos. Está preocupada por los gastos del nuevo piso, no tiene ni dinero para ayudar a pagarlo y yo le digo, una vez y otra vez, que no tiene que preocuparse. Lo fundamental ahora es que siga estudiando para opositar, yo gano lo suficiente para que vivamos bien. Ella se niega, dice que no quiere ser una mantenida hasta que termina cediendo y haciéndome caso. ¡Qué cabezona puede llegar a ser!

Encontramos el piso de nuestros sueños en el edifico que hay frente al que vivo. Es bastante grande y espacioso. Tiene tres habitaciones, a ella le gusta para cuando tengamos hijos y yo ante ese tema me tenso. Si no he sido capaz de hacer el amor con ella, ¿cómo vamos a tener hijos? Es un asunto que me perturba bastante, pero no se lo digo para no empañar este momento tan bonito que estamos viviendo. Además, también tiene una cocina espaciosa, un salón enorme y dos baños. Parece un piso muy acogedor y los dos coincidimos en que aquí queremos vivir. Poco a poco lo hemos ido amueblando y lo que falte ya lo iremos comprando.

***

Casi sin darme cuenta, y como ya dije, el tiempo pasa tan rápido que estoy a tan solo unas horas de casarme. Catorce horas concretamente.

Estoy nervioso y no tengo motivos, ya que tengo claro que todo va a salir bien, pero los nervios no se pueden controlar. Yo no puedo controlarlos.

Decido mandarle un mensaje a Alba, no me deja llamarla porque dice que puede dar mala suerte, yo le digo que eso es ver a la novia antes de la boda, pero no consigo convencerla.

Chat
Yo: «¿Estás despierta?»
Alba: «Sí, son solo las diez de la noche»
Yo: «Era solo por saber»
Alba: «Te conozco muy bien. Yo también estoy nerviosa al igual que tú»
Yo: «Me tranquiliza saberlo. ¿Por qué se supone que estamos nerviosos?»
Alba: «Nos vamos a casar, supongo que es normal. ¿No estarás pensando en decir que no?»
Yo: «Solo tengo una respuesta en mente»
Alba: «¿Y no me la vas a decir?»
Yo: «Mañana la escucharás»
Alba: «Me gustan los *spoilers*»
Yo: «Jajaja. Te amo, buenas noches, futura esposa»

Alba: «¿Me vas a decir con la intriga?»

Yo: «Te amo»

Sonrío, sonrío mucho. Mireya me tira un cojín desde el sofá de al lado. Sabe que estaba hablando con Alba.

—¡Vaya cara de empanado! —Ríe.

—Enamorado —la corrijo.

Muy enamorado. No le he confirmado a Alba que mañana voy a decir que sí, porque es obvio y lo sabe.

Dormir no voy a dormir en toda la noche, con lo nervioso que estoy es imposible.

Capítulo 110

Alba

Ha faltado poco para que los vuelva locos a todos. Poco, poco.

Estaba levantada desde las cinco de la madrugada y me caso a las doce de la mañana. Voy a tener unas ojeras impresionantes, pero para estar dando vueltas en la cama he preferido levantarme.

Vamos a la peluquería todas las chicas de la casa, incluyendo a Gisela. No me hace ninguna gracia que venga a mi boda, pero claro es mi hermana y no tengo otro remedio.

A las once y media ya estoy vestida y preparada para ir a la iglesia que está muy cerca de aquí, no voy a ser de las novias que tardan. Si me descuido, lo mismo llego antes que el novio.

Me compré el vestido en una tienda de ropa de novia. Yo quería uno más sencillo por no gastar un dinero que no tengo y tampoco quería pedirle a Manu, pero mi hermano se empeñó en que me comprase el más bonito de la tienda y no me preocupase por el precio. Me negué en rotundo, pero terminó convenciéndome y me ha dado una parte de sus ahorros para pagarlo. Se lo agradeceré toda la vida. Él dice que es su regalo de boda para que su hermana, es decir, yo, vaya como una auténtica princesa.

El vestido es precioso, es de color blanco con corte de princesa y cuello redondo. Su diseño es fino y muy elegante, además de cómodo. Está hecho de encaje en la parte del pecho y atrás, y de chifón en la parte de la falda. Es mi vestido soñado.

Edgar es el padrino, no podía ser de otra manera. Va muy guapo con un traje negro y corbata azul claro. Las chicas llevan vestidos largos, muy parecidos, pero de distintos colores y también van preciosas.

A las doce menos cuarto ya estamos en la puerta de la Iglesia. Vamos en coche por si con los nervios me caigo por el camino. No sería nada raro teniendo en cuenta que no me puedo estar quieta.

Justo a las doce de la mañana y mientras las campanas doblan, entro por el pasillo de la Iglesia y lo veo, sonríe como nunca y me mira emocionado. Es un príncipe, está vestido con un traje elegante, de color negro y un chaleco. Diviso su camisa blanca y una corbata roja, está perfecto. Tal y como siempre imaginé este momento.

Capítulo 111

Manuel

Estoy muy nervioso, dando vueltas de un lugar a otro del altar. El sacerdote me mira un poco mal, quizá cree que le voy a desgastar la alfombra o algo por el estilo.

Mi hermana ha insistido en ponerme corrector de ojeras, yo no quería, que conste, pero ha insistido porque dice que en las fotos va a parecer que me han pegado un puñetazo en cada ojo. ¡Exagerada! Yo no me veo tan mal.

Entonces, la veo. Entra del brazo de su hermano y sonrío. El vestido es precioso, pero a ella le queda todavía mejor. En la mano lleva un ramo de rosas blancas a conjunto con su vestido.

La miro fijamente, el tiempo se para a nuestro alrededor y veo desfilando por esta alfombra roja a mi vida, a mi amor. Me emociono y no lo puedo evitar.

Cuando está frente a mí, ya no puedo aguantar más y una lágrima recorre mi cara. Me la limpia con su dedo y veo que ella también derrama alguna que otra. Agarro su mano y nos giramos hacia el altar.

***

La ceremonia es preciosa y lloramos alguna que otra vez más con las palabras que leen nuestras hermanas. Se han propuesto en dejarnos secos de tanto llorar.

Salimos de la iglesia felices, muy felices. Somos marido y mujer. Oficialmente estamos unidos para toda la vida, porque estoy seguro de que será para toda la vida. Lo sé, mi corazón me lo grita.

No lleva velo, pero eso es lo de menos. ¡Está preciosa! Además, así la puedo besar mejor.

Llegamos al restaurante en el que hay otras celebraciones como comidas de empresa y otros eventos, pero disfruto igual o más que si no hubiera nadie.

Todos se acercan a darnos la enhorabuena. Sí, con todos también me refiero a mi madre, Nacho y Leticia. Los invité a mi boda. Pese a todo, no me podía casar sin ellos. Sé que han venido engañando a mi padre, que no sabe que me casaba hoy, pero mejor. No necesito que ese señor sepa nada de mi vida.

Mientras comemos, comienza a sonar *La correcta* de Nabález y Alba me mira sin entender nada. Extiendo la mano y ella la agarra sin pensar. Era algo que tenía preparado desde hace unos días. Estoy seguro de que ella no se imaginaba que íbamos a bailar, pues sabe que bailar no es lo mío y menos en público. Es una canción especial y creo que representa a la perfección todo lo que me pasa con ella.

Se pega a mí y bailamos lento, muy lento. Nos mira casi todo el restaurante, incluyendo a los de las demás celebraciones, pero es como si estuviéramos solos. Se crea un ambiente maravilloso y el corazón se me desboca lleno de felicidad.

Al terminar el baile, lo que me nace de lo más profundo es darle un tímido beso en el hombro que su vestido de novia deja al desnudo.

—Te amo, Alba.

—Te amo, Manu. —En sus labios mi nombre suena muy bien. Suena perfecto.

Capítulo 112

Alba

Nos despedimos de todos entre mil recomendaciones: que comamos bien, que nos abriguemos si hace frío, que nos pongamos protección solar si estamos al sol, que tengamos cuidado en el camino… Miles de cosas.

No sé dónde voy, no puedo tener ninguna recomendación en cuenta. Le he pedido a Manu por activa y por pasiva que me lo diga, pero no me ha hecho ni caso. La que sí lo sabe es Mireya, que es su cómplice incondicional, pero tampoco he conseguido sonsacárselo.

Pasamos al piso donde ya tenemos las maletas para cogerlas y poner rumbo a nuestra luna de miel.

Vamos en coche y eso es lo único que sé del viaje. Él me da un beso antes de arrancar y yo me emociono.

No llevamos ni veinte minutos de camino cuando estoy ya desesperada.

—¿Puedo poner música?

—Puedes hacer lo que quieras, es nuestro coche.

Conecto mi móvil al reproductor de música del coche y pongo *Quédate*. Esta canción, desde que me la cantó, me la descargué inmediatamente y la escucho casi todos los días. Se ha convertido en una canción muy significativa. Me recordará siempre a un momento precioso de nuestra relación.

—¡Recuerdas todavía esta canción! —dice sorprendido.

—Sí, aunque tú no me la hayas vuelto a cantar.

—¿Eso es un reproche? —pregunta divertido.

—¡Puede! —Le doy un beso en la mejilla mientras conduce y sonríe.

***

Estamos en Málaga, han sido cinco horas largas de viaje y no nos hemos detenido para no llegar de madrugada.

Llegamos un poco cansados porque el día ha sido muy intenso, pero ha merecido la pena. ¡Estamos casados! Ahora empieza el resto de nuestra vida.

El hotel está en primera línea de playa y, a simple vista, parece muy bonito. La habitación es espectacular, muy grande y con una cama enorme, que, sinceramente, es ahora lo único que me interesa.

Lo que me deja sin palabras es la decoración. La estancia está en la penumbra, solo iluminada por una serie de velas pequeñas que forman «*I love you*». La cama está llena de globos blancos, grises y dorados, en cuyos extremos hay fotos y cuando me acerco para divisarlas, descubro que son fotos de hoy, de nuestra boda.

—¿Cómo? —pregunto muy sorprendida.

—Hago magia. —Sonríe.

—Ya...

—Le pedí al fotógrafo de la boda que mandase las fotos al hotel y aquí se han encargado de todo. Pero, normalmente, un mago no desvela sus trucos. —Sonríe y es que no deja de hacerlo. Su sonrisa me vuelve loca, más de lo que ya estoy.

—Eres increíble. —Acaricio su barba con suavidad, la tiene tan bien recortada que ni siquiera pincha o araña.

Sonríe, otra vez, y estoy perdiendo la cuenta de tantas sonrisas.

En el centro de la cama, también hay una bolsa y él la señala con la cabeza. Entiendo eso como una invitación a que mire su contenido y descubro un osito de peluche en el medio con nuestra frase. ¡Tiene tantos detalles y me cuida tanto!

—Me encantará amarte siempre —lo beso sin poder contenerme.

Tras unos minutos, abre la botella de champán, coge dos copas, las llena y me ofrece una. Le tiembla el pulso y se aprecia a simple vista.

—¿Estás nervioso?

—Un poco —reconoce cabizbajo.

—No hace falta que intentemos...

—Es nuestra noche de bodas y se supone que... Ya sabes...

—Nosotros somos atípicos, no tenemos que hacer lo que hacen todos. ¡Somos mejores! —Sonrío para infundirle tranquilidad, aunque por dentro me estoy muriendo por hacer el amor con él.

—Yo quiero intentarlo, pero sabes que posiblemente no pueda.

No me gusta verlo tan apagado. Es una noche especial y, pase lo que pase, lo va a seguir siendo. Si no podemos mantener relaciones, lo seguiremos intentando hasta que lo supere. Tengo toda la vida a su lado para que superemos juntos su problema.

—La respuesta es amarnos siempre y así va a seguir siendo. Siempre —recalco.

Sonríe, se acerca al equipo de música y comienza a sonar *De viaje* de Sin Bandera. Todos nuestros momentos juntos están llenos de música. Canciones y momentos que se van a quedar grabados para siempre en mi cabeza.

Se acerca, acaricia mis brazos con tan solo la yema de sus dedos y eriza toda mi piel en un segundo.

—¿Bailamos? —pregunta.

—Creo que te está gustando esto de bailar más de lo que reconoces —digo, cogiendo su mano.

—Contigo me gusta todo —responde y me pega a su cuerpo.

Bailamos los cuatro minutos escasos que dura la canción porque yo no me puedo seguir resistiendo y lo beso. Lo beso con tanto ímpetu que nos caemos a la cama entre risas.

Sigo con el vestido de novia puesto, no me lo he querido quitar porque quiero que él lo haga. Nos besamos con ganas contenidas, con pasión. Nuestras lenguas juegan a encontrarse y sentirse. Empiezo a quitarle la camisa con cuidado, quiero que todo sea despacio y sienta que no hay prisa, pero sí muchas ganas.

Capítulo 113

Manuel

Desabrocha botón a botón mi camisa y me ayuda a deshacerme de ella. Desliza una y otra vez sus manos por mi abdomen. Cada vez baja un poquito más, cada vez un poquito más y siempre se queda al borde de mis pantalones.

No sé muy bien cómo va esto, pero creo que es el turno de quitarle el vestido a ella. La cremallera de su precioso vestido se atasca un poco y yo insisto hasta que consigo que baje. Es entonces cuando me doy cuenta de que solo lleva unas braguitas de encaje y queda con sus pechos erectos rozando mi abdomen.

Siento unas ganas irrefrenables de acariciarlos y ella parece darse cuenta porque coloca mis manos ahí, en sus pechos. Me muerdo el labio en un gesto nervioso. Estoy casi derretido nunca había estado tan cerca de ella y parezco un adolescente.

Masajeo sus pechos delicadamente, con toda la tranquilidad del mundo, recreándome. Ella sigue acariciando todo mi cuerpo con sus manos hasta que en un rápido movimiento, desabrocha mis pantalones y tira un poquito de ellos, llevándose a la vez mi bóxer. Me quedo desnudo y no es que sienta vergüenza por ello, lo que siento es tristeza porque no hay ni rastro de erección.

—No pasa nada. —Intenta tranquilizarme.

Ella se termina de quitar las bragas y, ahora sí, estamos los dos completamente desnudos.

Llevo mis manos a su culo y noto la humedad en su zona íntima.

Se muerde el labio constantemente y a mí me está matando lentamente porque lo que más quisiera es hacerle el amor ya, pero esto no funciona.

Sigue con millones de caricias, sube sobre mí y roza su pubis con mi pene, supongo que intentando alguna reacción por mi parte, pero tras varios minutos así, no conseguimos nada.

Lleva su mano hasta mi pene e intenta tocarlo para intentar algún tipo de reacción por mi parte, pero esto no pasa.

—Esto no funciona. —Me aparto un poco.

—Tranquilo, si no es esta anoche, puede ser otra. —Besa mi hombro, tal y como yo suelo hacer.

—Nunca he tenido sexo con nadie —Confieso como si de una liberación se tratase. Quizá, ser virgen a mi edad es un poco triste.

—¿No?

—No, lo he intentado, pero nunca he podido y sigo sin poder. —Empiezo a estar desesperado.

—Hay más formas de tener sexo, podemos probar con la masturbación o con el sexo oral o...

—No, ¡me niego a que nuestra primera vez sea así! —alzo la voz más de lo que quería.

—No tiene nada de malo y por intentarlo no perdemos nada —insiste.

Entiendo que ella está muy excitada y que, dejarla siempre a medias, no sea plato de buen gusto, pero me niego a que nuestra primera vez sea por sexo oral.

—Por favor, no quiero eso para nosotros. —Trato que entienda mis razones para no querer que esto ocurra así.

—No se me ocurren más formas. Me muero por sentirte dentro. —Besa el lóbulo de mi oreja.

—Y yo me muero por ti, pero entendería que no quisieses seguir conmigo. Entiendo que si nuestra primera noche casados empieza así, no quieras seguir esperando, aunque solo hayamos durado unas horas. —La libero de este compromiso, pese a estar recién casados. Me cuesta pronunciar estas palabras, me cuesta mucho.

—¡Deja de decir tonterías! Te repetiré una y mil veces que la respuesta es amarnos siempre. Te lo repetiré hasta que lo entiendas.

Me besa cuando intento hablar otra vez y yo me alegro de que lo haga, porque estoy diciendo muchas gilipolleces. Decirle que la dejo libre si quiere es una tontería enorme cuando me muero de amor por ella y la quiero cerca. Muy cerca, siempre. Ya hemos comprobado que lejos no podemos estar.

Me abraza sin esperarlo y hace fuerza para que nos tumbemos en la cama.

—Quiero dormir abrazada a ti. —Besa mi cuello y me estremece con su amor.

Se pega todavía más y enreda sus manos en mi pelo para dar suaves toquecitos y caricias. No sé la hora, pero nos dormimos abrazados y completamente desnudos. Quizá no hemos hecho el amor en toda la extensión de la palabra, pero se parece mucho.

Capítulo 114

Alba

Me despierto aferrada a su cuerpo. Por un momento, creo que estoy soñando. Me parece irreal despertar siendo su esposa, saber que soy su amor, aunque no hayamos hecho el amor y me hubiera encantado, soy feliz con esto. Muy feliz.

Anoche estuvimos más cerca que nunca de conseguirlo y muestra de ello es que hemos dormidos desnudos sin ningún tipo de pudor. No me siento rara, ni con vergüenza. Es todo lo contrario, me siento de maravilla, tranquila y real. Muy real, porque esto es conectar. Esto es sentir.

Me levanto sin hacer ruido para que no se despierte. Busco con mucho cuidado en mi maleta, saco la primera ropa que pillo y me la pongo. Apenas son las siete de la mañana y está amaneciendo.

Salgo de la habitación disparada y en recepción pregunto si tienen notas adhesivas de esas de colores. Parece que le estoy hablando en chino, porque el de recepción me mira raro. No sé qué tiene de raro la pregunta, los raros son ellos. ¡Estos no han estado enamorados ni recién casados en la vida!

A los pocos minutos, aparece con varios paquetes de notas adhesivas, le doy las gracias y subo corriendo, de nuevo, a la habitación.

Si Manu se despierta pronto, me va a estropear la sorpresa. Por suerte, sigue durmiendo profundamente y con lo que parece una ligera sonrisa.

Entro en el baño y lo preparo todo. Creo que queda bastante bien. Vuelvo a la cama, me desnudo y me abrazo a él como si no hubiera hecho una pequeña locurita de amor.

***

Me despierto con el sonido de un móvil, reconozco la melodía, sé que es el móvil de Manu.

Se levanta para intentar no despertarme, pero le hago una señal para que se quede. Las que llaman son nuestras celestinas, nos llaman para saber cómo estamos. ¡Vaya cotillas! Hablamos con ellas alrededor de media hora, no tienen prisa ninguna, pero yo sí. Quiero disfrutar de mi luna de miel y, aunque agradezco su llamada, hubiera sido suficiente con unos cuantos mensajes.

Cuando, al fin, colgamos, Manu se levanta desnudo, a mí se me hace la boca agua y lo que no es la boca.

—¡Cuando te llamo buenorro es por algo! —Lo sorprendo con un piropo de buena mañana.

—Me da un poco de vergüenza —confiesa y se esconde tras la puerta del baño.

Voy tras él para que deje de esconderse y me mire bien.

—Me encantas y estás muy bueno. ¿Tiene algo de malo? —Me pego mucho a él y no puede evitar mirarme las tetas, porque sé que es eso lo que está mirando.

—No, no tiene nada de malo, pero me resulta raro estar desnudos.

—Voy a hacer que solo pienses en verme desnuda. —Le guiño un ojo.

Cuando se gira y ve el espejo, veo reflejada su cara de asombro y su sonrisa posterior.

Capítulo 115

Manuel

Tiene la capacidad de sorprenderme y dejarme casi sin palabras. Me acerco más y veo el corazón enorme que ha hecho a base de notas adhesivas rosas, en cada una de las notas está escrito: «la respuesta es amarnos siempre». Nuestra frase.

Más arriba, y separada del corazón, hay otra nota en la que pone: «te amo para siempre».

Salgo del baño, Alba me mira sin entender nada o eso deduzco por la expresión de su cara. Vuelvo con el móvil en la mano para capturar este momento único.

Me doy la vuelta y la veo sonriendo e intentando hacerse la distraída.

—Las palabras se quedan cortas, Alba. —La abrazo para, seguidamente, darle un beso en el hombro.

—Y nuestro amor será para siempre, Manu.

—Para siempre —confirmo.

Nos duchamos juntos sin parar de besarnos, es una tortura porque sigue sin haber rastro de cualquier tipo de erección.

Yo no quería seguir torturándonos, pero Alba ha insistido en que le apetecía un montón ducharse conmigo y, si me pone esa carita de súplica, es imposible negarme a nada de lo que me pida.

***

Cuando bajamos a desayunar ya con los trajes de baño puestos, no es hora de desayunar, sino de comer y decidimos que es mejor hacerlo en algún chiringuito de la playa.

Lo típico aquí son los espetos y eso comemos, están mucho mejor de lo que pensaba.

La tarde planeamos pasarla en la playa. Alquilamos una sombrilla y la coloco en un hueco libre en la arena, pues el lugar está abarrotado.

Alba se quita el vestido playero con toda la destreza del mundo y no sé si lo hace para provocarme, pero yo me quedo embobado. Tiene un cuerpo espectacular, ese biquini rosa flúor le queda genial, le hace un culo perfecto y las vistas, sentado en la arena, son de otro planeta.

Sin pensarlo dos veces y arriesgándome a que se enfade, la cojo y corro con ella en brazos hasta zambullirnos en el agua.

—¡Me voy a vengar de ti! —me informa o, más bien, me amenaza.

Efectivamente, se venga poco después cuando estoy en la arena muy relajado bajo el sol, pues llega y me arroja un cubo de agua.

Capítulo 116

Alba

Al día siguiente, le propongo hacer una excursión y buscamos en Internet lugares a los que ir. Encontramos varias calas cercanas al hotel y allí vamos andando, porque en coche es muy difícil acceder.

Antes de irnos me pierdo un momento para comprarle un detalle, aunque, realmente, es para los dos.

La cala es preciosa, nos acomodamos en la arena. No hay mucha gente y vamos a estar muy bien. A decir verdad, cuando hay gente es como si estuviéramos solos, creamos nuestra propia burbuja en la que solo existimos él y yo.

Abro mi mochila y saco el pequeño regalo que no va envuelto ni nada, se lo doy a Manu y él me mira como si le estuviera entregando una bomba o algo. En su gorra pone *king* y en la mía *queen*.

—Es una gorra —aclaro.

—Ya veo. —Sigue con la misma cara y no sé qué se supone que significa.

—Yo me he comprado otra igual, para ir a conjunto —Saco mi gorra y me la coloco hacia atrás.

Sigue sin decir nada, solo me mira. Es muy raro, siempre lo ha sido, pero me encanta igual.

—Es…

—¿Es qué? —pregunto preocupada.

—¡Es un regalo precioso! —Se acomoda la gorra como yo y se levanta de un salto—. Es un regalo muy cursi, mucho, yo pensaba que no eras tan romanticona.

—Lo soy —afirmo.

—A mí me encanta, eh —me aclara—. Solo que a ti no te veía con gorra.

—Me puse una que llevabas la noche que te emborrachaste —le recuerdo.

—Me emborrachaste. ¿Era o no era esa tu intención?

318

—No, no, no. Bueno, sí —confirmo sus sospechas—. Pero tú también querías.

—Compraste un vino muy bueno.

—La que estaba buena era yo.

—También —reconoce y me besa.

Después, subimos a un pequeño acantilado que hay justo al lado. Yo quiero lanzarme desde lo más alto, pero me dice que estoy loca y que no lo va a permitir. No entiendo por qué, no tiene que pasar nada. Caeré al agua y ya está, pero no me deja y para evitarlo me toma en brazos antes de que haga alguna locura.

—Eres mi reina, te tengo que cuidar o, por lo menos, evitar que hagas locuras que te puedan costar la vida.

Pataleo un poco para que me suelte, pero no lo consigo y me hago la enfadada.

—¡No exageres! ¡No es para tanto!

—Alba…

—Vale, vale —claudico.

—Una cosa es que hayamos subido para ver las vistas y otra es que se te vaya la cabeza de esta forma.

Quizá, y solo, quizá, tenga razón. No había visto bien la altura que hay. Lo mismo, a veces, se me va un poco la cabeza y tengo que controlar cierto tipo de locuras.

***

Volvemos al hotel, ya de noche, y cenamos algo ligero porque no tenemos casi nada de apetito.

Al entrar en la habitación, se tensa, lo puedo notar a la perfección. Le cambia hasta el tono de la voz.

Anoche no intenté nada porque tampoco lo quería agobiar o presionar y menos en un tema tan complicado. Me duele verlo sufrir, porque este tema le afecta muchísimo más de lo que es capaz de reconocer y lo peor es que todas esas comeduras de cabeza no las comparte.

Esta noche no sé qué va a pasar, supongo que dejaré las cosas fluir. Lo último que quiero es que empiece a sentir miedo de estar a solas conmigo.

—Buenorro, no te sientas obligado a intentar nada. Esperaré lo que tenga que esperar, porque estoy segura que algún día lo superarás. —Agarro sus manos y las acaricio.

—Lo que más quiero es intentarlo contigo. Me gustas mucho, estoy enamorado de ti y lo sabes, pero no tengo ninguna maldita erección —dice en tono desesperado.

—¡Cálmate! No pasa nada. Te vuelvo a repetir que a mí no me importaría ayudarte con estimulación manual o...

—No, te dije que no. No quiero hablar más de ese tema, por favor —niega de nuevo la posibilidad de probar de otra forma.

Me besa, una cosa lleva a la otra y terminamos tratando de mantener relaciones sexuales, pero no llegamos a buen puerto. Cuando me tiene que penetrar su pene no se alza y eso que lo acaricio varias veces sin llegar a masturbarlo, solo con la intención de excitarlo y provocarle una erección, que resulta imposible.

Capítulo 117

Manuel

Me siento frustrado, a Alba no se lo comento porque tampoco tiene sentido decirle que me siento como una basura, aunque ella sabe que bien no estoy y no me presiona.

Hemos intentado tener sexo las cinco noches que llevamos en Málaga, pero no hemos conseguido nada y es desesperante. Nunca he conseguido follar con ninguna chica, quizá con Alba sea igual, aunque la ame.

Ahora estamos recién levantados, me acabo de duchar, tengo la toalla anudada en la cintura y me afeito en el espejo mientras que ella sale de la ducha, se pone un sujetador y unas bragas negras que me encantan. Se acerca a mí con una toalla enroscada en la cabeza, me da un beso de buenos días y desliza sus manos por mi abdomen.

Luego sigue mirándose al espejo y yo me termino de afeitar. No me voy a quitar completamente la barba, solo que necesitaba algún retoque.

Seguro que esto es una escena cotidiana de la vida en pareja, pero a mí me hace especial ilusión, es como reafirmar que estamos juntos y enamorados.

Sonríe a través del espejo y yo hago lo mismo.

—Te comería esa boquita y ese cuerpazo ahora mismo.

Ella y sus ocurrencias.

—Yo te dejo encantado, Alba.

—Me pones muchísimo cuando pronuncias mi nombre, es como que suena con armonía —confiesa y me da un beso muy húmedo.

—Alba. —Vuelvo a provocarla y ella, ni corta ni perezosa, mete sus manos por debajo de la toalla para acariciar mis glúteos.

Noto algo raro, no lo había sentido antes como si… ¡No, imposible!

Capítulo 118

Manuel

Esta noche no tiene nada de diferente, es como todas. Como siempre. Es mágica a su lado.

Paseamos por la playa cogidos de la mano, casi como cuando estuvimos en Valencia y lo hicimos por el paseo marítimo, solo que esta vez no me siento raro.

Es de noche y hay muy poca gente por aquí. Hemos cenado y nos ha apetecido dar un paseo tranquilo por la orilla.

Andamos despacio, muy despacio, como si no quisiéramos que se acabase este momento o como si fuera la última vez que podamos estar así y, precisamente ahora, es todo lo contrario.

Me he quitado los zapatos, pero se me ha olvidado remangarme los pantalones y ahora se me están mojando. Alba dice que no me preocupe que el agua se seca, pero claro yo no quería llegar mojado al hotel.

—¡Yo sí que estoy mojada! —comenta divertida.

Tengo claro que no lo dice precisamente por el agua.

***

Entramos en la habitación, yo con los pantalones todavía algo húmedos y ella descalza. Ha venido descalza desde la playa porque en la arena con los tacones se hundía y después no le ha apetecido ponérselos.

—Me apetece desnudarte. —No me da tiempo ni a rechistar y ya está quitándome la camisa—. Leí en Internet que los besos en el hombro, como los que tú me das, son algo mucho más íntimo y transmiten que la otra persona es perfecta. ¿Te parezco perfecta? —Besa mi hombro—. Nunca pensé que llegaríamos a estar juntos y menos a casarnos.

—Eres perfecta, mucho mejor que yo. —Lo último se me escapa y ella me mira pensativa.

—Nunca te sientas inferior a mí. Nunca. Te quiero tal cual eres y me da igual todo lo demás. Me da igual. ¿Lo entiendes? —Coge mi cara y me obliga a mirarla directamente a los ojos.

—Sí, pero…

Me besa y no me deja terminar, pero mucho mejor. Ya hemos hablado bastante, ahora lo que me apetece es esto, aunque sea otro intento fallido.

Me invita a que le quite el vestido y lo hago con tranquilidad mientras ella me estremece con sus besos en el cuello. Se muerde el labio y me mira llena de deseo.

Acto seguido, se desabrocha el sujetador ante mi atenta mirada y, aunque ya le he visto desnuda, es como si la estuviera viendo por primera vez. Trago saliva y poso mi mano en sus caderas rozando la tela de sus bragas. Ella sonríe y yo la imito. Continúa quitándome los pantalones con rapidez y se arrodilla, pienso que va a volver a intentar lo del sexo oral hasta que se vuelve a poner de pie para mirarme.

—Estoy enamorada de ti, muy enamorada. —De un ágil salto me rodea con sus piernas y yo la sostengo fuerte.

Es entonces cuando noto una pequeña erección crecer y ella también porque me mira y sonríe. Nos tumbamos en la cama y dejo que sea ella la que quede arriba. Me besa con muchas ganas y yo casi no me creo lo que puede estar a punto de pasar. Roza sus bragas bastante mojadas sobre mi abultado bóxer y consigue que sienta algo desconocido, una especie de placer y ganas, que nunca había conseguido sentir. Sigue moviéndose un poco más, coge mi mano para introducirla y acariciar su intimidad, está muy mojada y yo empiezo a sudar por los nervios y las ganas.

Asiente y me ayuda a quitarle las bragas, para después hacer lo mismo con mis calzoncillos. No sé si es una erección completa o no, pero es más de lo que he logrado nunca. Sonreímos porque esto para nosotros es diferente y especial.

Acaricia un poco más mi pene con suaves movimientos y se lleva sus manos también a su sexo, estoy ardiendo de pasión y deseo. Necesito fundirme en ella, pero no sé si ahora es el momento adecuado.

Sigue besando mis labios y mordisqueando mi cuello. Tengo la sensación de que voy a explotar en cualquier momento y sin esperarlo introduce mi miembro en su interior. Comienza a moverse poco a poco, aumentando cada vez más el ritmo de los movimientos y yo siento que me voy a correr ya, estoy a punto de explotar, se me nubla la mente y solo puedo pensar en llegar a ese punto que casi estoy alcanzando. No sabría ni cómo describir esta sensación, pero es casi como tocar las estrellas con la punta de los dedos.

Sigue moviéndose y lo alcanzo, alcanzo el orgasmo sin poder evitar cerrar los ojos y acariciar sus pechos, pues ella todavía no ha llegado, aunque lo hace poco después. Me derramo dentro de ella y es ahora cuando me doy cuenta de que lo hemos hecho sin condón, porque ha sido completamente inesperado. No aparto la vista de ella cuando gime alto y alcanza también la cima. Se derrumba sobre mí y me da un tierno beso en el hombro al igual que hago yo.

Supongo que eso que he sentido ha sido un orgasmo. He intentado masturbarme varias veces, sobre todo cuando era adolescente y lo conseguía, pero nunca llegué a sentir nada parecido a esto.

Jamás en la vida me había sentido así de pleno, como si no existiera nada más, solo nosotros y nuestro amor.

—No sé si ha sido lo que te esperabas —ella posa su dedo en mis labios para hacerme callar.

—Jamás había sentido nada igual.

Es como si me leyera el pensamiento, ha sido indescriptible, increíble.

—¿Estás segura?

—Segura de que quiero repetir. Te amo.

—Me haces sentir como si pudiera volar, te amo. —La atraigo para pegarla a mi cuerpo y beso su nariz.

No sé qué ha pasado o qué ha cambiado esta noche. No sé si esto ha sido por arte de magia, no lo sé. Solo sé que ha pasado, ha pasado, por fin. No tengo ni idea, ha sido de repente, yo ya estaba muerto de miedo porque tenía claro de que esta noche tampoco iba a pasar nada y ha ocurrido, lo he sentido y todo lo demás está dicho.

—Lo hemos hecho sin condón, lo siento no me he dado ni cuenta —me disculpo casi con miedo porque no sé ni si se ha dado cuenta.

—¿Y qué? Es lo que yo quería, sentirte plenamente. Estamos casados y no tenemos ningún tipo de enfermedad, no pasa nada. Nuestra primera vez no ha podido ser mejor.

Tiene razón, siempre dicen que hacerlo sin condón es sentir más y, aunque no tengo experiencia, lo que ha pasado esta noche ha sido extraordinario.

Capítulo 119

Alba

Ha sido maravilloso. Quizá, maravilloso se queda corto. ¡Ha sido nuestro! Nuestro momento, ese que vamos a recordar para toda la vida.

Me duermo sobre su pecho, notando los latidos de su corazón cada vez más calmado tras alcanzar el clímax. Está relajado, está feliz. Sé que se ha quitado como una especie de peso, un peso que le hacía daño y de lo que nunca ha querido hablar.

Una lágrima resbala por mi rostro y cae sobre su pecho. Me yergo un poco, lo justo para verlo dormir con una respiración tranquila y acompasada. Me parece la estampa más bonita que he visto nunca. Con cuidado, le doy un beso en los labios y permanezco contemplándolo.

Estamos a finales de verano y comienza a refrescar por las noches. Lo cubro con la sábana y yo me pongo su camiseta, que la encuentro en el suelo. Huele a su colonia y a mí me hace ilusión dormir así.

***

Entran los primeros rayos de sol por la ventana e inciden sobre los ojos de Manu. Está adorable.

No he dormido nada, pero no me importa. La visión que tengo es mucho mejor. Sonrío sin poder evitarlo y una pequeña carcajada sonora se me escapa. ¡Estoy feliz!

—Eso es una risa, pero podría ser el sonido de una sirena o de un ángel. —Manu abre los ojos y una sonrisa ilumina su rostro.

—Lo siento, no quería despertarte. —Acaricio su cara y su pelo. Él besa mi mano.

—Te pido que me despiertes toda la vida así.

—Trato hecho. —Me aproximo a él y le doy los buenos días con un beso—. ¡Buenos días!

—¿Llevas mucho tiempo despierta?

—Toda la noche.

—¿Por qué? —Abre completamente los ojos y parecen cambiar de color con los rayos solares.

—Estabas perfecto. Necesitaba admirarte.

—Eres lo mejor que me ha pasado en la vida. Te amo. —Desliza su mano desde mi frente hasta mis labios y beso sus dedos.

Capítulo 120

Manuel

Me siento en otra dimensión. Soy tan feliz, que Alba ha aprovechado y me ha convencido para llevarla a hombros por toda la playa. Tiene un poder de convencimiento enorme y unos ojos preciosos a los que no se les puede negar nada. Afortunadamente, es temprano y hay muy pocas personas.

Está muy loca, es como una niña pequeña y no lo digo por la edad, lo digo porque disfruta de lo más simple como si fuera algo grandioso. Eso me hace amarla más.

—Me siento gigante —dice y se ríe.

—¡Me encanta que disfrutes tanto! —Mis pensamientos se convierten en palabras.

—Señor, ¿me puede hacer una foto con mi marido? —grita inesperadamente a un señor que hace ejercicio.

—¡Por supuesto! —le responde él.

Pues nada, hay más locos como Alba sueltos.

—¿Nos vamos a hacer la foto así? —Nos señalo.

—¡No! Cambia la postura de los brazos, haz como si estuvieras bailando. —Ella hace el movimiento y yo que la veo de reojo me descojono de risa.

El señor nos hace varias fotos porque, según Alba, no hago bien la postura y quiere que tengamos un recuerdo inolvidable.

***

Por la tarde, propone hacer otra excursión, esta vez a Fuengirola. No conozco el lugar y me parece buena idea, aunque sé que Alba terminará haciendo alguna de las suyas.

Paseamos por todo el municipio hasta que llegamos a la playa. Alba ha tenido la amabilidad de avisarme que era mejor que llevase traje de baño, conociéndola me lo ha dicho porque no le ha quedado más remedio, sabe que de otra forma no me bañaría en la playa.

Alquilamos una moto de agua, Alba nunca se ha subido en una y le hace ilusión que la primera vez sea conmigo. Disfruta muchísimo y sus gritos me lo dejan claro.

Cuando volvemos a la orilla, ya está a punto de anochecer. Ella se quita el chaleco salvavidas que llevábamos por obligación y se adentra en el mar.

La dejo disfrutando del agua mientras devuelvo la moto, pero cuando vuelvo no quiere salir del agua, se niega, dice que está a una temperatura ideal.

—¡Seguro que nunca te has bañado en el mar al atardecer! —grita, invitándome para que me bañe con ella.

—¡Querrás decir anochecer! —grito para que me oiga.

—Es lo mismo.

—Pues no cuentes conmigo. —Me siento en la orilla, en el límite al que no llegan las olas.

—¡Venga! En la orilla, aunque sea —pide, saliendo completamente del agua.

Yo me quedo hipnotizado al contemplar su cuerpo, no me cansaría de mirarla nunca.

Tira de mi mano para levantarme y conseguir que me bañe con ella, verdaderamente lo estoy deseando, pero me quiero hacer de rogar un ratito.

—No me apetece —miento y encima sonrío.

—Mientes fatal —me informa.

—Lo sé. —Me quito la camiseta, la cojo desprevenida y la llevo conmigo hasta que el agua nos cubre media cintura.

Ella se abalanza en plancha sobre mí y consigue que me moje entero. Río y me cobro venganza, agarro su cintura y la alzo en al aire para darle vueltas.

Alba grita y ríe a carcajadas mientras que yo me enamoro más y más de su risa y de ella, por supuesto.

Capítulo 121

Manuel

Liquido la cuenta del hotel y nos marchamos de vuelta a Madrid.

La luna de miel ha sido, relativamente corta, pues solo ha durado siete días, pero creo que han sido los mejores días de nuestra vida. Hemos hecho de todo, bañarnos en un jacuzzi privado, ver las estrellas en la playa, probar diferentes tipos de comida… Incluso hemos dado clases de surf, siempre ha sido una asignatura pendiente y, aunque no he aprendido mucho, Alba se ha reído de lo lindo con todas las veces que me he caído.

En tan solo cinco horas y media, estamos bajando las maletas y subiendo a nuestro nuevo hogar. Hemos tardado más porque había atasco en la autovía. Atasco que Alba ha amenizado a la perfección cantando un montón de canciones.

No nos da tiempo ni a abrir la puerta, pues esta es abierta desde dentro por nuestras hermanas.

—¡Os estábamos esperando! —gritan a la vez.

—¡Cotillas! —Les dice Alba para, acto seguido, abrazarlas con todas sus fuerzas.

—¿Para mí no hay ningún abrazo? —pregunto para que sepan que yo también estoy aquí.

Se separan y corren a abrazarme las tres a la vez y las recibo con los brazos abiertos.

Mireya y Adriana han venido a esperarnos y también a llenarnos la nevera de provisiones para que «podamos darnos amorcito y no tengamos que salir de casa», dicho por Adriana.

Me incomoda un poco que mencionen este tema, carraspeo y voy a la cocina para servirme un vaso de agua. Mireya me acompaña.

—¿Pasa algo? —pregunta y yo niego—. Te conozco y se nota que te pasa algo, pero no malo.

—Puede ser. —Me hago el interesante.

—Informa a tu hermana, aunque no hace falta ni que me lo digas.

—¿Ya lo sabes? —pregunto sorprendido.

—¡Es obvio! Has podido tener sexo con Alba. ¡Has superado tu problema! ¡Enhorabuena! —Da pequeños saltitos que, sin duda, se le han tenido que pegar de Adriana.

—No sé si superado del todo, pero he podido.

Es verdad, no sé si solo ha sido una vez o se volverá a repetir. Agobiarme ya es tontería, esta noche lo comprobaré.

Capítulo 122

Alba

Los meses pasan y Manu no consigue superar completamente su problema. Digo «completamente» porque hemos hecho el amor varias veces más, pero no siempre que lo intentamos resulta efectivo. No sé de qué depende, pero hay veces que la erección no llega y no podemos.

Ha empezado a ir, de nuevo, al psicólogo. Piensa que, quizá, poniéndose en tratamiento pueda ir solucionando su problema completamente, pero, por lo menos, algo hemos avanzado.

No es que a mí me moleste que no podamos tener sexo todos los días, de hecho, pienso que es algo secundario. Sin embargo, a él, le hace sentir mal o inferior. Le repito una y otra vez que lo quiero tal y como lo conocí, lo quiero por lo que me hace sentir.

Prefiero ver una película o dormir abrazada a él, que cualquier otra cosa, pero sé, porque lo sé, que piensa que no es así.

La convivencia ha sido inmejorable durante estos tres meses, nos repartimos las tareas de casa y siempre vamos juntos a hacer la compra. Hemos ido adoptando diversas rutinas como ver series de Netflix juntos o cenar pizza los viernes. Pequeñas rutinas que son simples, pero hacen una ilusión tremenda.

Mi sobrino nació ayer, es precioso y grande. Lo han llamado Enzo porque a mi cuñada ese nombre le encanta y Edgar en cuanto lo vio dijo que tenía cara de Enzo y así se ha quedado. El niño tiene bastante pelo para ser recién nacido y es morenito como sus padres. Estoy segura de que se va a parecer mucho a Edgar.

Manu y yo fuimos a conocerlo, los dos nos emocionamos mucho porque ver a una cosita tan chiquitina siempre despierta miles de sentimientos.

Al salir del hospital, fuimos a una tienda y compramos la cuna más bonita que había. Luego, la llevamos a la casa en la que siempre he vivido. Manu la armó en un momento, no sabía que tenía tanta destreza.

Es desde ayer que lo noto cambiado, algo le pasa y no me lo quiere decir. Sé que me tiene confianza, desde que me confesó su problema no me ha vuelto a ocultar nada y, por eso, me preocupa más.

Capítulo 123

Manuel

Estoy feliz por el nacimiento de Enzo, ¡claro que lo estoy! Ver la cara de felicidad de Edgar y Olivia no tiene precio.

El bebé ya tiene una semana y hemos ido todos los días a visitarlo. Además, Edgar no ha querido tomarse la baja por paternidad, pero sí unos días de vacaciones.

Al no estar él, me tengo que ocupar yo de todo el trabajo y, en cierta manera, hasta lo agradezco.

Estos días no he ido a comer a casa, salgo por la mañana y vuelvo por la noche solo para dormir. Evito a Alba porque siento vergüenza.

Hemos seguido manteniendo relaciones varias veces más, casi se podrían contar con los dedos de la mano. No siempre consigo tener una erección y siento que eso está deteriorando nuestra relación. ¿Y si siente que lo de casarnos fue mala idea? ¿Y si se cansa de que no termine de superar mi problema? La inseguridad me atormenta.

Es cierto que he vuelto a ir al psicólogo, pero, al igual que hace tiempo, no obtengo resultados.

***

Tengo casi cinco llamadas perdidas de Alba, supongo que está preocupada porque son casi las once de la noche y todavía no he vuelto de trabajar.

No me he atrevido a cogerle el teléfono por cobardía. He tomado la decisión de hablar con ella para decirle que no se tiene que sentir comprometida conmigo.

Cuando entro en nuestro piso, lo hago con miedo, me tiembla hasta la mano al abrir la puerta. Está sentada en el sofá, esperándome. Yo me siento un miserable.

—Pensaba que te había pasado algo, aunque luego he supuesto que estarías trabajando. ¿Estás bien? —Intenta besarme y aparto la cara.

Veo el desconcierto en su mirada y me duele en lo más profundo.

—Necesito hablar contigo —digo muy serio—. Llevamos casados tres meses y he sido muy feliz contigo, muchísimo, no lo dudes.

—Creo que no te estoy entendiendo. —Los ojos se le ponen vidriosos.

—No quiero hacerte daño. —Me cuesta pronunciar estas palabras y se me entrecorta la voz—. Te lo prometo. Te amo más que a nadie y, por eso, te doy total libertad para que puedas ser feliz lejos de mí.

—¿Me estás dejando? —pregunta sin evitar que un río de lágrimas descienda por sus mejillas.

—No, te estoy dando la posibilidad de que me dejes tú a mí para que seas feliz.

No sabe lo mucho que he reflexionado esto y lo que me está costando dejarla ir, pero ante todo quiero que se sienta dichosa.

—¿Es por mi hermano y su hijo? —pregunta y da en el clavo.

—Es porque no creo que podamos tener hijos, porque veo como miras a Enzo y sé que te gustaría tener un hijo. No sé si yo podré algún día…

—¡Sí puedes! —susurra.

—Eso tú no lo sabes, ni yo tampoco. Además, casi no hacemos el amor, ¿cómo vamos a tener hijos? ¿No te das cuenta de que soy impotente?

—Pero estás superando el problema.

—O no. ¡No creo que mi impotencia esté superada si cada vez que quiero hacerte el amor no puedo porque la maldita erección no aparece! —grito bastante desesperado, está haciendo esta especie de despedida muy dura.

—¿Y qué más da eso? ¿Crees qué todo lo que me importa de ti es el sexo? —grita también.

—Sé que me quieres por lo que soy, pero yo no te puedo condenar a una vida con sexo a ratos y, quizá, sin hijos. —Intento explicarle de la mejor manera que puedo.

—No me estás condenando a nada.

—¿Me vas a decir que no quieres ser madre?

—¡Claro qué quiero!

—¿Entonces? —Estoy desesperado. No entiendo esa manía suya de hacerlo todo más complicado.

—Ya lo soy.

—¿Qué?

—Llevo toda la tarde preparando esto. —Se acerca al horno y saca una bandeja que me enseña.

Es viernes y tocaba pizza, se me había olvidado por completo. Esta no es una pizza como las de siempre. Esta pizza tiene forma de algo que se parece mucho a un chupete.

Alzo la vista y la veo llorando mientras me mira fijamente. Si esto significa lo que creo que significa, voy a estallar de felicidad. Me sigue mirando sin decir ni una sola palabra y yo me arrodillo para abrazarla.

—Perdón, perdón, perdón. —Entierro mi cabeza en su vientre y lloro, pero de felicidad. De una felicidad inmensa.

Ella acaricia mi pelo mientras yo sigo aferrado a su cuerpo.

—No te lo quería ocultar, pero quería estar segura para no hacernos ilusiones en vano. Estoy de muy poquito, tan solo de un mes y quería confirmarlo para decírtelo. Me ha costado un montón hacer la pizza. ¿Te puedes creer que no hay tutoriales en YouTube?

—¡Te amo! —Me pongo de pie y la beso con muchísima ternura—. ¡Os quiero a los dos!

—¿Te hace feliz qué esté embarazada?

—¡Soy la persona más feliz del mundo!

—¿Y no te parece muy pronto? —pregunta con miedo a mi respuesta.

—Por supuesto qué no. ¿Quién determina si es pronto o no? ¿Tú estás feliz?

—Voy a tener un bebé con mi buenorro, ¡no puedo estar más feliz! —grita y salta sobre mí como un koala.

—¿Y esto lo puedes seguir haciendo?

—Cuando me crezca la barriga creo que no. —Ríe y me parece todavía más adorable.

Capítulo 124

Alba

Me despierto y lo primero que hago es notar la ausencia de Manu. Miro el reloj y marca las ocho de la mañana. Puede que se haya ido a trabajar sin avisarme, aunque siempre suele decirme que se va. Es muy extraño. Entonces, recuerdo que es sábado y hoy no trabaja. Habrá salido a hacer deporte, supongo.

Me equivoco porque abre la puerta de nuestro dormitorio con una bandeja con lo que parece ser el desayuno. Me sorprendo al ver lo que ha preparado, pues ha hecho la palabra «*LOVE*» con cuatro magdalenas de pepitas de chocolate, un donut también de chocolate, una tortita con forma de corazón y unas cuantas frambuesas.

—No sé ni qué decirte —digo entre emocionada y atónita.

—Puedes decir que me amas. —Me roba un beso en la boca.

—Creo que lo digo muy a menudo.

—Nunca me canso de escucharlo. —Besa mi hombro.

Miro otra vez el precioso y apetitoso desayuno. ¡Se le ocurre cada cosa!

No me atrevo a coger nada por miedo a destrozarlo y Manu parece leer mis pensamientos.

—Te lo puedes comer. Es vuestro desayuno. —Acaricia también mi vientre en el que todavía no se nota nada.

—Pero es tan precioso…

—Si tú quieres te puedo hacer el mismo desayuno todas las mañanas. —Coge una magdalena y me la acerca a la boca.

—Encantada. —Le guiño el ojo y doy un mordisco a la deliciosa magdalena.

Coge esta vez una frambuesa, levanta mi camiseta del pijama y se pega cerca de mi tripa.

—Sé que te alimentas de todo lo que come mamá, bebé. —Desliza con suavidad la frambuesa por todo mi vientre y me provoca cosquillas.

Es la primera vez que le habla a nuestro bebé y la felicidad que siento es inmensa. Desde que ayer supe a ciencia cierta que estaba embarazada, no dude ni un segundo en que compartiría mi felicidad. Ya somos oficialmente una familia.

Epílogo

Manuel

Alba le da el pecho a nuestra hija y, aunque ya la lleve viendo tres meses haciéndolo, cada vez me parece más fascinante.

Acaricio la cabeza de Anaís y las miro muy de cerca. No me suelo perder estos momentos de lactancia, procuro estar presente casi siempre. Me sorprendo de lo rápido que pasa el tiempo, parece que hace nada que nos enteramos de que estaba embarazada y ahora actúa como toda una madre.

Esta escena me parece tan tierna que solo el que la ve o la siente puede entenderlo.

Se respira paz y tranquilidad, aunque la pequeña cuando no consigue engancharse bien al pecho, llora bastante. Por lo demás, es un angelito. Nuestra bebé bonita. Nuestro trocito de amor.

Yo le suelo cantar mientras que ella le da el pecho. Voy variando de canciones, la que canto ahora es *Cuando amas a alguien* de Noel Schajris y a mi pequeña parece relajarle. No entiendo cómo es posible que se relaje con lo mal que canto, supongo que es amor de hija.

Alba termina de darle el pecho a la niña y va al baño porque dice que se mea, lo dice tal cual. Yo mientras le saco los gases a la bebé.

Alba tarda tanto en ir al baño, que me acerco por si le pasa algo o no se encuentra bien. Toco la puerta y no me responde. Me veo en la obligación de asomarme sin su permiso con la niña en brazos y me la encuentro durmiendo sentada en el inodoro. ¡Me parece una estampa icónica! Entiendo que está cansada y se duerme en cualquier lugar, pero nunca había visto a alguien dormirse ahí.

La despierto con cuidado y le pido que termine, que la espero en la cama con la niña.

La bebé suele dormir en la cuna, pero cuando se despierta de madrugada con hambre la dejamos en la cama, pues nos gusta sentirla cerca.

Yo diría que ya me mira sonriente, tiene una sonrisa muy parecida a la de su madre y eso me encanta. Es castaña y parece tener el color verdiazul de ojos también heredado de su madre.

Me tumbo junto a ella y apoyo mi cabeza en el brazo para poder contemplarla mejor, me parece una auténtica ternurita, tan frágil y bonita.

—Eres lo mejor que me ha pasado en la vida. —Le acaricio las mejillas porque desde siempre parece encantarle—. Mamá y tú sois mi felicidad entera. Nunca pensé que tendría hijos y menos una niña tan bonita como tú. Eres mi princesa pequeñita. —Le doy un besito en la mano.

—Así no se va a dormir —me sorprende Alba, que ha estado viendo la escena desde la puerta de la habitación.

—Siempre me gusta hablar con ella. Me gusta que sepa lo mucho que la quiero.

Alba se tumba justo al otro lado de la niña, dejándola en medio y los dos la miramos embelesados y sonreímos.

—Eres el mejor padre del mundo y el más buenorro también, todo hay que decirlo. —Acaricia mi mano y me da un beso cortito.

—Y tú eres la mejor madre, Alba —lo digo con toda la sinceridad. A pesar de estar loca, desde que la niña nació, ha madurado mucho, aunque todavía sigue haciendo alguna de sus locuras como comprar una cuna casi entera de purpurina. Quiero decir que la encargó así.

—¿Sabes por qué? —pregunta y le da un besito en una de las mejillas a Anaís.

—Porque la respuesta es amarnos siempre —respondo seguro, muy seguro.

Sigo avanzando con mis terapias y parece que sí voy mejorando.

La clínica va muy bien, tanto que he contratado a otro veterinario más y Alba estudia a la vez que compagina el cuidado de la niña. Sigue estudiando para opositar a maestra de primaria cuando salgan las plazas y yo estoy muy feliz de que se sienta realizada, es lo que merece.

Nadie dijo que tener un bebé fuera fácil, pero sí muy gratificante. No todo ha sido un camino de rosas, hemos tenido nuestras peleas o discusiones, pero siempre hemos acabado solucionándolo.

Llevábamos muy poco tiempo casados cuando Alba se quedó embarazada y la ilusión fue enorme. Si fue pronto o no, nunca lo sabremos y tampoco nos importa.

Somos muy felices, me he dado cuenta de que creer es crear. Alba me hizo creer en el amor y ahora hemos creado vida. Una vida que se ha convertido en nuestro mundo entero. Tenemos nuestro amor y nuestra hija, no necesitamos más. Esto es la verdadera felicidad.

FIN

Agradecimientos

A todo el que cree en mí y en lo que escribo.

A todo el que cree en el amor verdadero.

A mi familia, por estar siempre y ayudarme, especialmente, a mi madre.

A mis amigas, por apoyarme y hacerme saber que están ahí, dispuestas a leerme.

A mis hermanitas de WhatsApp, por demostrar que creer es crear y formar una pequeña familia en la distancia.

A mis locuelos de Instagram, por enseñarme miles de cosas y acompañarme en esta experiencia.

A mis lectoras cero Almudena, Lydia, Sonia, María, Flavia y Hermi, por enamoraros conmigo de Manu y Alba y por aceptar leer este sueño lleno de amor. Gracias por vuestra ayuda y por los consejos.

A cada lector que quiera acompañar a Manu y Alba en su historia de amor, en su camino para estar juntos.

Gracias, esa palabra resume todo lo que siento, resume todo lo que quiero decir. Gracias.

Sobre la autora

Mahuer Arenas

Nací en junio de 1998. Desde que tengo uso de razón veo telenovelas y, a día de hoy, me siguen encantando. Es por eso que soy una romántica incorregible y un buen día pensé que todas las ideas que me rondaban en la cabeza quería escribirlas. Estudio Lengua y Literatura Españolas porque estoy loca por los libros. Además, tengo varias cosas escritas y, en 2017, publiqué mi primer libro de prosa poética *Me inspiras*. Ahora llego con esta novela romántica para intentar hacer suspirar a quien desee leerla.

Twitter: mahuerarenas
Facebook: Mahuer Arenas
Instagram: mahuerarenas